3. BLUE SHIELD

PALISADES PARK

Image de couverture : Getty Images © Westend61
Couverture : Marion Rosière
Illustrations intérieures : Amandine Casaban

Collection créée par Hugues de Saint Vincent
et dirigée par Arthur de Saint Vincent
Ouvrage dirigé par Marine Flour

34-36, rue La Pérouse
75116 Paris
www.hugopublishing.fr

ISBN : 9782755663488
Dépôt légal : mars 2023
Imprimé en France par Corlet
N° d'imprimeur : 22080059

MALORIA CASSIS

NEW ROMANCE®

3. BLUE SHIELD

PALISADES PARK

Hugo Roman

McQueen
Grant
Astaire

BÂTIMENT GRANT

TRAVIS MILLER

FAMILLE REYES

LI FALL

FAMILLE GARCIA

COUPLE ROBERTS

HARPER JOHNSON

BÂTIMENT McQUEEN

FAMILLE STEPHEN

COUPLE BAKER-CLARK

JUNE CAMPBELL

APPARTEMENT DISPONIBLE

DEREK HARMON

BÂTIMENT ASTAIRE

COUPLE DAVIS

MATTHEW TROXLER

FAMILLE GREEN

FAMILLE CROSS

AARON MITCHELL

AVA WALLER

1

TRAVIS MILLER

Malgré le soleil qui culmine haut dans le ciel, il fait un peu frais en ce début d'après-midi. Je me lève tout juste après une nuit de patrouille plutôt mouvementée. Je serais bien resté tranquille dans mon appartement, mais il faut de toute urgence que j'aille ravitailler mes placards. Après avoir couru pour faire respecter la loi, je vais courir les magasins. J'en serais presque à me demander ce que je préfère...

Après une douche rapide, je saute dans les premières fringues qui me tombent sous la main et sors de mon appartement.

Je longe la piscine autour de laquelle sont réunis les trois enfants les plus âgés de la famille Stephen, accompagnés des sœurs Garcia. Je me contente d'un hochement de tête pour saluer alors que mon regard s'attarde sur les bouteilles qu'ils tiennent à la main. Déformation professionnelle.

— Relax, Agent Rabat-joie. C'est de la bière sans alcool, me lance Gloria, un brin agacée de se savoir surveillée chaque fois que je suis dans les parages.

Tout en poursuivant mon chemin, je pointe mes yeux avec mon index et mon majeur avant de diriger mes doigts dans leur direction pour leur signifier que je ne baisse pas ma garde. Certains se marrent, d'autres soupirent.

Au fond, je les aime bien, ces adolescents, ils sont plutôt cool. Il faut dire que je croise d'autres spécimens autrement plus problématiques dans le cadre du boulot. Pour autant, j'ai été certain que l'un de mes jeunes voisins était responsable des dégradations que nous avons subies à Palisades Park. Mais j'avais tort.

Penser à l'enflure d'agent immobilier qui a tenté de faire chuter le prix des appartements de la résidence pour être en mesure d'en acquérir un me pousse à fulminer. Il a bien de la chance que June ait plaidé en sa faveur, si ça n'avait tenu qu'à moi, il ne s'en serait pas aussi bien sorti. Payer pour ses erreurs ne suffit pas pour les effacer. Il reste toujours des traces.

Tout cela me rappelle que nous avons encore un mystère à élucider : celui de l'appartement situé au rez-de-chaussée du bâtiment McQueen. En face de chez Derek. Le remplaçant de Roy Bennett a accepté de me transmettre quelques informations confidentielles dès que j'ai joué de mon statut de policier. Je n'ai pas pour habitude d'en user, mais là, cette occupation clandestine m'inquiète.

Si l'appartement n'a pas été vendu, il est actuellement loué pour une durée indéterminée, à un prix plutôt élevé, selon lui. Et le plus étonnant est que le nom du locataire n'est mentionné sur aucun document.

L'agent immobilier m'a promis d'effectuer quelques recherches plus poussées et de me tenir au courant. De mon côté, j'ai arrêté de m'évertuer à frapper à la porte. Je suis flic, après tout : enquêter, c'est mon domaine. Je finirai par savoir qui crèche là et pourquoi il fait tant de mystère de sa présence. S'il cache quelque chose de louche, il finira vite derrière les barreaux.

Alors que je me dirige vers le parking privé, la plus charmante de mes voisines arrive en sens inverse. Elle doit sûrement rentrer du travail. Je m'offre le plaisir de la détailler dans sa petite robe en coton qui dévoile une partie de ses cuisses. Toujours coiffée avec une touche florale dans les cheveux, elle attire le regard. Pour couronner le tout, Ava sent délicieusement bon, comme toujours. L'odeur des fleurs qu'elle manipule toute la journée me parvient et m'apaise dans la seconde. Le sourire qu'elle m'offre comme à son habitude étiole les barricades que je m'évertue à placer entre elle et moi. Difficile de résister à son charme bohème, mais je m'y tiens depuis bientôt un an. Rien que pour ça, on pourrait me décerner la médaille du mérite ! Surtout quand on sait qu'elle a été tout ce qu'il y a des plus avenantes avec moi dès nos emménagements respectifs. S'il n'y avait pas toutes ces merdes avec ma famille, je lui aurais ouvert grand ma porte, au lieu de la lui claquer au nez chaque fois qu'elle m'approchait.

— Il est rare de te croiser, ces derniers temps, me dit-elle en guise de salutation.

C'est vrai que je bosse comme un fou depuis quelques semaines, je ne fais qu'aller et venir entre mes services. Ça me permet au moins de ne pas penser à l'inéluctable échéance qui approche et que je redoute.

— Tu sais ce qu'on dit : le crime n'attend pas.

— J'en déduis que tu es de repos aujourd'hui.

J'hésite à dire la vérité à Ava, car avec son audace légendaire, elle est bien capable de me proposer que nous fassions quelque chose ensemble, et j'éprouve de plus en plus de difficultés à la repousser. Bien qu'elle semble avoir jeté l'éponge ces dernières semaines. Je devrais d'ailleurs m'en réjouir, mais puisqu'en réalité elle me plaît, je ne peux m'empêcher d'être en partie déçu. Il y a définitivement un truc qui ne tourne pas rond chez moi.

— Tout dépend si pour toi courir les rayons d'un magasin, attendre au lavomatique pendant que son linge tourne dans la machine, aspirer et laver sa voiture, puis passer chez le coiffeur signifie être de repos.

Un sourire ravissant illumine son visage quand elle prend la parole.

— Et si je te disais que j'ai des solutions pour libérer ta journée ? Pour tes achats, tu as déjà entendu parler du drive ? Le linge, dépose tout au pressing. Ta voiture, tu la confies à Sean, le plus âgé des Stephen. Contre un billet, il se fera un plaisir de la lustrer. Et pour ce qui est de ta coupe, cette petite longueur ne te va pas si mal, conclut-elle en se mordillant la lèvre inférieure.

Elle me complimente l'air de rien. Je pourrais en faire de même sur tant de points, mais je me restreins, ne voulant pas entamer quoi que ce soit avec elle.

— Peut-être vais-je opter pour certaines de tes propositions, lui réponds-je en y pensant sérieusement.

— Ton horoscope du jour disait que tu devrais penser à te ménager, ajoute-t-elle alors qu'elle pénètre déjà dans la résidence et me tourne le dos.

Est-ce que je devrais flipper de savoir qu'elle consulte mon horoscope tous les matins ? Elle ne manque jamais de me dire ce que les astres ont prévu pour moi, lorsque nous nous croisons. Pourtant, mon ego mal placé se réjouit de savoir qu'elle a une petite pensée pour moi en commençant sa journée. Je ne suis qu'un putain d'enfoiré égoïste. Et puis elle lit peut-être tous les signes astrologiques… *Mais elle retient le mien.*

Au moment où je sors de chez *Vons*, j'ai la mauvaise surprise de découvrir la dernière personne que j'ai envie de voir, adossée à la carrosserie de ma voiture. *Voilà comment m'énerver d'entrée de jeu en se permettant cette familiarité.*

— Dégage ton corps de ma caisse, Zane, aboyé-je en ouvrant mon coffre sans même lui accorder un regard.

— Bien le bonjour à toi aussi, frangin !

Je ne lui réponds pas et me contente de ranger mes sacs. Mon frère décolle alors son corps massif de mon capot et me rejoint à l'arrière du véhicule. Je claque la porte du coffre et retourne ranger le chariot à sa place.

Je reviens et passe à ses côtés, sans lui adresser un mot. Ce qui le fait marrer et augmente mon état de nervosité. Je sais ce qu'il va faire. Et ça ne manque pas. À peine ai-je déverrouillé l'ouverture des portières qu'il s'installe côté passager.

— Qu'est-ce que tu veux ? grogné-je en agrippant fermement le volant.

— Papa sort dans deux semaines.

— Si tu pouvais éviter de me faire perdre mon temps en m'annonçant des trucs que je sais déjà, ça m'arrangerait.

— Maman veut que tu sois présent à la maison pour la fête qu'elle lui organise.

— Sans déconner, m'écrié-je en pouffant face au ridicule de la situation.

— Je te rappelle que, pour papa, il n'y a aucune raison que tu ne sois pas présent.

— C'est mort, je ne viendrai pas, assené-je en voyant mes jointures devenir blanches tant je serre les mains.

— Tu vas causer de la peine à maman, argue-t-il, car il sait que c'est une corde sensible chez moi et qu'il adore par-dessus tout appuyer là où ça fait mal.

— C'est elle qui a insisté pour que je ne lui dise rien tant qu'il était en prison. Et regarde où on en est aujourd'hui…

— Ne rejette pas la faute sur elle, s'énerve-t-il à son tour. Tu es le seul responsable de la situation.

— Va te faire foutre, Zane !

— Toi, va te faire mettre, putain ! Moi au moins, je pourrai serrer mon père dans mes bras quand il sortira après dix ans derrière les barreaux. Et sans lui planter un couteau dans le dos.

— Moi, j'aurais aimé pouvoir le faire durant toutes ces années sans qu'une vitre nous en empêche ! Je refuse de répéter le même schéma que lui et de ne pas voir grandir mes gosses.

— Et de tous les métiers que tu aurais pu choisir, il a fallu que tu deviennes un putain de flicaille ?

— Parce qu'être un voyou, c'est mieux ?

— Tu sais quoi, je m'en tape ! Si ça ne tenait qu'à moi, je t'aurais déjà rayé de l'équation familiale. Maman veut que tu viennes, alors tu as plutôt intérêt à ramener tes fesses. Je me contrefous de savoir comment tu géreras ça avec papa le moment venu. C'est ta merde, après tout.

— Bien ! Tu as fini ? Sors de ma voiture maintenant, et casse-toi.

— Tu pourrais me déposer à State Beach ? C'est sur le chemin pour rentrer dans ta belle résidence sécurisée.

Le culot de cet enfoiré ne devrait même plus m'étonner. Dire que je partage des liens de sang avec lui. Nous ne nous sommes jamais entendus. Même gamins. Des disputes à rallonge quand nous n'étions que des gosses, pour finir sur des bagarres dignes de combats de boxe à l'adolescence. D'aussi loin que je me souvienne, Zane m'a toujours mené la vie dure. Quand notre père a plongé pour de bon, ça a été l'apothéose. J'étais tellement révolté ce jour-là. Il me laissait seul avec ma mère, mon frère et ma sœur, avec comme unique avenir en ligne de mire de suivre ses traces. Comme un legs, un héritage. J'avais douze piges et aucune idée de ce que je voulais faire. Mais ce n'était certainement pas faire pleurer ma mère comme chaque fois que mon père se retrouvait en prison ou mon frère en centre de détention pour mineurs.

— Mec, le jour où je te conduirai quelque part, tu seras à l'arrière de ma voiture de patrouille, les mains menottées dans le dos, et ça sera direction le central.

Ce con se met à rire tout en me regardant d'un air mauvais. Je ne me dérobe pas. Je fais face à ce genre de comportement tous les jours, ça ne m'atteint plus. Et surtout, j'ai grandi auprès de lui. Il y a bien longtemps que mon grand frère ne m'impressionne plus.

— Mercredi 15 à 19 heures, sois là ! m'ordonne-t-il avant de mettre enfin les voiles.

C'est ça, compte là-dessus...

2

AVA WALLER

Les trois plumes rose pâle que j'ajoute à mon dernier attrape-rêves viennent terminer sa fabrication. Je l'ai confectionné avec de la laine blanche et des perles roses translucides. Les points de broderie sont réguliers et il n'est pas trop chargé, je suis satisfaite du résultat.

Je l'emballe soigneusement dans une pochette en plastique avant de le déposer dans le carton avec la vingtaine d'autres déjà prêts. Je suis reconnaissante envers M. Warren, mon patron, de me donner la chance de les exposer dans sa boutique de fleurs. Je n'ai plus qu'à croiser les doigts pour qu'ils aient du succès. Je me doute bien que je ne vais pas faire fortune avec mes bricoles de décoration intérieure, ce n'est d'ailleurs pas le but. J'aime juste créer. C'est également une façon de ne pas gâcher ce que ma mère et mes tantes se sont évertuées à m'inculquer. Broderie, crochet, tricot et j'en passe. Rien n'a été oublié.

Si j'avais les aiguilles en horreur à un moment, j'ai peu à peu retrouvé plaisir à crocheter. Pour autant, je sais aujourd'hui que mon avenir ne se cantonnera pas à ça. J'aime beaucoup trop la liberté que j'ai découverte en fuyant ma communauté. J'étouffais dans la vie que mes proches avaient tracée pour moi. Je sais qu'ils ont du mal à comprendre mon choix, et qu'ils peinent encore à l'accepter. J'espère qu'un jour ils me pardonneront de ne pas être comme eux.

Un coup d'œil à l'horloge m'affole. Je perds toujours la notion de l'heure quand je plonge dans ce projet. J'arrange dans mes cheveux les deux barrettes de gypsophile que j'ai également confectionnées moi-même et dont j'espère aussi pouvoir vendre quelques exemplaires dans un avenir proche, puis j'enfile mes chaussures avant de filer.

Une fois sortie de mon immeuble, je tombe sur June et Harper.

— Cet angle de prise de vue n'est pas à mon avantage, se lamente l'influenceuse beauté.

— Harper, qu'est-ce que je t'ai déjà dit ? répond ma meilleure amie, exaspérée. Ma caméra, mes décisions. Tu ne choisis pas ce que je filme ou comment je le filme, tu te rappelles ?

— Moi, je dis ça pour toi, hein !

— Salut les filles, les coupé-je pour empêcher June de s'énerver davantage.

Je la connais par cœur et je vois bien qu'elle est à bout. Elle n'avait pas idée que son nouveau reportage sur la vie d'une star des réseaux sociaux la mettrait autant à l'épreuve. Ça n'atteint pas le degré de stress généré par sa mission au sein de la caserne des pompiers de Derek, mais tout de même. Et puis finalement, ça valait le coup, puisque cela lui a permis d'évacuer le traumatisme causé par l'incendie auquel elle a survécu adolescente. Et de se lancer dans une histoire d'amour qui me fait rêver.

— Tu pars bosser ? me demande-t-elle après m'avoir brièvement serrée dans ses bras.

Je hoche la tête en souriant. Comme j'adore mon travail, aller à la boutique de fleurs de M. Warren n'est pas une contrainte.

— Tu me diras quand tu auras un moment, j'ai l'impression de ne faire que te croiser ces derniers temps.

— Je fais la fermeture aujourd'hui, mais tu peux passer à l'appartement ce soir. À moins que Derek ne te retienne en otage chez lui encore une fois... plaisanté-je, en lui faisant un clin d'œil.

— Vous ne préférez pas une petite soirée au *Speak Easy* ? nous propose Harper qui n'a rien manqué de notre échange.

J'observe June pour m'assurer que passer du temps supplémentaire avec notre voisine accro à son téléphone ne la dérange pas, puis je confirme que je suis partante.

— Parfait, se réjouit Harper. J'enverrai un message à Li pour la prévenir. On se retrouve sur place à quelle heure ?

— Vingt et une heures, lui dis-je, m'assurant ainsi de ne pas être pressée par le temps. Amusez-vous bien.

Ma meilleure amie me tire la langue alors que je les salue d'un signe de la main en quittant la résidence.

J'ai hâte qu'elle me raconte ses déboires avec notre voisine. Harper est celle dont je suis le moins proche à Palisades Park. Elle est tout ce que je ne suis pas : connectée, avec une grande culture *people* et un goût certain pour la mode. Pour ma part, je sais me servir d'un téléphone depuis une année tout juste, et je galère encore à comprendre le fonctionnement des réseaux sociaux. Inconsciemment, je garde une certaine distance avec l'influenceuse car elle est la plus susceptible de se rendre compte de mes lacunes et de mes difficultés.

Je n'ai pas honte de mon enfance, mais je n'aime pas attirer l'attention sur l'éducation non conventionnelle que j'ai reçue. D'autant que j'ai décidé de m'en affranchir en mettant les voiles de chez mes parents. Ma famille a été attristée par ma décision et espérait sûrement que je rentrerais vite. Mais j'aime bien trop ma vie ici pour faire marche arrière. Cela n'a pourtant pas été facile. Je revois le visage de ma mère ravagé par les larmes, la déception dans le regard bleu acier de mon père, l'incompréhension dans celui de mes sœurs. Et mes frères, en colère, qui n'attendaient qu'un geste de mon père pour m'empêcher de passer la porte de la maison, ma petite valise à la main.

— Bonjour, ma belle ! me salue gaiement M. Warren lorsque je franchis le seuil de sa boutique.

— Bonjour patron, comment allez-vous ?

— Toujours ce fichu genou qui fait des siennes, me répond-il avec une grimace.

Je fronce les sourcils, comme à mon habitude lorsqu'il néglige sa santé, et je file en réserve déposer mon sac à main dans mon casier.

— Est-ce que vous êtes enfin allé voir votre médecin ? lui demandé-je en revenant dans l'espace de vente, même si je connais par avance la réponse.

— Il va me prescrire tout un tas d'examens et je n'ai pas que ça à faire, figure-toi !

Je lève les yeux au plafond en secouant la tête. Il ne roule pas sur l'or et je sais que les soins sont chers, mais ce qui le retient en premier lieu, c'est le temps qu'il devrait se dégager pour aller se faire examiner. Même si c'est exactement pour ça qu'il m'a embauchée.

— Il y a eu du monde, ce matin ? le questionné-je.

— Plutôt timide. Je te laisse gérer le magasin, je vais préparer les gerbes de fleurs qui ont été commandées pour les deux enterrements.

— OK. J'ai toujours la charge de la composition du bouquet de la mariée pour samedi ?

M. Warren me sourit et me couve d'un regard paternel. Entre lui et moi, le courant est tout de suite passé. Je n'avais pourtant absolument rien à lui présenter lorsque j'ai pénétré ici en voyant la petite annonce sur la vitrine. Je ne savais même pas ce qu'était un CV, c'est dire. Aucun diplôme, aucune lettre de recommandation. Juste l'expérience de la terre. La seule passion que les miens ont su me transmettre sans que je le vive comme une contrainte.

Planter des graines, en prendre soin, les arroser comme il faut, à la bonne quantité et à la bonne cadence, savoir quand les couper.

À Salt Lake City, jardiner m'a permis de tenir le coup quand j'allais mal. Les plantes que je faisais pousser dans notre grand jardin sont devenues mes premières confidentes. Je pouvais leur confier mes doutes sans craindre qu'ils ne soient répétés à mon père. Ensuite, June est entrée dans ma vie et j'ai découvert l'importance que peuvent avoir les amis.

J'ai convaincu M. Warren de m'engager en lui nommant chaque variété de fleurs présente dans sa boutique et en lui indiquant comment prendre soin de chacune. Il aime dire que j'étais déjà engagée avant même d'ouvrir la bouche, grâce à mon sourire et au coquelicot à mon oreille, mais je n'en crois pas un mot. Il tient bien trop à son affaire, qu'il a bâtie de ses mains et à la sueur de son front ces trente dernières années, pour en partager les rênes si facilement.

— Je n'ai qu'une parole. Tu as su conseiller les futurs mariés lorsqu'ils sont venus pour les arrangements de table et la décoration florale de l'église. Nous avons obtenu cette commande grâce à toi, il est donc normal que tu t'occupes de la pièce la plus importante.

Je sautille de joie en imaginant déjà l'assemblage d'amaryllis, de camélias et de lisianthus dont j'ai vanté la beauté à notre cliente. Je prévois également de lui confectionner une couronne avec les mêmes fleurs.

Avant moi, M. Warren ne proposait pas ce genre de prestations, et je suis ravie qu'il accueille toujours mes propositions avec entrain. J'aime sentir qu'on me laisse prendre des initiatives et tenter d'aller au bout de mes idées. Je me sens valorisée à travers mon travail, ce qui n'avait jamais été le cas auprès de ma famille.

Je profite du calme du moment pour vérifier que le papier destiné à protéger les bouquets est encore en quantité suffisante, ainsi que le stock d'autocollants et de cartes à personnaliser. Je prends note de ce qui arrivera bientôt en rupture et passe une commande via le site de notre fournisseur habituel.

Le tintement de la clochette accrochée à la porte d'entrée m'indique qu'un client vient de pénétrer dans la boutique. Je souris en apercevant l'homme qui approche du comptoir d'accueil. Il est déjà venu plusieurs fois depuis que M. Warren a accepté de rejoindre le réseau de points de collecte et de retrait de colis d'un grand transporteur. Nous avons beaucoup plus de passages grâce à ce service, et mon patron espère ainsi générer plus de ventes.

— Bonjour Ava, me salue notre client, qui connaît mon prénom grâce au badge accroché à mon tablier. Sympa la fleur dans tes cheveux. Elle accentue la clarté de tes yeux...

Ce bel homme, sûr de son charme, ne manque jamais de me complimenter. Son côté mauvais garçon, avec les nombreux tatouages qu'il arbore et sa barbe mal rasée, doit faire s'envoler certaines petites culottes sans même qu'il ait à le demander.

— C'est une gypsophile, me contenté-je de répondre car je ne souhaite pas entrer dans son jeu. Un colis à votre nom, je suppose ?

Il hoche la tête et je file à l'arrière pour le récupérer. Jack Torrance – je connais son identité grâce à l'étiquette sur les colis – ne vient ici que pour ça. Il n'achète jamais rien. Mais comme il est plutôt sympa à regarder et toujours courtois, je ne lui en tiens pas trop rigueur.

— Et voilà, m'exclamé-je en lui tendant son bien.

— Ça a l'air calme pour vous aujourd'hui.

— Oui, les clients viendront tous en même temps juste avant la fermeture, comme souvent.

— Une chance que vous soyez deux, alors, pour affronter le rush.

— Je vais devoir assumer toute seule ce soir. Le vendredi, c'est moi qui ferme boutique.

— Oh ! Bon courage, dans ce cas. J'espère que vous n'aurez pas trop de personnes comme moi, qui vous dérangent uniquement pour un colis.

— Vous ne me dérangez pas du tout.

Je le vois sourire. C'est exactement ce qu'il attendait m'entendre répondre. *Mais si tu pouvais acheter une bricole à l'occasion, ça ferait plaisir...*

— Bonne journée, Ava.

— À vous également.

Je l'observe rejoindre une voiture garée un petit peu plus haut dans la rue. Je n'y connais rien, mais elle a une ligne plutôt sportive. Il fait vrombir le moteur et je comprends son manège lorsque je remarque trois jeunes femmes arriver à sa hauteur. L'une d'elles se penche à la vitre de la portière passager quand il les interpelle. *Quel baratineur !* pensé-je en retournant travailler. *Je mettrais ma main à couper que ce Jack est Scorpion.*

Je préfère encore lutter contre mon Poissons de voisin, qui s'évertue à me repousser, plutôt que de finir dans les filets de ce genre de mecs. Même si j'ai l'impression que l'ascendant Taureau de Travis prend le dessus sur son signe d'eau, à lutter de cette façon. Il a réussi à me faire abandonner mon idée d'une idylle entre nous. Je me suis assez ridiculisée en l'invitant à plusieurs reprises sans succès. La dernière fois, il n'a même pas fait l'effort de chercher une excuse valable pour décliner.

3

TRAVIS MILLER

Affalé dans mon canapé, les pieds posés sur la table basse de mon salon, je descends une bière en regardant une émission où des candidats doivent forger la meilleure épée. Un joli chèque est à décrocher pour le gagnant. Le week-end commence à peine et je suis bien décidé à jouer les ermites, quitte à me faire lobotomiser par mon téléviseur. Je ne me sens pas d'humeur à voir du monde. Mon esprit est préoccupé par la sortie de prison imminente de mon père, je ne serais donc pas de bonne compagnie. Mais ça, mes deux potes de la résidence l'ignorent et insistent sans relâche depuis bien dix minutes pour me faire sortir de ma tanière.

— On sait que tu es là ! crie Matthew, qui frappe à la porte de mon appartement pour la troisième fois.

— On ne partira pas avant que tu aies ouvert, gueule à son tour Derek.

Qu'ils sont lourds, ces deux-là, quand ils s'y mettent !

Je finis par lever mes fesses, bien décidé à renvoyer ces deux emmerdeurs chez leurs copines afin qu'ils me foutent la paix. J'ouvre alors que Matthew s'apprêtait à toquer à nouveau. Le poing en l'air, il me sourit, calmant tout de suite mon agacement. J'ai beau être un connard et avoir du mal à me lier d'amitié, je tiens à celle que je partage avec ces énergumènes.

— On allait finir par croire que tu ne voulais pas nous voir, me lance mon pote pompier en frappant mon épaule amicalement.

— Et vous auriez vu juste, soufflé-je. Vos petites femmes ne sont pas disponibles ce soir alors vous vous êtes dit « tiens, si on débarquait chez Travis, ça fait longtemps qu'on ne l'a pas fait chier ».

Je prends un malin plaisir à les asticoter depuis qu'ils sont transis d'amour pour Li et June, mais je suis le premier à être heureux pour eux. Avant d'en arriver à l'amour fou, ils se sont montrés très cons, à certains moments. Heureusement que nos deux voisines ont su faire preuve d'intelligence en leur laissant une seconde chance.

— Tout juste ! me confirme-t-il en se marrant face à mon air contrarié. On va se boire un verre au *Speak Easy*, t'en es ?

— Le fait que je ne réponde pas à votre première tentative aurait dû vous donner une vague idée de ma réponse… raillé-je.

Ils comprennent vite, mais il faut leur expliquer longtemps…

— Arrête de faire chier à jouer les casaniers, me prie Derek. Retire ce jogging, passe un pantalon et une chemise, on t'attend. T'es de repos et ça fait bien trop longtemps qu'on n'est pas sortis ensemble, alors go !

— Vous ne me laisserez pas tranquille si je refuse, c'est ça ? grogné-je en fronçant les sourcils.

— C'est ça ! confirme Matthew en se marrant.

Je râle dans ma barbe pour leur signifier mon mécontentement, mais ils savent que c'est ma façon particulière de communiquer et ne s'en formalisent pas. Je les vois même se taper dans la main quand je ferme la porte de ma chambre, où je vais passer une autre tenue.

Le bar est bondé, comme toujours. La musique retentit avec force et l'alcool coule à flots. Nous nous attablons au comptoir en attendant qu'une table se libère. Derek se charge de nous commander des bières et nous trinquons sans un mot en échangeant un simple signe de tête.

J'observe la salle et finis par reconnaître un groupe de filles en train de rire à gorge déployée.

— OK ! Je comprends mieux, soufflé-je en prenant conscience de leur manège. Vous êtes vraiment pathétiques, les mecs. Vous ne pouvez pas laisser vos nanas tranquilles cinq minutes ?

Li, June, Ava et Harper descendent des shots de tequila au fond de la salle. Et ce ne sont certainement pas les premiers, si on en croit l'ambiance survoltée qui règne à leur table. Elles parlent fort et se déhanchent par instants sur leur chaise au rythme du son diffusé dans les haut-parleurs.

Mon regard se porte instinctivement sur Ava. Elle mordille le zeste d'un citron, captivée par June qui lui raconte un truc à l'oreille. Je vois ses lèvres s'étirer au fur et à mesure de la conversation. Cette bouche tentatrice m'hypnotise le temps de quelques secondes.

— Pourquoi tu la dévores du regard alors que tu la repousses chaque fois ?

— Mêle-toi de tes affaires, répliqué-je à Derek.

— Je suis sérieux. C'est quoi le problème avec Ava ? Elle est cool, en plus d'être carrément séduisante, et on sait tous qu'elle en pince pour toi, donc je me demande pourquoi tu t'obstines à te tenir éloigné d'elle.

— Pour ne pas finir par débiter des phrases aussi pathétiques que celle que tu viens de me sortir. Tout ça parce que, comme Matthew que tu critiquais il n'y a pas si longtemps, tu es devenu un putain de romantique.

— J'ai entendu mon prénom, intervient notre pote.

— Je questionnais juste monsieur Cœur d'Acier sur ses raisons à ne pas sauter le pas avec notre voisine accro aux fleurs, et comme d'habitude, il préfère grogner que de répondre, explique Derek.

Je le fusille du regard, mais cela ne semble pas l'atteindre puisqu'il poursuit :

— En plus, sérieux, ça fait un bail que je ne t'ai pas vu en charmante compagnie. Depuis quand tu n'as pas baisé ?

— Depuis que ta sœur m'a brisé le cœur en préférant ma coéquipière.

— Sérieux, les gars, cette vanne à propos de ma sœur, alors que je n'en ai pas, ressemble à un vieux disque rayé. Faudrait voir à vous renouveler.

— Elle est trop bonne, réplique Matthew en se marrant.

C'est plus fort que moi, je ne peux pas me retenir d'ajouter :

— Qui ça ? La vanne ou sa sœur ?

Mes deux potes se marrent et nous trinquons à nouveau. Je dois bien avouer que ça me fait du bien d'être sorti, finalement.

— On parie sur celle qui nous repérera en premier ? s'amuse Matthew en désignant la table de sa moitié d'un coup de tête.

— Elles ne savent pas que vous êtes là ? m'exclamé-je. Mais laissez-les respirer un peu !

— June m'a dit qu'elle sortait, mais j'ignorais qu'elle serait ici. C'est une simple coïncidence, s'insurge Derek, de mauvaise foi.

— Pareil, se dédouane Matthew.

— Les gars, préparez une meilleure défense, parce que celle-là ne tient carrément pas la route. Et faites vite, parce qu'elles arrivent, ajouté-je en repérant Li et June qui marchent vers le bar.

— Ils sont arrivés il n'y a même pas dix minutes, leur crie Tyler, le patron, qui a servi Derek un peu plus tôt.

June jette un œil à sa montre avant de grimacer en tapant du pied.

— Tu as gagné, soupire-t-elle tout en tendant un billet de cinq dollars à Li.

Cette dernière saute de joie en l'attrapant avant de passer ses bras autour du cou de Matthew et de l'embrasser.

— Merci, lui dit-elle ensuite.

— Heu... De rien...

— Franchement, je t'attendais plus tôt, ronchonne June à l'attention de Derek.

— Vous saviez qu'ils viendraient ? m'exclamé-je en commençant à comprendre.

— Évidemment ! On avait parié sur l'heure d'arrivée et Li était la plus proche. Tu es en retard d'une demi-heure par rapport à ce que j'avais prévu, précise-t-elle à son homme.

— C'est sa faute, se plaint Derek en me pointant du doigt. Il a mis tout ce temps à nous ouvrir et ensuite à se préparer.

— Merci Travis ! rigole Li face à la mine boudeuse de June.

Je les laisse se chamailler entre eux et reporte mon attention sur la table que les filles viennent de délaisser. Pendant notre papotage, Harper a eu le temps de disparaître pour laisser la place à un mec auprès d'Ava. J'avale une gorgée de ma boisson alcoolisée pour faire glisser la jalousie inappropriée que ce tête à tête fait surgir en moi, mais ça ne se révèle pas suffisamment efficace.

Sans y réfléchir, je me lève et me dirige vers elle. Je joue des coudes pour rejoindre sa table et m'assieds à ses côtés comme si c'était tout à fait naturel. Ava et le tocard en face d'elle tournent leur visage dans ma direction et leur discussion cesse immédiatement.

— Salut, dis-je, faute de meilleure repartie.

Qu'est-ce que je fous là, moi ?

Les yeux de ma voisine se plissent, comme pour me signifier qu'elle cherche à comprendre ce qui m'amène à la déranger alors que je n'en ai absolument aucun droit. Si elle a la réponse, je veux bien la connaître, car de mon côté, c'est le néant. Ça m'aidera peut-être à arrêter de me comporter comme un con.

Elle reporte son attention sur le type qui lui parlait avant de lui demander en souriant :

— Tu peux nous laisser ? Je te retrouve un peu plus tard.

Le mec me lance un regard noir. Cependant, il fait profil bas quand il rencontre le mien. *J'aime mieux ça !*

Ma jolie voisine tourne à nouveau son visage dans ma direction. Elle attrape son verre et boit quelques gorgées tout en gardant ses yeux braqués sur moi. Pourquoi est-ce que je meurs d'envie de goûter sa tequila en la cueillant sur ses lèvres ?

— Tu sais, Travis, pour un mec qui m'a remballée à plusieurs reprises, je trouve que tu envoies des signaux contradictoires, déclare-t-elle en reposant son verre.

Elle est directe. Comme toujours. Qualité que j'apprécie plus qu'il ne le faudrait quand il s'agit d'elle. Alors je tente une pirouette pour me sortir de là.

— Je parie que c'est typique des Poissons.

4

AVA WALLER

Je ne peux me retenir de rire en entendant la réplique de Travis à propos de son signe astrologique.

Qu'est-ce qu'il lui arrive ce soir ? Voilà qu'il prend l'initiative d'une discussion entre nous, après toutes les fois où il a mis fin à nos échanges quand c'est moi qui les initiais. Il est quand même gonflé d'avoir interrompu mon entrevue avec ce beau Bélier, signe dont la compatibilité amoureuse avec le mien n'est plus à prouver. Mais j'apprécie de penser que Travis a été un peu jaloux en nous voyant ensemble.

— C'est drôle que tu mentionnes ton signe astral, car ton horoscope amoureux du jour disait que des craintes obscures influeraient sur ton comportement.

Un sourire malicieux prend forme sur son visage parfait. Je sais qu'il n'accorde aucune importance à ce que prédisent les astres pour lui, mais je le lis tout de même tous les matins. Je suis ainsi mieux en mesure d'appréhender ses humeurs. Enfin, plus ou moins...

— Et que disait le tien ? me demande-t-il en jouant avec l'étiquette de sa bouteille de bière.

— Il était également précisé que tu chercherais un moyen de te soustraire à tes responsabilités, ajouté-je en lui souriant, pour lui faire comprendre que je ne suis pas dupe du fait qu'il cherche à recentrer la conversation sur moi. De mon côté, *a priori*, c'est le moment idéal pour commencer une relation amoureuse prometteuse.

— Tiens donc, s'exclame-t-il avec un rire guttural.

— Alors, sauf si tu as quelque chose à me proposer dans ce sens, je vais te demander de me laisser passer pour rejoindre le pauvre garçon que tu as fait fuir en débarquant à ma table comme si tu avais le droit de revendiquer quoi que ce soit.

J'ai peut-être été un peu plus sèche que je ne le voulais, mais après tout, il a bien mérité que je lui remette les pendules à l'heure.

Il mord sur sa lèvre inférieure et émet un petit sifflement avant de descendre une gorgée de sa bière à même le goulot. Aussi bizarre que ça puisse paraître, je suis captivée par le mouvement de sa pomme d'Adam. Je me verrais bien glisser mon visage dans son cou pour m'endormir. Mais Travis a été très clair : il n'est pas intéressé. Donc à quoi joue-t-il ce soir ? Il est hors de question que j'accepte son attitude sans l'obliger à se dévoiler un peu. Il va falloir qu'il agisse, pour une fois, s'il souhaite m'empêcher de retrouver cet homme.

— Ce n'est pas toi le problème, Ava, finit-il par soupirer, soudain beaucoup plus sérieux. Ma vie est... un vrai bordel en ce moment, et je ne veux pas la compliquer davantage.

— On a tous des soucis, tu sais, lui signalé-je. Les partager avec quelqu'un peut aider.

— Je n'ai pas particulièrement envie d'en parler. Enfin... Même si j'en avais envie, je ne sais pas faire ça. Étaler ce qui me tracasse pendant des heures pour susciter la pitié, non merci !

Sur ce point, nous sommes bien plus proches qu'il ne le pense. Même si la vie m'a permis de comprendre que se confier malgré ses réticences peut se révéler salutaire.

— Tu n'as pas besoin de tout déballer. Parfois, dire quelques mots suffit à te libérer. Au moins pour un moment.

Ses lèvres s'étirent en un léger sourire, et comme toujours lorsque j'arrive à lui en faire esquisser un, aussi minime soit-il, mon cœur s'emballe.

— Ce que je peux te dire, c'est qu'on ne choisit pas sa famille. Et la mienne est plutôt atypique.

— Sans déconner ? m'exclamé-je en écarquillant les yeux. Trinquons à ce point commun, cher voisin.

Je tends mon verre dans sa direction et il entrechoque sa bouteille de bière dessus. Nous buvons en nous observant du coin de l'œil. Pourquoi lutte-t-il si fort contre nous ? Je vois bien qu'il en a autant envie que moi.

Pour l'aider à se livrer, je décide de montrer l'exemple en lui faisant une confession.

— J'ai suivi June à Santa Monica pour m'émanciper, lui révélé-je sans trop m'attarder sur le pourquoi.

— Tes parents étaient du genre strict ?

— Du genre… atypique, me contenté-je de dévoiler en reprenant ses mots.

— Oh ! Je vois, dit-il en se marrant, on est dans ce genre de discussion où si je parle, tu parles.

— Un truc comme ça, oui, pouffé-je.

Il semble réfléchir à la meilleure attitude à adopter. Va-t-il continuer ce jeu ou arrêter ici ? *Faites qu'il entre dans la partie !*

— OK, très bien ! J'aurais voulu que mon père soit plus présent durant mon enfance et mon adolescence.

Je me retiens *in extremis* de sauter sur mon siège tant je suis contente du pas symbolique qu'il fait dans ma direction. Même si je sais d'avance qu'il ne révélera qu'un tout petit bout de ce qui l'empêche de s'ouvrir.

— Son travail nécessitait qu'il s'absente ? demandé-je avant d'être plus précise à mon tour. Le mien voulait imposer son autorité sur les grandes décisions de ma vie.

La mâchoire de Travis se contracte et ses yeux se perdent sur le goulot de sa bouteille. Il prend le temps de choisir ses mots avant de répondre.

— Son job le contraignait à s'absenter souvent. Parfois pendant plusieurs mois d'affilée, m'explique-t-il avant de réagir à mes propos concernant ma famille. Ta mère n'était pas plus compréhensive ? C'est un peu radical de tout quitter et de partir à plus de mille kilomètres.

— Ma mère ne remettrait jamais en question l'autorité de mon père. J'ai du mal à me mettre à ta place, continué-je ensuite pour revenir sur ses confidences. J'ai grandi si entourée des miens qu'ils ont fini par m'oppresser, mais ils me manquent tout de même de temps en temps. C'est complètement illogique…

— Quand il s'agit de la famille, la logique ne s'applique pas toujours, me rassure-t-il en orientant à nouveau son visage dans ma direction. Je vais bien aller voir mon père, même si je persiste à scander à qui veut l'entendre que je ne veux plus rien avoir à faire avec lui.

— On doit être maso, dis-je en riant.

C'est la première fois que je parviens à échanger autant de mots avec Travis. Je m'attends à ce qu'il se rende compte d'une seconde à l'autre qu'il a baissé sa garde et relève immédiatement toutes les barrières derrière lesquelles il se cache. Alors je choisis de tenter le tout pour le tout, avant qu'il ne soit trop tard.

— Et s'il n'y avait pas tous ces problèmes qui polluent ta vie, est-ce que…

— Est-ce que je répondrais à tes avances ? termine-t-il ma phrase en haussant les sourcils.

Je hoche la tête en pinçant les lèvres, le cœur battant la chamade. *Est-ce que pour une fois il pourrait être honnête ?*

— Tu n'aurais même pas eu à m'en faire.

J'ignore s'il s'en est rendu compte, mais tout en me parlant, il s'est approché davantage de moi. Nos visages sont si proches que je sens son souffle chaud caresser mes lèvres. Il suffirait d'un petit rien pour que nous nous embrassions.

— Tu ne sais pas ce que tu rates, lui lancé-je sans m'éloigner, prête à le pousser dans ses retranchements pour le faire enfin abdiquer.

— Tu m'en donnerais un aperçu ?

— C'est-à-dire ? demandé-je, confuse.

Ma respiration devient erratique. Son parfum me monte à la tête et m'enivre. Je suis sur le point de lui dire que je lui donnerais bien tout ce qu'il veut s'il continue à murmurer à mon oreille avec cette voix rauque.

— Je crève d'envie de goûter tes lèvres.

Et moi donc ! S'il savait.

— Mais tu te retiens à cause du chaos de ta vie familiale auquel tu ne veux pas me mêler.

Il opine, son nez frottant le long de ma joue. C'est si sensuel que j'en sauterais presque sur ses genoux pour lui offrir ce baiser qu'il réclame.

— Ça ne serait pas te rendre service, le recadré-je à la place. Tu ne ferais qu'y repenser, après. Crois-moi, si tu me résistes aujourd'hui, c'est parce que tu n'as jamais succombé.

Je la joue forte et déterminée, voire un peu prétentieuse, mais en réalité, je n'en mène pas large. Cela fait des mois qu'il se montre inaccessible. Je ne vais pas consentir à l'embrasser aussi facilement. Encore moins juste pour une seule fois.

Un flash lumineux nous surprend et fait éclater la bulle que nous avions créée autour de nous. Harper, de retour, vient de nous prendre en photo. Elle affiche un sourire satisfait tandis que Travis se lève comme s'il avait été surpris en plein meurtre.

— Vous étiez trop mignons, je n'ai pas pu résister, clame ma copine.

Harper est un phénomène à elle toute seule. Elle comprend qu'elle est allée trop loin en affrontant le regard sombre de notre voisin.

— OK, je vais l'effacer, se défend-elle aussitôt, ce qui semble le calmer.

Sans un regard de plus à mon intention, Travis part rejoindre Matthew et Derek. *Mais quelle girouette, ce type !*

— Pas avant de te l'avoir envoyée, évidemment, précise Harper avec un ton de conspiratrice, en me gratifiant d'un clin d'œil.

Je ris avec elle tout en sortant mon téléphone de mon sac à main après l'avoir senti vibrer.

Je nous observe, Travis et moi, sur cette image figée. *Qu'est-ce qu'on est beaux ! En toute objectivité.* En m'avouant que je lui plais, Travis ne le sait pas, mais il vient de relancer la motivation de mon cœur pour conquérir le sien.

5

TRAVIS MILLER

— Qu'est-ce que tu es relou quand tu rumines, se plaint ma coéquipière alors que nous patrouillons sur Lincoln Boulevard, à pied.

La circulation est dense, comme toujours sur cet axe. Une file de voitures patiente au drive du fast food, à l'angle de Pacific Street.

— Je ne vois pas en quoi ne pas parler est chiant.

Les odeurs du restaurant thaï non loin réveillent mes papilles alors que nous remontons la rue.

— Le temps est beaucoup plus long quand tu ne dis rien ! répond Meryl en fronçant les sourcils.

— Une minute fait soixante secondes, que je t'adresse la parole ou pas.

— Crois-moi, dans ma tête, les minutes peuvent se transformer en heure quand tu es comme ça. Donc raconte-moi ce qui te travaille.

Devant le Santa Monica Hôtel, le ballet entre les touristes sur le départ et ceux qui arrivent bat son plein.

— Remplis plutôt notre mission en surveillant les alentours, cinglé-je en donnant un coup de menton vers les devantures des magasins qui défilent.

La file du Starbucks s'étire jusqu'à l'extérieur. Dommage, j'aurais bien commandé un café s'il n'y avait pas eu d'attente.

— Je sais faire deux choses à la fois, figure-toi ! Et notre cambrioleur n'agit que lorsque les commerces sont fermés, donc à part s'il se balade avec une pancarte l'accusant, on ne risque pas de le repérer.

— Notre présence peut être dissuasive et rassure la population. Ça montre qu'on surveille le quartier.

— Jusqu'à preuve du contraire, on peut garder l'œil ouvert et parler en même temps.

À vrai dire, je ne sais pas ce qui me pèse le plus. Mon frère qui ne me lâche pas à propos de cette fête de retrouvailles, la sortie imminente de mon père ou mon ensorcelante voisine.

Il y a cinq jours, au *Speak Easy*, j'ai compris pourquoi mon instinct me pousse à prendre la fuite chaque fois que nous nous croisons. Si je reste près d'elle plus de quelques minutes, je ne suis pas assez fort pour lutter contre mon attirance. Ajouté à ça qu'elle me désarme en m'envoyant promener, maintenant, je suis foutu. Il faut que je l'évite à tout prix. Je ne peux pas me lancer dans quoi que ce soit avec elle. Je refuse qu'elle soit approchée par mon frère d'une manière ou d'une autre. Avec tous les petits voyous du coin à sa botte, Zane ne tardera pas à savoir que je la fréquente et il viendra lui tourner autour. Juste pour le plaisir de me faire chier. Et je n'ai pas envie que mes soucis familiaux éclaboussent la vie d'Ava. Encore moins maintenant que je sais que Santa Monica est en quelque sorte un refuge pour elle. Elle est parvenue à rompre les liens avec ses parents, chose dont je semble incapable pour l'instant. À croire que la jolie fleuriste en a plus dans le pantalon que moi.

— Crache le morceau, Miller, s'agace Meryl en voyant que je me perds dans mes pensées.

— Tu ne vas pas me lâcher, c'est ça ?

— Ça fait un an qu'on fait équipe, tu devrais le savoir.

Je me marre en secouant la tête. Meryl est une sacrée emmerdeuse quand elle s'y met, mais c'est aussi une très bonne policière. Je me sens en sécurité lorsqu'elle couvre mes arrières, et je sais que la réciproque est vraie. Mais comme avec tout le monde, je ne me confie pas des masses à elle. Pourtant, au central, personne n'ignore de quelle famille je viens. Les plus anciens ont déjà coffré mon père une paire de fois. Ainsi que mon frère. Et ma sœur, même si c'est plus rare. Je ne m'en suis jamais caché. C'est juste que, même s'ils sont au courant, je n'aime pas évoquer ce sujet.

— C'est la sortie de prison de ton paternel qui te pose problème ? prend-elle le risque de demander.

J'inspire brièvement.

— Il ne sait pas que je suis entré dans la police, dis-je, l'air de rien, comme si c'était un détail.

— Tu te fous de ma gueule ? s'écrie-t-elle en s'arrêtant sur le trottoir quelques secondes. Alors ça, je ne m'y attendais pas !

— Comme chaque fois qu'il est libéré, ma mère organise une petite fête pour célébrer son retour. Et Zane insiste pour que je sois présent.

Meryl écarquille de grands yeux puis reprend sa marche le long de Lincoln Boulevard.

— Il faudra bien que tu revoies ton père à un moment, constate-t-elle à voix haute. Et il risque de se poser des questions si tu n'es pas là, non ?

— C'est sûr, mais tous ses amis sont au courant, eux. Donc il va vite se rendre compte que l'ambiance est tendue.

— Je peux t'accompagner ? s'enthousiasme-t-elle tout à coup. J'adorerais voir la tête de Jett Miller quand il va découvrir que son fils est devenu un bleu.

— Ravi que ça t'amuse, mais ça ne va pas être une partie de plaisir.

— Tu n'as pas à avoir honte de quoi que ce soit, tente-t-elle de me rassurer. Dis-lui la tête haute que tu as choisi une autre voie que la sienne. Une qui te permet de te regarder chaque matin dans la glace sans craindre que ça soit derrière des barreaux.

— Je me demande aussi comment ça va se passer quand il sera dehors, lui confié-je maintenant que je suis lancé et qu'elle semble comprendre.

— Comment ça ?

— Mon père va reprendre ses activités, c'est sûr. Il est peut-être déjà en train de fomenter son prochain coup en prison. Il ne se rangera jamais. Il y a donc de fortes probabilités que je me retrouve à le courser d'ici quelques semaines pour le remettre en tôle.

— C'est déjà un risque que tu cours avec ton frère.

— Oui, mais lui c'est un enfoiré, donc je m'en contrefous.

— C'était quoi déjà le nom qu'il avait utilisé pour arnaquer cette bonne femme ? Tu sais, celle dont le mari a justement tiqué à cause de ça.

— Jack Torrance... me lamenté-je de la débilité de mon frangin. C'est le méchant dans *Shining*[1]. Quand je te dis qu'il est con !

— Je me demande comment il a eu cette idée, se marre-t-elle. Je veux dire, à quel moment tu te dis « tiens et si je prenais le nom d'un méchant de film d'horreur comme pseudo » ?

— Je ne pense pas qu'il ait cherché bien loin. Il devait avoir besoin d'une couverture et il avait dû voir le film la veille. Faut pas trop lui en demander non plus...

— Mais ton père, revient-elle sur le sujet. C'est ton père...

— J'avais douze ans quand il a été enfermé pour les dix piges qu'il vient de purger. Je le déteste pour ses absences, tous ces emprisonnements de quelques mois par-ci par-là avant celui qui l'a mis à l'ombre pour si longtemps. Il a été un père en dents de scie, mais chaque fois qu'il était là, il profitait de la vie avec nous à fond. Je ne regrette pas le choix de carrière que j'ai fait, mais je m'en veux tout de

---

1. *Shining*, film de Stanley Kubrick, 1980.

même quelque part de le décevoir à peine aura-t-il retrouvé sa liberté.

— Et il le fera à son tour en commettant un nouveau délit. Ne te torture pas trop, Travis. Je ne suis pas certaine qu'il le mérite.

Nous échangeons un regard complice. Les mots de Meryl me réconfortent, mais ils ne m'empêchent pas de ressentir un goût amer en sachant que bientôt, que je le veuille ou non, les liens avec ma famille seront rompus. Jett Miller n'acceptera pas un flic dans son cercle. Je ne sais même pas si ma mère essaiera de garder tout de même le contact avec moi.

— Bon, et si on entrait dans les boutiques pour rappeler les règles de prudence, histoire de dynamiser un peu cette fin d'après-midi ?

— Go !

Certains commerçants nous remercient de notre vigilance et d'avoir augmenté le nombre de nos patrouilles dans le secteur, d'autres nous critiquent ouvertement et se plaignent que nous ne sommes jamais là quand ils en ont besoin. Je me montre courtois et compréhensif. Ils bossent dur pour quelques milliers de dollars par mois, et se faire piquer la caisse ou du matériel onéreux, sans compter les vitres brisées, n'a rien de joyeux.

— Tu crois que je peux en profiter pour acheter un bouquet ? me demande Meryl alors que nous avançons vers le commerce de M. Warren, le meilleur fleuriste de la rue.

— Toi, t'as rencard avec une nana.

— Une jeune divorcée qui découvre le plaisir entre femmes, confirme-t-elle avec un grand sourire.

— Qu'est-il advenu de Christopher ?

— Ne me parle plus de lui ! Encore un type qui prétend être ouvert d'esprit, mais qui ne comprend pas que je puisse être autant attirée par les femmes que par les hommes. C'est fou, quand même ! Est-ce que je lui demande de justifier le fait qu'il n'aime que les filles ?

La petite cloche fixée à la porte d'entrée de la boutique de fleurs de M. Warren retentit lorsque nous en franchissons le seuil. Aussitôt une jeune femme sort de la réserve et apparaît à l'accueil. Et pas n'importe quelle jeune femme.

Je n'ai pas revu Ava depuis l'autre soir au *Speak Easy*. Nous sommes finalement tous rentrés ensemble et je ne lui ai pas adressé un mot tout le long du chemin. Mon air froid l'a même dissuadée de rengager la discussion. Je suis allé jusqu'à rentrer chez moi sans saluer personne. Et si j'en crois la disparition de son sourire dès qu'elle me reconnaît, ma voisine m'en tient rigueur.

— Bonjour. Agents Anderson et Miller, nous présente Meryl. Nous patrouillons dans le secteur à la suite d'une recrudescence des cambriolages.

— Mon patron m'en a avertie ce matin, déclare Ava à ma coéquipière en détachant son regard de moi. Ça arrive toujours après la fermeture, non ?

Sa voix a un peu flanché quand elle a posé la question. J'imagine aisément la peur qu'elle peut éprouver de se faire braquer.

— En effet, pour l'instant, ça a toujours été le cas.

— Vous savez, nous n'avons pas une grosse caisse. La recette du jour ne vaut pas le risque, se rassure Ava.

— Détrompez-vous, la met en garde Meryl. Les petits commerces comme celui-ci n'ont pas de système d'alarme perfectionné ou de caméra, il est donc plus simple de les attaquer et de prendre le peu qu'il y a plutôt que de se confronter à plus difficile et de commettre une erreur.

— J'ai ma carabine sous le comptoir au cas où.

Meryl jauge Ava pendant quelques secondes pour juger si elle est sérieuse ou pas. Je connais suffisamment ma voisine pour savoir qu'elle plaisante. Mais pas assez pour savoir qu'elle travaille ici. J'étais au courant qu'elle était fleuriste, mais rien de plus précis.

Ma coéquipière m'observe, les yeux plissés. Elle ne comprend pas mon silence. Son regard passe d'Ava à moi et elle tente de déchiffrer ce qu'il se passe.

— Ava est l'une de mes voisines à Palisades Park, expliqué-je en retrouvant mon professionnalisme. Je ne savais pas que tu bossais pour M. Warren.

— Pour ça, il aurait déjà fallu que tu t'intéresses à moi, me rétorque-t-elle tout en s'acharnant sur la tige d'une rose avec son sécateur.

Meryl lève un peu les mains pour me signifier qu'elle ne se mêlera pas de la conversation. Je ne sais pas par quel bout prendre le problème auquel je me confronte avec Ava. Comment lui expliquer qu'elle me plaît mais que le moment est mal choisi, sans lui dévoiler que je viens d'une famille de truands ?

Nous nous affrontons dans un duel de regards. Ava est si solaire avec ces quelques fleurs coincées dans sa queue-de-cheval. Même en colère, elle est belle à se damner. Je ne veux pas assombrir son sourire avec mes problèmes.

— Bien. Te voilà prévenue, maintenant, à propos des cambriolages. Si jamais tu vois quoi que ce soit de louche, n'hésite pas à appeler le central.

Sa mâchoire tressaute quand je ne lui propose pas de me contacter directement. Je fais signe à Meryl que nous en avons terminé, puis les deux jeunes femmes se saluent d'un signe de tête poli.

Une fois à l'extérieur, comme j'aurais pu le prédire, je n'y coupe pas.

— Tu vas m'expliquer ce qu'il vient de se passer ?

— Rien du tout.

— Ne me mens pas ! s'agace ma coéquipière. Votre attitude à tous les deux a changé dès que vous vous êtes vus. Il s'est passé quelque chose entre vous ?

— Non, c'est bien ça le problème.

Et ce sera bien pire s'il se passe quelque chose, justement !

6

AVA WALLER

— Alors ? s'écrie Harper, dans l'expectative de ma réaction, dès que le générique de fin apparaît à l'écran.

— J'ai adoré, lui révélé-je.

Elle tenait absolument à me faire découvrir le film pour lequel Amaia Cox a gagné un Oscar.

Elle tente toujours de retrouver la trace de cette actrice à l'aide du collègue journaliste de June. Ils sont persuadés qu'elle se cache à Santa Monica après sa rupture avec John Rockefeller, un DJ réputé, selon elle. Je ne comprends pas leur obsession à ce sujet, mais il faut dire que les *people*, ce n'est pas mon rayon.

— Vous avancez dans votre enquête ?

June et Li se sont, bien entendu, jointes à nous pour notre soirée télévision, bien qu'elles aient toutes les deux déjà vu le film. Ma meilleure amie questionne notre voisine qui habite au rez-de-chaussée du bâtiment Grant tout en se redressant du canapé dans lequel elle était vautrée. Quant à Li, elle semble se réveiller d'une petite sieste, si j'en crois le bâillement qui lui échappe.

— Non, soupire l'influenceuse. Avec les moyens dont elle dispose, ça ne doit pas être bien difficile de réussir à disparaître de la circulation.

— Et vous ne comptez pas lâcher l'affaire ? intervient Li, qui remplit à nouveau nos verres à shot de tequila sur la table basse.

— On pourrait gagner gros en étant les premiers à proposer une photo d'elle aux rédactions.

Je vois notre amie masseuse froncer les sourcils en entendant cette réponse et je ne peux que l'imiter. Parce qu'elle a une vie publique, il est acceptable que cette Amaia Cox ne puisse plus sortir de chez elle sans craindre d'être harcelée par un paparazzi ?

— Si ce n'est pas nous, ça sera quelqu'un d'autre qui obtiendra ce cliché, se justifie Harper qui a dû apercevoir nos mines désapprobatrices.

— Et du coup, parce que d'autres font n'importe quoi, ça justifie que vous suiviez le mouvement ?

June a été plutôt sèche dans sa réplique, et je sens Li sur le point d'ajouter encore quelque chose. Sentant la situation dégénérer, j'oriente volontairement la discussion sur un autre sujet avant que Harper n'argumente davantage.

— Et si on parlait plutôt du voisin mystérieux de ton cher et tendre ? lancé-je faute de mieux à June.

Elles ont toutes compris mon intention et, après quelques secondes, elles échangent un sourire d'apaisement.

— Ton crush est sur le coup, me dévoile celle-ci. Travis a tenté d'obtenir des informations par le biais du nouvel agent immobilier chargé de Palisades Park, mais ça ne donne rien, à ce que j'ai compris.

— D'ailleurs, vous en êtes où, tous les deux ? cherche à savoir Li. On vous a vus très proches au *Speak Easy* la semaine dernière.

— Il a déjà refait cent pas en arrière, grogné-je avant d'avaler une gorgée de tequila.

— Tu devrais le rendre jaloux, estime Harper. Il n'y a rien de mieux pour faire réagir un mec.

Li et June ne semblent pas lui donner tort si j'en crois leurs regards approbateurs.

— Je n'entrerai pas dans ce jeu-là, assuré-je en haussant les épaules. Il est passé à la boutique mercredi, et il s'est montré hyper froid. Comme si on ne se connaissait pas. Qu'il aille se faire voir, après tout.

— Bien dit ! s'écrie Li, après avoir descendu la fin de son verre. Ce mec est imbuvable. Tu te rappelles comment il nous a accueillies lors de la première fête ? Il ne mérite pas toute l'attention que tu lui portes.

— Ouais... Il faut juste que mon cœur le comprenne, ajouté-je en grimaçant.

— Tu pourrais t'inscrire sur Match&More pour passer à autre chose, me conseille-t-elle en se redressant d'un coup, ravie de son idée.

— Bof ! J'ai assez donné avec les sites de rencontre depuis mon arrivée à Los Angeles. Ça n'a jamais été vraiment concluant. Enfin, si, ça a souvent été concluant, mais... Enfin pas pour quelque chose de sérieux, quoi.

— Pardon ? s'étonne Harper en écarquillant les yeux. Je ne t'imagine pas du tout collectionner les mecs.

— J'ai pas mal flirté ces derniers mois. J'avais du temps à rattraper, de ce côté-là.

— C'est-à-dire ? demande Li, curieuse.

— Disons que j'ai commencé un peu tard à explorer ma sexualité, mais qu'une fois que j'ai démarré, j'ai mis le paquet.

— Tu as été prise d'une frénésie, s'exclame Harper avec un grand sourire.

— On peut dire ça comme ça, approuvé-je en riant avec elle. Mais maintenant, j'ai envie de plus. Et j'aurais aimé que ce soit Travis.

Les filles arborent une moue désolée à mon attention. Je pointe mon verre en l'air et bois cul sec ce qu'il reste à l'intérieur, pour ne pas nous attarder sur le désastre de ma vie amoureuse.

— Ne te focalise plus sur lui et laisse l'opportunité à quelqu'un d'autre de te surprendre. Il n'est pas le seul *Poissons* du coin, après tout ! dit June avec un clin d'œil complice.

— Je vais y réfléchir, mais ce n'est pas comme si j'avais une horde de prétendants qui attendait devant ma porte.

— Arrête, je suis certaine que tu te fais souvent draguer à la boutique, ajoute Harper.

Je pense immédiatement à Jack Torrance, mais rien à faire, il ne me provoque aucun élan. Contrairement à Travis. Ce n'est pas comme si je pouvais tirer un trait d'un seul coup sur tout ce qui me plaît chez ce dernier. Je vais plutôt me focaliser sur ce qui m'énerve dans son comportement, ça m'aiderait à l'oublier.

— Et pourquoi on ne parle pas de tes histoires d'amour à toi ? m'exclamé-je à l'attention de notre paparazzi amateur.

— Je suis sûr qu'un de nos voisins en pince pour toi, affirme June.

Cette affirmation pique la curiosité de Li, qui veut immédiatement en savoir plus.

— Ah oui ? Qui ?

— Quelqu'un du bâtiment Astaire… Au rez-de-chaussée…

— Aaron ?

— N'importe quoi ! se défend Harper. Pourquoi, dès qu'un garçon se montre gentil, il faut toujours que tout le monde y voie un signe de quelque chose ?

— Il n'y a rien qui fasse sortir Aaron de chez lui, sauf si tu es concernée, argumente June.

— C'est juste un ami.

— Pour toi peut-être, mais pour lui ? Tu t'es déjà demandé s'il en attendait plus ? la questionne Li.

— Je n'ai pas vraiment analysé son comportement, nous explique-t-elle. Jusqu'ici, nous sommes de simples voisins qui s'entendent bien. Maintenant, à cause de vous, je vais interpréter chacun de ses gestes et le regarder autrement.

— Tu nous remercieras, la taquine Li.

Nous rions toutes les trois à sa remarque tandis que June lève les yeux au plafond.

— Tu sais de quel signe il est ? Je peux te dire si vous avez une chance ou pas.

— Aucune idée.

— Renseigne-toi et je te dirai si ça sert à quelque chose que tu te lances.

— Mais je ne veux me lancer dans rien du tout ! s'écrie-t-elle. Je n'ai pas la place pour une histoire d'amour dans ma vie. June peut en témoigner.

La journaliste l'observe en haussant un sourcil puis secoue la tête en riant pour la détromper.

— Il y a toujours de la place pour une histoire d'amour, regarde-moi avec Derek !

Les pleurs d'un bébé se font entendre par la fenêtre ouverte de mon salon. Il s'agit d'Isabella, la fille des Green, qui habitent à l'étage au-dessus du mien.

— Les pauvres, ils galèrent tellement avec le sommeil de la petite, leur confié-je. Elle ne dort que s'ils la baladent dans la poussette. Chaque nuit, ils se relaient dans le jardin pour que l'un d'eux puisse avoir une nuit de repos.

— On devrait proposer à Taylor de se joindre à une de nos soirées tequila. Elle doit en avoir bien besoin, estime June.

— Ou on pourrait leur garder Isabella, qu'ils puissent avoir une nuit de sommeil ensemble.

— Euh... garder un enfant toute une nuit, je ne suis pas certaine d'être en mesure de gérer, me répond Li avec une grimace.

Harper et June approuvent, puis les filles rient de manière complice. Quant à moi, j'ai tant de fois aidé ma mère et mes tantes avec les enfants des unes et des autres que je suis certaine de m'en sortir, même toute seule.

Penser à ma famille et à la communauté me rappelle que si j'étais restée, je serais probablement déjà mariée. Si je n'étais pas encore enceinte, nos parents nous rebattraient les oreilles avec ça.

Si j'ai su sortir de là sans un regard en arrière, il devrait m'être facile d'oublier Travis et de passer à autre chose. Mais parfois, aussi illogique que ce soit, certaines choses sont plus difficiles que d'autres.

7

TRAVIS MILLER

Chaque fois que je reviens dans le quartier qui m'a vu grandir, je suis assailli par un tas d'émotions contradictoires. Tant que j'étais un gosse, c'était pas si mal. Des courses de vélo dans les rues, des deux contre deux sur le terrain de basketball défraîchi, les gâteaux de Mme Walsh, notre vieille voisine d'en face, pour le goûter. Puis j'ai commencé à grandir et à comprendre que mon père n'était pas le héros que j'imaginais. Que ses absences n'avaient pas pour but de sauver le monde. Qu'il faisait même partie des personnes qui finissaient régulièrement derrière les barreaux. J'ai cru qu'il n'avait pas le choix avant de comprendre que tout le monde l'a. J'ai été persuadé pendant longtemps qu'il finirait par arrêter. Pour nous. *Qu'est-ce que j'ai pu être naïf, putain !*

Sa dernière peine en date, de dix ans, a été celle de trop. Même ma mère en a été ébranlée alors qu'elle avait pourtant accepté cette vie, par amour. Zane a juré à notre père de veiller sur nous. Et j'ai été assez con pour imaginer qu'il pensait remettre cette famille sur les rails et la sortir de cette voie sans issue. Pas qu'il comptait reprendre le flambeau criminel. Et encore, il n'est même pas fichu d'être à la hauteur de notre paternel.

Pour ma part, j'ai décidé de tracer mon propre chemin. Un choix pour lequel mon père risque de me rayer de sa vie. En finalité, Jett Miller n'aura pu compter sur aucun de ses deux fils. Reste la fille prodige. Kayla. Pickpocket professionnelle.

La sonnerie de mon téléphone me sort de mes pensées. *Ma mère.*

— Allô ?

— Pourquoi tu ne réponds pas quand je t'appelle ? fulmine mon frère à l'autre bout du fil.

— Peut-être parce que j'ai bloqué ton numéro...

— Et tu crois que ça va m'empêcher de te joindre ?

— Apparemment non, grincé-je des dents.

— Qu'est-ce que tu fous ? Tout le monde est là et on va passer à table.

— Il y a quelque chose qui m'échappe. Pourquoi est-ce que tu tiens tant à ce que je sois présent alors qu'on se déteste, toi et moi ?

— Parce que, contrairement à toi, je ne pense pas qu'à moi ! Ils ne seront pas complètement heureux si leur petit chouchou n'est pas là, alors t'as plutôt intérêt à rappliquer. Sinon je débarque dans ta résidence de bourges et ça sera pas joli joli à voir, compris ?

— Ravale tes menaces stériles et rends-toi utile : va me chercher une bière fraîche, je vais en avoir besoin pour supporter ta tronche toute la soirée.

Je lui raccroche au nez et me décide enfin à sortir de ma bagnole, garée à quelques pas seulement de la maison familiale. Je suis plutôt satisfait de savoir que Zane comprendra que j'étais déjà dans le coin et que ce n'est pas son appel qui m'aura fait rappliquer.

J'avance sur le chemin pavé autour duquel l'herbe aurait bien besoin d'un coup de tondeuse. Sans compter les buissons délimitant le jardin qui nécessitent d'être taillés.

Je franchis le petit portail et pénètre dans l'allée menant à l'entrée de la maison.

Ma sœur est la première à me voir arriver.

— Travis ! s'écrie-t-elle en accourant dans ma direction.

Je la serre fort dans mes bras. Nos relations sont tout le contraire de celles que j'entretiens avec Zane, notre aîné. Elle a beau marcher dans les pas de mon père, elle n'a jamais tenté de me forcer à en faire de même.

D'aussi loin que je me souvienne, Zane a toujours eu tendance à me mêler à ses coups foireux. Il voulait m'apprendre les ficelles du métier. À la dure. C'était prétendument son rôle en tant qu'aîné. Il n'a jamais voulu me protéger de quoi que ce soit, ne s'est jamais posé la question de ce que moi j'avais envie de faire. Mes refus de le suivre et de participer à ses conneries ont été le début de nombreuses disputes entre nous, qui finissaient inlassablement par en venir aux mains. Il n'a jamais supporté que je ne lui obéisse pas.

Je suis Kayla dans la salle à manger. De nombreux cadres qui contiennent des photos des trois enfants Miller à tout âge trônent fièrement sur une étagère et un meuble. Une délicieuse odeur de viande et de sauce tomate s'échappe de la cuisine. Les bons petits plats de ma mère me manquent.

De nombreux amis de mon père sont présents. Certains m'ignorent, d'autres me regardent de travers. Je ne m'en offusque pas car je ne suis pas étonné.

— Ça fait bien trop longtemps que tu n'es pas venu me rendre visite, me réprimande ma mère en me collant contre elle pour une étreinte dont seules les mères ont le secret.

— Je sais, je suis désolé, m'excusé-je.

J'aurais dû fournir un effort pour elle. Ça devient juste de plus en plus difficile de faire semblant de cautionner tout ça.

Je profite encore un peu de la chaleur de ses bras, puis je me tourne vers mon père qui est resté assis sur sa chaise, dos à moi. Il doit être contrarié que je ne sois pas venu à la prison ce matin pour sa libération. Il ignore que jouer la comédie trop longtemps est au-dessus de mes forces. Et la mascarade de ce repas va déjà durer au-delà du supportable. Rien qu'à voir les œillades assassines que me lancent certains de ses amis présents autour de la table je n'ai qu'une envie : me tirer.

Je ne pense pas que l'un d'entre eux ait eu le courage de lui apprendre la nouvelle, mais on ne sait jamais.

— Papa, dis-je, un peu nerveux.

Prononcer ce mot est difficile. Ma gorge s'est nouée autour pour le retenir. Parce qu'il a été absent et m'a manqué. Parce que je sais que le temps nous est compté. Quand il découvrira que je suis devenu policier, nous ne ferons plus partie du même camp. Même si j'ai en horreur la façon dont il a décidé de mener sa vie, il n'en reste pas moins celui qui m'a élevé avec amour, du moins quand il était là.

Il recule sa chaise et se lève enfin. Quand il se tourne vers moi, je le trouve fatigué. Ma dernière visite remonte à plusieurs mois. Il ouvre ses bras et j'accepte son accolade avec fébrilité. Il est aussi amaigri. Nous restons dans les bras l'un de l'autre pendant plusieurs longues secondes. Sa main tape mon dos plusieurs fois de façon virile. Il ne faudrait pas que Jett Miller passe pour un sentimental.

Je me racle la gorge pour dégager l'émotion qui s'y est logée.

— Je suis désolé de ne pas avoir pu être là pour ta sortie.

— Ce n'est rien, tu es là maintenant, c'est tout ce qui compte, me répond-il en se détachant de moi. Allez, assieds-toi et mange avec nous.

Ma mère dépose une chaise pour moi à côté de celle de mon père, et une assiette et des couverts apparaissent sur la table la seconde suivante. Les plats devant moi me donnent l'eau à la bouche. À l'aide de ma fourchette, je pique dans un morceau de poulet et prends un peu de salade de pommes de terre. J'ignore comment je vais pouvoir avaler quoi que ce soit alors que je suis aussi mal à l'aise.

— Tiens, s'exclame Zane en sortant de la cuisine, te voilà enfin ! On avait fini par croire que tu n'arriverais jamais. Une urgence au boulot ?

Certains des invités se marrent sous cape. Ma mère le fusille du regard, tandis que Kayla lève les yeux au ciel. Il jubile par avance de l'explosion de ma relation avec notre père.

— Et toi, t'étais passé où ? Ça va faire plus d'une heure que tu as disparu ! l'engueule notre sœur.

Elle détourne volontairement l'attention du sujet que Zane vient de tenter de mettre sur le tapis sans me laisser un temps de repos.

— Si on te demande, tu diras que tu ne sais pas, lui rétorque-t-il en se décapsulant une bière.

— Ne vous disputez pas ce soir, s'il vous plaît, nous exhorte notre père d'une voix autoritaire. Je veux passer un bon moment en famille.

Il attrape la main de ma mère et la couve d'un regard plein d'amour. Je peux reprocher beaucoup de choses à mon père, mais il n'a toujours eu d'yeux que pour elle. Les sentiments qui les unissent sont inaltérables. Même des années de détention n'en sont pas venues à bout.

Lorsque j'ai décidé d'intégrer l'école de police, j'ai demandé à ma mère comment elle pouvait vivre ainsi et accepter d'être séparée de l'homme qu'elle aime à cause de ses choix. Elle m'a simplement répondu qu'on ne décide pas de qui notre cœur s'éprend. Qu'elle savait qu'elle ne serait pas heureuse avec un autre homme et que ça faisait longtemps qu'elle se contentait de chérir les moments qu'ils avaient ensemble. J'ai compris ce jour-là que mon père ne la méritait pas. Et à le voir l'admirer ainsi, le regard doux, je crois qu'il en a conscience. S'il l'aimait aussi fort qu'elle, il n'aurait pas été égoïste au point de lui imposer cette vie.

Ce n'est pas pour rien si depuis des mois je maintiens Ava à distance. Elle et moi, ça pourrait matcher, j'en suis certain. Ce n'est pas parce que j'ignorais où elle bossait que je ne la connais pas. Je sais qu'elle est généreuse, bienveillante et à l'écoute des autres. Qu'elle est assez forte pour avoir quitté sa famille dans laquelle elle ne se sentait pas à sa place. J'apprécie son côté mordant quand on s'en prend à ses amis, et j'ai bien du mal à résister à son sourire. Mais contrairement à mon père, je ne me lancerai pas dans une relation en prenant le risque de l'exposer à des ennuis. Je ne la salirai pas avec toute cette merde.

8

AVA WALLER

J'ai du mal à en croire mes yeux. Le choc m'empêche d'émettre le moindre mot. Mon regard scanne ce qui m'entoure dans l'espoir de trouver quelque chose d'épargné, sans succès. Tout a été saccagé. Pas un vase, pas une décoration n'a survécu au carnage.

Il y a du verre partout. Au sol, les éclats se mélangent à l'eau contenue dans les seaux de fleurs renversés. Toutes les plantes et les fleurs sont éparpillées partout.

Je fais attention à l'endroit où je mets les pieds avec mes sandalettes pour ne pas me blesser. La personne qui est venue voler la caisse a visiblement passé ses nerfs sur la boutique. Comme si ce n'était pas suffisant de dérober l'argent de M. Warren, il a fallu qu'elle détruise tout ce qui se trouvait à l'intérieur. Je crois que je n'ai jamais ressenti autant de haine qu'à cet instant.

J'observe mon patron, le visage fermé, le dos voûté. Lorsqu'il m'a appelée ce matin pour me prévenir du cambriolage, je ne m'imaginais pas un tel carnage. Son désarroi me donne envie de fondre en larmes : il a tant travaillé et voilà que tout a été anéanti en quelques minutes cette nuit.

— Est-ce que vous avez rencontré des soucis avec un client récemment ? lui demande un officier de police muni d'un petit carnet et d'un stylo pour tout noter.

— Vos collègues sont passés la semaine dernière pour nous prévenir qu'il y avait eu plusieurs actes de ce genre dans le quartier.

— C'est vrai, mais le mode opératoire ne correspond pas. Jusque-là, ils agissaient vite et discrètement. Vu les dégâts, ça semble personnel.

— Monsieur Warren est très apprécié dans le quartier, assuré-je en le couvant d'un regard triste.

— Vous êtes ? m'interroge l'officier.

— Ava Waller est mon employée, répond mon patron à ma place.

— Vous travaillez ici depuis longtemps ? poursuit l'agent de police.

— Bientôt un an.

— Se peut-il que vous soyez la personne visée, dans ce cas ?

— Moi ? dis-je, étonnée qu'il puisse imaginer ça. Non. Je ne vois pas pourquoi.

Le policier me scrute comme s'il essayait de lire en moi, puis il note quelques mots et mes coordonnées dans son carnet. Quelques questions plus tard, la police finit par déserter les lieux.

— Nous vous convoquerons peut-être au poste si nous avons besoin d'autres précisions.

— Bien sûr.

Un silence pesant s'installe. Je crois que M. Warren, tout comme moi, ne sait pas par où commencer. Il n'est pas du genre à baisser les bras, mais là je vois qu'il a du mal à faire face. Et je refuse qu'on se laisse abattre.

— Allez, on se retrousse les manches et on nettoie tout ça, m'exclamé-je. Quand on aura terminé, on commandera tout ce qu'il faut remplacer.

— Oh ! Ma petite Ava, tu es adorable, mais je ne vais pas pouvoir assumer tous ces frais avant que l'assurance ne remplisse son rôle. Il ne va pas être possible d'ouvrir de sitôt.

— Quoi ? m'écrié-je, horrifiée par cette perspective à laquelle je n'avais pas pensé.

J'ai besoin de ce travail. Et lui aussi. Que serait M. Warren sans sa boutique de fleurs ?

— Je suis désolé pour toi, mais je suis certain que tu trouveras vite autre chose.

— Il est hors de question qu'on laisse un petit voyou bouleverser nos vies comme ça. On va déblayer le magasin et ensuite on fouillera dans la réserve pour voir ce qui peut encore servir. Je suis certaine qu'on peut dénicher de quoi ne pas être contraints de fermer. Ça fait trente ans que vous stockez plein de trucs, on devrait pouvoir s'en sortir.

Mon patron a en effet tendance à entasser plutôt qu'à jeter. J'ai bien essayé à plusieurs reprises de faire un peu de tri, mais il est toujours passé derrière moi pour récupérer certains objets et quelques pots. Je suis navrée que les circonstances lui donnent raison, mais satisfaite que cela nous serve à rebondir.

— Comme tu voudras, marmonne-t-il, pas convaincu.

À la fin de la journée, je suis épuisée, et le genou de mon patron le fait souffrir encore plus que d'habitude. Il faut dire que nous n'avons pas ménagé nos efforts. Nous avons tout nettoyé, et nous avons porté les poubelles toutes plus lourdes les unes que les autres jusque sur le trottoir avant que les éboueurs ne passent.

Je suis en nage et j'ai besoin d'une bonne douche. Autant pour ôter l'odeur de transpiration qui me colle à la peau que pour évacuer la colère qui n'a fait que grandir en moi à mesure que nous jetions tous les bouquets et les objets de décoration cassés.

J'ai convaincu M. Warren de nous retrouver à la boutique dès demain matin pour faire le tri des affaires qu'il a amassées. Je suis certaine que nous pourrons trouver de quoi nous en sortir. Ou au moins limiter les dépenses pour pouvoir rouvrir au plus vite.

Arrivée aux abords de Palisades Park, j'aperçois Travis en pleine discussion avec un homme près du portail d'entrée. Ils ont l'air plutôt remontés l'un contre l'autre si j'en crois leur gestuelle. Ils sont presque nez à nez et j'ai l'impression que la situation pourrait dégénérer d'un moment à l'autre.

Je suis étonnée de reconnaître mon client dragueur : Jack Torrance. *Tiens donc, ces deux-là se connaissent…* Et ils n'ont pas l'air d'être les meilleurs amis du monde.

— Je te laisse quarante-huit heures pour parler à papa, sinon c'est moi qui m'en chargerai, menace-t-il Travis avant de partir tandis que j'approche.

Papa ? Ils sont frères ? Alors ça, je ne m'y attendais pas.

J'ai le temps de voir le policier fulminer avant qu'il ouvre le portail pour entrer dans la résidence.

Bien que j'aie décidé de lui adresser la parole le moins possible depuis son comportement au *Speak Easy* et sa visite à la boutique, j'ai besoin de savoir si la police a une piste sérieuse au sujet de ces cambriolages. Il faut que ça cesse. Après avoir subi les dégradations à Palisades Park, je n'ai pas envie de répéter ce schéma dans ma vie professionnelle.

— Travis ! le hélé-je en accélérant le pas.

Je ne loupe pas le soupir qu'il lui échappe en entendant ma voix. Il serre la mâchoire ainsi que les poings. Ses yeux me transpercent telles deux lames affutées, me poussant à reculer d'un pas.

— Quoi encore, grogne-t-il d'une voix sèche.

Il est énervé ? Parfait, on est deux, comme ça ! S'il pense que je suis toujours de bonne humeur ou prête à lui sourire, il va vite déchanter.

— Oh ! Je dérange, peut-être ?

— Tu crois qu'il est possible que j'arrive un jour à rentrer chez moi sans te croiser ? crache-t-il.

En entendant ces paroles, je reste bouche bée. *Mais quel connard !* OK, il vient de se disputer avec son frère si j'ai bien compris, mais ce n'est pas une raison pour s'en prendre à moi. D'autant qu'il est injuste.

— Dis tout de suite que je te harcèle, râlé-je en posant les mains sur mes hanches.

— Franchement, Ava, je ne sais plus comment te le faire comprendre, souffle-t-il en passant les doigts dans ses cheveux. Ça ne sert à rien de tenter de me parler, de créer un lien entre nous. Ça n'arrivera pas. Je ne cherche personne, et si c'était le cas, tu ne serais pas celle vers qui je me tournerais.

Prends ça pour toi, Ava ! Ça fait mal.

J'inspire par le nez et relâche l'air dans mes poumons par la bouche pour garder mon calme. Quand je pense que je voulais simplement lui poser quelques questions au sujet des cambriolages. Pourquoi me suis-je amourachée d'un type pareil ? Sa tirade me blesse plus que je ne veux bien me l'avouer. Travis vient de mettre fin à tous mes espoirs, aussi minces étaient-ils.

— Ce n'est pourtant pas ce que tu as dit l'autre jour au bar.

Je me maudis immédiatement de répliquer ça. Je passe pour une fille désespérée.

— J'avais trop bu et j'ai dit ce que tu avais envie d'entendre pour parvenir à mes fins.

— Ah bon ? Si ton but était de me mettre dans ton lit, pourquoi es-tu parti si vite sans conclure ?

— L'intervention de Harper m'a rappelé à l'ordre. Tu seras pire que maintenant si je couche avec toi. Je suis désolé de devoir être si cash, mais ça devient ingérable.

J'encaisse chacun de ses mots comme un coup de poing dans le ventre. Le genre qui vous donne envie de rendre votre repas. *Je pourrais lui vomir dessus, tiens ! Il ne l'aurait pas volé.* Toutefois, ma dignité m'en dissuade.

J'effectue quelques pas en direction du portail pour le dépasser tandis qu'il ne bouge pas.

— Tu es de loin le pire mec que j'ai connu, lui craché-je au visage.

Dans ma tête, je l'insulte des pires noms d'oiseaux, mais si je parle trop, je vais fondre en larmes devant lui. Je me rue donc chez moi en pensant que ma douche servira également à effacer mes pleurs. Travis est le premier garçon à me briser le cœur, alors même qu'il ne s'est jamais rien passé entre nous. J'en viens à me demander si je suis réellement faite pour ce monde où les gens volent, détruisent le travail des autres et malmènent mes sentiments.

9

TRAVIS MILLER

C'est à peine si j'arrive à affronter mon reflet dans le miroir. Le ramassis de conneries que j'ai jeté à la figure d'Ava hier résonne encore à mes oreilles. Son regard alors qu'elle m'écoutait m'a transpercé le cœur.

Zane, qui m'a cueilli à l'entrée de Palisades Park juste après mon service, avait déjà mis ma bonne humeur à l'épreuve. Mon frère me reproche de n'avoir pas encore révélé à mon père que je suis policier. Comme si c'était lui qui décidait quand et comment j'allais lui annoncer la grande nouvelle. *Qu'il aille se faire mettre !*

Et quand j'ai pris conscience qu'Ava avait été si proche de le croiser, ça m'a fait vriller. *Ils auraient pu se croiser.* Il aurait pu comprendre comment m'atteindre à travers elle. Ça me rend barge rien que d'y penser.

Il fallait que j'éloigne ma voisine de moi une bonne fois pour toutes. Alors je lui ai dit tout le contraire de ce que je pensais.

Un coup frappé à la porte de mon appartement fait flamber la colère sourde qui ne m'a pas quitté depuis ma tirade assassine à Ava. Si Derek et Matthew se sont mis en tête de célébrer mon anniversaire, je vais les tuer. Ils font partie des rares personnes à être au courant que c'est aujourd'hui, mais je ne suis pas d'humeur à faire la fête. Je veux juste qu'on me foute la paix et qu'on m'oublie.

— Travis, appelle la personne qui toque.

Je me fige en reconnaissant la voix de mon père. *Qu'est-ce qu'il fout ici ?*

Je jette un coup d'œil aux affaires éparpillées autour de moi. Il n'y a rien qui puisse lui indiquer mon métier puisque je me change toujours au poste, mais on n'est jamais assez prudent.

— J'arrive, m'écrié-je, en rangeant rapidement le bazar.

Je suis fébrile à l'idée de le laisser entrer. C'est mon antre, ici. Et je prends conscience à cet instant que mon père ne me connaît pas. Il ne sait rien de l'homme que je suis devenu pendant qu'il croupissait en prison. Et le pire dans tout ça, c'est qu'il regrettera de le découvrir.

Je frotte mes mains contre mon jean avant de lui ouvrir la porte.

— Je te dérange ? me demande-t-il en haussant un sourcil, un léger sourire aux lèvres.

— Non, pas du tout, m'empressé-je de le rassurer en le laissant pénétrer dans l'appartement.

— Zane m'avait prévenu que tu vivais dans une résidence de bourges, mais je ne m'attendais pas à ça. La sécurité, la piscine et les palmiers, on se croirait dans une de ces séries télévisées.

J'ai du mal à déterminer si le ton de sa voix est mordant ou s'il est heureux pour moi.

— Oui... Enfin pour la sécurité on repassera si tu as pu arriver jusqu'ici sans sonner à l'entrée.

— Une charmante dame m'a laissé entrer. La soixantaine passée et plutôt avenante.

— Sue, soupiré-je en secouant la tête.

— Sacré spécimen. Il a suffi que je dégaine mon plus beau sourire et que je lui dise que mon fils habitait ici pour qu'elle me laisse le portail ouvert en sortant.

Quand je pense qu'elle a été la plus vindicative pour créer une équipe de surveillance, maintenant elle laisse quelqu'un pénétrer à Palisades Park sans même s'assurer qu'il dit la vérité. Il va falloir que je lui en touche deux mots à l'occasion.

— Tu n'offres pas une bière à ton vieux père ?

— Si, si, bien sûr ! réponds-je en reprenant mes esprits. J'ai de la Corona, ça te va ?

Il hoche la tête tout en parcourant mon mobilier des yeux. Il faut dire qu'il n'a pas grand-chose d'autre à regarder. Aucune photo, pas de tableau, la décoration est sommaire, voire inexistante.

— Tu ne bois pas ? me demande-t-il alors que je lui tends une bouteille.

— Je travaille en début d'après-midi, me justifié-je, mal à l'aise. Tu es venu pour une raison en particulier ?

— Il m'en faut une pour rendre visite à mon fils ? s'étonne-t-il en fronçant les sourcils.

— Non, lui assuré-je en lui faisant signe de s'installer sur le canapé. Je suis désolé.

— Ce n'est rien. Je sais que je dois trouver mes marques dans vos vies, à toi, à ta sœur et à ton frère. J'espérais qu'on pourrait passer un moment tous les deux pour ton anniversaire.

Il n'en a jamais oublié un au cours de sa détention. J'ai toujours eu le droit à un appel. J'aurais pu me douter qu'il viendrait.

— On peut aller déjeuner ensemble, si tu veux.

En toute franchise, je n'ai pas spécialement envie de partager ce repas. Il va être délicat de ne pas aborder ce que je fais dans la vie, et je ne suis pas pressé de me fâcher avec lui alors qu'il vient à peine de sortir de prison. Aucune envie que le jour de mon anniversaire devienne le dernier où mon père m'aura adressé la parole.

— Tu aimes ton job ?

Il me prend au dépourvu, là. Je ne m'attendais pas à en parler sans qu'il sache de quoi il s'agit. Sent-il que je me braque dès qu'on approche de ce chapitre de ma vie ? Fort possible. Il avait déjà un sixième sens pour deviner nos pensées quand nous étions gamins.

— Je ne me verrais pas faire autre chose. C'est une vocation.

Autant être franc et direct. Je ne suis pas du genre à tourner autour du pot, de toute façon.

— Je suis heureux pour toi, alors.

— N'en sois pas si sûr, persiflé-je avec un rire jaune.

— Ce que j'ai décidé de faire de ma vie n'exerce aucune influence sur ce que je pense de ce que vous faites de la vôtre, avec ton frère et ta sœur.

Si seulement il pouvait le penser réellement. Il ne peut pas envisager ne serait-ce qu'une seconde que je sois entré dans les forces de l'ordre. Je devrais lui en parler. C'est peut-être même le bon moment. Nous sommes seuls et il veut passer un moment privilégié avec moi, mais j'hésite. Je ne suis pas prêt à le perdre alors que je viens à peine de le retrouver. Et puis il ne me pose pas non plus la question de façon directe, donc tant que je peux esquiver, je décide d'en profiter.

— Le *Jinky's Café* est toujours ouvert ? me demande-t-il sans se douter de la bataille qui se joue en moi.

— Oui, lui réponds-je en attrapant mon portefeuille et mon téléphone avant que nous ne nous mettions en route.

— Alors go ! J'ai rêvé trop souvent d'un de leurs steaks bien grillés durant ma détention.

Une fois sur place, nous avons la chance de trouver une table libre en terrasse. Le regard de mon père se porte sur l'horizon et le bleu de l'océan, tandis que je l'observe. La prison a marqué ses traits. Il n'avait encore jamais effectué une peine si lourde, j'espère que cela le convaincra de prendre sa retraite du grand banditisme.

— On a prévu d'aller surfer tôt demain matin, m'apprend-il en reportant son attention sur moi. Tu devrais te joindre à nous.

— Ce « on » inclut qui, exactement ?

— Ton frère et de vieux amis à moi, précise-t-il en attrapant le menu posé au centre de la table.

Ses mains sont tachées. Comme de la peinture qui aurait bavé et qu'il n'aurait pas réussi à faire disparaître. Il a dû entreprendre de rafraîchir la maison, ce qui n'est pas une mauvaise idée. Bien que le choix du noir, vu les traces restant sur ses doigts, me laisse dubitatif.

Un serveur vient prendre notre commande. Nous optons tous les deux pour un hamburger avec des frites. Mon père me suit sur le soda pour le choix de la boisson.

— Alors ? revient-il à la charge une fois que nous nous retrouvons seuls.

— Je travaille tard aujourd'hui, je me joindrai à vous une prochaine fois.

Je vois bien à son front plissé qu'il n'en croit rien, mais il ne cherche pas à comprendre les raisons de mon refus. Ma mère, ou Kayla, a déjà dû lui expliquer que Zane et moi ne nous entendons toujours pas, bien que nous soyons adultes aujourd'hui. C'est même devenu pire avec les années. Et quand il en connaîtra la raison, il se rangera à son avis.

— Ne m'évite pas, Travis, me lâche-t-il, plus sérieux que jamais. J'ai eu tout le temps de me maudire de louper une grande partie de votre enfance. J'ai conscience que je t'en demande beaucoup après n'avoir pas assuré en me faisant coincer, mais je te demande juste de me faire une petite place dans ton quotidien.

Je ris jaune en secouant la tête. Il ne regrette pas le braquage qui l'a fait tomber, mais de s'être fait prendre. Je me retiens *in extremis* de lui en faire la remarque. C'est typiquement ce genre de réflexion qui nous oppose et pourrait tout faire exploser entre nous.

10

AVA WALLER

Depuis la porte d'entrée, je parcours la boutique de fleurs du regard, et je dois dire que je suis plutôt satisfaite du résultat. Ces vieux bacs à fleurs et ces seaux un peu usés donnent l'impression d'être retourné dans le passé. Le magasin est plus spacieux puisque nous avons moitié moins de marchandises, mais j'estime qu'il était important d'ouvrir. J'ai accroché au plafond tous les attrape-rêves que j'avais confectionnés. Ils sont disséminés à plusieurs endroits et apportent la touche de décoration qu'il manquait.

M. Warren est toujours bougon car il a beaucoup de paperasses à compléter pour l'assurance, sans oublier toutes les commandes à effectuer pour reconstituer un certain stock. Il se déridera quand tout reviendra à la normale, j'en suis certaine.

— Oh ! Regardez ! Des attrape-rêves ! se réjouit la voix d'une jeune femme dans mon dos. Tu m'en avais acheté un quand j'étais petite. J'y tenais beaucoup, mais Zane a fini par le casser.

— Entrons. Je vais t'en offrir un autre, dans ce cas, répond une voix grave qui m'est inconnue.

Je me tourne et découvre Travis accompagné d'une femme de son âge et d'un homme plus âgé. J'imagine tout de suite qu'il doit s'agir de son père, car il lui ressemble beaucoup. Je repense à ses confidences au *Speak Easy* à son sujet. J'espère qu'il saura aplanir sa relation avec lui et ne plus lui reprocher son absence, parce que même s'il me rejette, je ne lui souhaite pas d'être malheureux. Celle qui les accompagne possède les mêmes yeux chocolat qu'eux, mais ses cheveux sont plus clairs. Peut-être Travis a-t-il une sœur.

Nos regards se croisent et avant qu'il n'ait le temps de prendre la parole, je retourne à l'intérieur. Je n'ai aucune envie qu'il se sente oppressé par ma présence, quand bien même c'est lui qui passe devant le magasin.

— Bonjour, me salue la jeune femme en entrant.

Celui qui doit être son père m'adresse un signe de tête et s'éloigne à sa suite vers le fond de la boutique, où sont suspendues mes confections les plus grosses.

— Bonjour, leur réponds-je, sans accorder un regard à Travis qui approche du comptoir.

— Il y a eu pas mal de changements ici depuis que je suis venu avec ma collègue, me dit-il en regardant autour de lui, les sourcils froncés.

Je laisse échapper un souffle court et lève les yeux au plafond. Je me retiens de lui signifier que c'était de cela dont je voulais lui parler à Palisades Park avant qu'il ne me crache son venin à la figure.

— Sans rire. Tu es très observateur, tu devrais devenir policier.

Il se tend et semble vérifier où sont ses proches.

— Écoute, Ava, pour ce que je t'ai dit l'autre jour…

— Tu as dit ce que tu avais à dire. C'est bon. Épargne-moi les remords et tout ce qui va avec. Tu m'excuses, mais j'ai des clients à servir.

Je lui offre mon sourire le plus faux et le laisse en plan pour aller à la rencontre de ses deux accompagnants, qui ne loupent aucune miette de notre échange.

— Je peux vous renseigner, peut-être, proposé-je en déployant des trésors d'amabilité.

— Vos attrape-rêves sont à vendre ? me demande la jeune femme.

— Oui, bien entendu, lequel vous plairait ?

— Celui-ci, me désigne-t-elle en le pointant du doigt.

Il s'agit de l'un de mes préférés, avec ses plumes et ses tresses en fils de cuir. Je me note mentalement d'en confectionner un à nouveau très vite.

Je cherche l'escabeau rangé dans un coin de la pièce et grimpe dessus pour décrocher l'objet de décoration souhaité.

— Il vous fallait autre chose ? les interrogé-je une fois revenue au comptoir, en ignorant Travis qui nous observe.

— Tu pourrais peut-être en profiter pour acheter des fleurs à maman, tu ne crois pas ? propose la jeune fille à celui qui est donc bien son père.

— Très bonne idée ! Qu'est-ce que tu en dis, fils ? Plutôt rouge ou orange, le bouquet ?

— Avec des roses rouges, tu seras sûr de lui faire plaisir, répond Travis d'un ton neutre.

Je ne l'imaginais pas du genre à faire du lèche-vitrine avec son père et sa sœur. Il a l'air plutôt complice avec cette dernière si j'en crois le sourire qu'il lui adresse. En tout cas, la différence avec l'échange que j'ai surpris entre frères il y a deux jours est saisissante.

Leur père suit le conseil de son fils et opte pour les roses. Classiques mais indémodables.

J'emballe soigneusement ma première création à être vendue, puis les fleurs.

— Ça vous fera vingt-cinq dollars, s'il vous plaît.

Leur père me tend deux billets de vingt dollars et me prie de garder la monnaie. Vu la liasse dans son portefeuille, je ne refuse pas. Il me semble à l'abri du besoin.

— Merci beaucoup.

Travis braque son regard dans le mien alors que son père et sa sœur sont déjà presque sortis. Je pince les lèvres pour résister à la tentation d'aplanir les choses entre nous. Il ne veut plus que je lui parle ni que je l'interpelle à la résidence. Le message est passé, il ne m'y reprendra plus. Il finit par baisser les yeux et soupirer. Il me semble qu'il hésite à dire quelque chose, puis il se ravise, avant de rejoindre sa famille et de s'éloigner dans la rue. *Parfait !*

Folle de rage, j'attrape mon téléphone dans mon tablier et écris à June et Li dans notre conversation de groupe.

Ava : Il va me falloir de la bonne tequila, ce soir.
Mon horoscope me prédisait une mauvaise journée
et c'est encore pire que ce que les astres avaient prévu.

Leurs réponses ne tardent pas à arriver.

June : Je me débarrasse de Derek et je serai
chez toi pour 20 heures.

Autrement dit, ma meilleure amie s'envoie d'abord en l'air, puis elle rappliquera chez moi.

Li : Ma pauvre ! On va faire mentir les planètes et te faire
oublier tes problèmes. J'enverrai Matthew chez Derek
pour être tranquille.

Je souris face à mon écran, reconnaissante d'avoir des amies si précieuses.

— Le voilà revenu, ce beau sourire, me surprend M. Warren en sortant de la réserve. Fais-moi plaisir et garde-le jusqu'à la fin de la journée.

Il me taquine, ce qui a le don de me faire m'attacher encore un peu plus à lui.

Une de nos fidèles clientes entre à cet instant et écarquille les yeux en découvrant la boutique. Mon patron se charge de lui expliquer les derniers événements tout en l'aidant à choisir de quoi fleurir ses jardinières parmi ce que nous avons encore en stock.

Mon portable se met à vibrer sous le coup d'un appel. Je ne reconnais pas le numéro, mais je file en réserve pour décrocher.

— Allô ?

— Bonjour. Mademoiselle Waller ?

— C'est bien moi.

— Je suis l'agent Rodriguez, nous nous sommes vus le matin du cambriolage de la boutique pour laquelle vous travaillez.

— Oui, je me rappelle.

— Vous serait-il possible de passer au poste ? Nous aurions quelques questions à vous poser et des photos à vous montrer.

— Sans problème. Je peux venir demain.

— Vous ne pouvez pas vous libérer aujourd'hui ? Nous aimerions avancer sur cette enquête au plus vite.

— Je vais voir avec mon patron pour m'arranger.

— Je compte sur vous, merci.

Nous raccrochons et je m'empresse d'aller trouver mon patron pour lui expliquer la situation.

— Vas-y, file. Si tu peux aider la police à mettre la main sur ce vaurien, autant ne pas faire traîner.

Je file tout en commandant un taxi. Je me demande bien en quoi je vais pouvoir être utile aux forces de l'ordre, mais ça me permettra au moins d'oublier mon lunatique voisin jusqu'à ma soirée arrosée avec les filles.

Une fois que je suis arrivée sur place, l'agent Rodriguez m'accueille et me conduit dans une salle sans fenêtre.

— Prenez place, j'arrive tout de suite, s'empresse-t-il de m'indiquer avant de refermer derrière lui.

Je ne me sens pas à l'aise. Pourquoi ne m'a-t-il pas reçue à son bureau ?

Je tire sur une des deux chaises autour de la table et m'assieds en déposant mon sac à main sur le plateau. Un miroir sans tain me fait face et je me demande si quelqu'un m'observe à travers. Malgré mon cœur qui tambourine trop fort, j'essaie de rester calme. Après tout, je n'ai aucune raison de m'inquiéter.

La porte s'ouvre à nouveau et l'agent Rodriguez revient avec un dossier entre les mains.

— Je vous remercie d'être venue aussi vite, mademoiselle Waller.

Je me contente de lui sourire, malgré l'envie de lui demander de se dépêcher car cette pièce me rend claustrophobe, tout à coup.

— J'ai quelques photos à vous montrer. J'aimerais que vous me disiez si vous avez déjà vu certains de ces hommes à la boutique de fleurs.

Il étale une bonne dizaine de clichés sous mes yeux. Je m'avance et pose les coudes sur la table. Il s'agit de photos de gardes à vue et les types n'ont pas l'air commode.

— Je crois que je m'en souviendrais si j'avais eu affaire à ce genre de profils.

— Prenez votre temps.

Mon regard s'attarde sur certains visages plutôt banals. Puis l'un d'eux attire mon attention. Je me glace d'effroi en reconnaissant Jack Torrance. Mon client charmeur a donc eu des démêlés avec la police... Dans un coin de mon esprit, je n'oublie pas non plus qu'il est le frère de Travis.

Face au policier qui étudie chacune de mes réactions, je tente de cacher le tourment qui prend forme en moi. Travis et son frère Jack se disputant devant Palisades Park à propos de quelque chose à révéler à quelqu'un. Travis me parlant de ses problèmes avec sa famille.

Je rassemble mes souvenirs. Travis a évoqué vouloir étriper son frère, et qu'on ne choisit pas sa famille. Il a affirmé que la sienne est atypique. Est-ce que son frère pourrait être lié à ces cambriolages ? J'ai du mal à y croire. Il est lui-même policier, après tout.

— Alors, mademoiselle Waller ? me presse l'agent Rodriguez.

Je crains qu'en désignant Jack Torrance comme un client régulier de notre service de colis, cela cause des soucis à Travis. Certes, il m'a énervée et éconduite, mais je ne souhaite pas pour autant lui créer des ennuis. Encore moins dans son travail. Je préfère en discuter avec lui avant. Qu'il ait envie ou non de m'entendre, je préfère d'abord l'informer que son frère était souvent de passage à mon travail. Il ne sera ainsi pas pris au dépourvu quand ses collègues le lui diront. Et puis rien ne m'empêche de revenir ici dans quelques jours pour demander à revoir les photos en prétextant avoir un doute sur l'une d'entre elles après réflexion.

— Non, je suis désolée, je ne reconnais personne.

La grimace de l'agent Rodriguez puis le coup d'œil qu'il lance au miroir sans tain ne me disent rien qui vaille.

11

TRAVIS MILLER

J'enfile ma tenue dans les vestiaires en repensant à ces deux derniers jours. D'abord le déjeuner avec mon père et sa proposition d'aller surfer. Que je n'ai pas acceptée à cause de ses amis, mais je me promets de lui retourner l'invitation à l'occasion, rien que tous les deux. Et le lendemain, Kayla qui m'a convaincu de les rejoindre en ville, mon père et elle. Si on m'avait dit que je me baladerais dans les rues de Santa Monica avec eux pour me dénicher un cadeau d'anniversaire, je n'y aurais pas cru.

Ils m'ont tous les deux obligé à les suivre dans d'innombrables magasins jusqu'à ce que je déniche un truc qui me plaise et qu'ils pourraient m'offrir pour l'occasion. J'ai trouvé mon bonheur chez un disquaire, en tombant sur un vinyle du label Motown que j'affectionne. Nous avons ensuite retrouvé ma mère à la maison pour dîner tous ensemble.

Heureusement, Zane était déjà pris ailleurs, occupé avec je ne sais qui, parce que j'aurais eu du mal à supporter sa présence et ses sarcasmes. Notre paternel sait que nos relations étaient déjà tendues lorsque nous étions gamins et j'imagine qu'il a en tête de nous réconcilier maintenant qu'il est sorti de prison. Il ignore juste que nos différends se sont intensifiés à cause de mon métier. Zane n'assume pas d'être le grand frère d'un type comme moi. Il a honte. Et je m'en contrefous.

Je n'avais pas prévu que notre vadrouille nous fasse entrer dans le magasin d'Ava, mais il a fallu que ma sœur craque pour les attrape-rêves qui y sont vendus. Ma jolie voisine m'a ignorée, comme je le méritais après l'avoir envoyée sur les roses.

Je file en salle de pause me servir une tasse de café et constate que Meryl est déjà là.

— Alors, ce premier week-end de famille parfaite, qu'est-ce que ça a donné ?

— C'était un peu surréaliste.

— J'imagine. Il doit y avoir des sujets qu'il vaut mieux éviter…

— On évoque surtout nos souvenirs, et ma mère raconte à mon paternel les bêtises et les prouesses de ses enfants qu'il a manquées.

— Ta sœur fait toujours dans le chapardage de haut vol ?

— Je n'en sais rien, avoué-je. Je m'entends plutôt bien avec elle, donc moins j'en sais, mieux je me porte.

— Tu m'étonnes.

Tout en rejoignant notre bureau, je lui demande :

— Ça te dérange si on retourne à la boutique de M. Warren pendant notre patrouille ? J'y étais hier et on dirait qu'il s'est passé quelque chose là-bas.

Ma coéquipière n'a pas le temps de me répondre que Rodriguez me lance depuis son bureau :

— Ils se sont fait piquer la caisse dans la nuit de mercredi à jeudi. Même mode opératoire que les précédents, sauf que cette fois-ci, notre gars a saccagé les lieux.

— Putain, m'exclamé-je, abasourdi.

— On a une piste, par contre. La petite employée, elle nous cache quelque chose.

Meryl ne dit rien mais me lance un regard perplexe.

— N'importe quoi. Tu délires, cette nana est au-dessus de tout soupçon !

— Crois-moi, elle n'est pas si innocente que ça. Tu la connais ? me demande-t-il alors, soupçonneux.

— Comment ça « pas si innocente » ?

— T'occupe, on gère l'affaire !

Notre collègue hésite à nous révéler ce qu'il a contre elle. Ça me surprend car nous avons l'habitude de discuter de nos dossiers.

— Pourquoi tu ne me dis pas ce qu'il se passe ?

— Et pourquoi tu ne réponds pas à ma question ? Tu la connais ?

— C'est l'une de mes voisines. Alors, qu'est-ce que vous avez contre elle ?

Il me sonde du regard comme pour chercher à analyser s'il peut me faire confiance.

— On a étudié les caméras de surveillance des commerçants aux alentours, commence-t-il à nous expliquer. Il apparaît clairement que ton frère s'est rendu plusieurs fois à la boutique dans les jours qui ont précédé le cambriolage. Il en est ressorti chaque fois avec un colis.

Une colère monstre grandit en moi. Rien que d'imaginer cet enfoiré de Zane parler à Ava me fout en rage. S'il est derrière tout ça, j'irai le coffrer en personne, même si je dois lui passer les menottes sous le nez de notre mère.

— Et en quoi ça implique la jeune vendeuse ? demande Meryl à ma place, voyant que je prends sur moi pour encaisser la nouvelle.

— Je lui ai montré des photos de suspects, dont celle de Zane, et elle a affirmé ne reconnaître personne.

— C'est possible, argumente ma coéquipière. Tout le monde n'est pas physionomiste.

— Crois-moi, il est venu assez souvent pour qu'elle se rappelle bien son visage. Et ça a suffi à l'adjoint du procureur pour la garder cette nuit, donc allez vous faire foutre tous les deux, on connaît notre job, OK ?

— Tu te fous de ma gueule ! m'écrié-je en pétard. Elle a passé la nuit au poste ? Il est où son avocat ? N'importe quel débutant l'aurait fait sortir avec le peu d'éléments que vous avez à charge.

— Elle n'en connaissait pas alors j'ai appelé un commis d'office hier soir. Il n'est pas encore arrivé.

— Putain, elle est où ? exigé-je de savoir, hors de moi, à l'idée d'imaginer Ava toute seule dans une cellule.

— Pourquoi tu t'emportes comme ça si c'est juste une voisine ? Elle aurait pu rencontrer ton frère par ton intermédiaire ?

— Je peux savoir ce que tu insinues ? hurlé-je, attirant les regards sur nous. Qu'est-ce que tu t'imagines ? Que mon frangin vient boire des bières chez moi et qu'on regarde le baseball ensemble ? Je ne côtoie pas ce connard, putain !

— Alors pourquoi ment-elle ?

— Laisse-moi lui parler, lui dis-je en me calmant un peu. Je la connais et elle ne peut pas être mêlée à cette affaire, c'est impossible. Elle aura forcément une explication.

— Je peux enregistrer votre échange ?

— Fais-toi plaisir.

— Alors je t'en prie, finit-il par accepter. Elle est dans la première salle d'interrogatoire.

Je m'active aussitôt pour m'y rendre, suivi par Meryl. Lorsque j'ouvre la porte, Ava redresse immédiatement la tête qu'elle avait posée sur ses avant-bras sur la table. Elle semble fatiguée, si j'en crois les traits tirés de son visage. *Pas étonnant !*

— Seigneur ! soupire-t-elle en s'adossant nonchalamment sur le dossier de la chaise. Il ne manquait plus que lui.

Le temps de quelques secondes, je suis désarçonné par son accueil. Moi qui pensais qu'elle serait soulagée de me voir, je ne pouvais pas plus me tromper.

Je m'installe en face d'elle et affronte son regard. Elle semble à bout de nerfs et ça me rend dingue de savoir que c'est la faute de mon frère. Je n'ai aucun doute qu'il est le responsable des cambriolages. Là où il passe, les problèmes suivent. Il faut juste que ma charmante voisine se souvienne de lui pour pouvoir sortir d'ici.

— Je viens juste d'apprendre que tu étais là, m'excusé-je d'une certaine façon de ne pas être intervenu plus tôt. Est-ce que tu veux un café ou un verre d'eau ?

— Je ne voudrais surtout pas que tu penses que j'ai cherché à te harceler jusque sur ton lieu de travail, donc je préfère décliner ta proposition. Mais merci pour l'effort.

— Ava, écoute-moi, grogné-je, les dents serrées qu'elle puisse prendre la situation avec autant de légèreté.

— Tiens donc, tu as envie de me parler, maintenant ?

— On n'est pas à Palisades Park, ici, la recadré-je parce qu'elle ne semble pas comprendre qu'elle est dans la merde.

— Ah bon ? claironne-t-elle en faisant mine de regarder autour d'elle. Il m'avait pourtant semblé apercevoir une piscine avant de rentrer dans cette pièce sordide.

— Je ne plaisante pas, tonné-je en tapant du doigt sur les photos étalées sous ses yeux. Est-ce que tu les as bien regardées ? Il se peut que ces personnes aient un peu changé. Imagine-les avec les cheveux plus longs ou plus courts, avec une barbe ou des lunettes.

— Je préférerais continuer cet entretien avec l'agent Rodriguez, déclare-t-elle à Meryl.

— Ce n'est pas vous qui choisissez qui s'occupe de votre affaire, lui répond sèchement ma coéquipière.

— L'agent Miller ici présent me connaît personnellement, je pense donc qu'il n'est pas judicieux que ce soit lui qui m'interroge.

— C'est justement parce qu'on se connaît que j'essaie de te sortir de là ! interviens-je.

— Mais je n'ai aucune envie de t'entendre me dire après coup que je t'inflige ma présence et mes problèmes lorsque je te croiserai malencontreusement à la résidence.

— Tu ne vois pas qu'il y a beaucoup plus en jeu, là tout de suite ? éructé-je en me retenant de la secouer.

— Oh si ! Crois-moi, je le sais ! réplique-t-elle, acerbe, en me faisant les gros yeux.

Est-elle en train d'essayer de me dire quelque chose ? Si c'est le cas, je ne vois pas quoi.

Rodriguez nous rejoint et laisse la porte ouverte. Un type en costard entre à sa suite. Je l'ai déjà vu ici. Il s'agit d'un avocat commis d'office.

— Vous pouvez y aller, mademoiselle Waller, lui indique-t-il après s'être brièvement présenté.

— Pardon ? s'étonne-t-elle à la limite de la crise de nerfs en se tournant vers Rodriguez. Vous me gardez la nuit entière en me posant mille fois les mêmes questions. Et voilà que maintenant je peux partir sans rien vous avoir dit de plus ?

— Nous vous rappellerons si nous avons de nouveau besoin de vous.

— Je ne suis pas certaine de revenir de mon plein gré, ni sans un avocat.

— Ça vaudrait en effet mieux, ose-t-il lui balancer.

Ava attrape son sac à main qui gisait à même le sol et sort sans un regard pour personne.

— Pourquoi ce revirement de situation ? interrogé-je mon collègue.

— Le commis d'office est enfin arrivé et, tu l'as dit toi-même, on n'avait pas grand-chose pour la garder. On va coffrer ton frère et on verra ce qu'on en tire. Et fais-moi confiance pour garder mademoiselle Waller à l'œil. J'ai le flair pour ça et je mettrais ma main à couper qu'elle ne nous dit pas tout ce qu'elle sait.

Meryl et moi nous retrouvons seuls dans la salle d'interrogatoire. Je réfléchis, mais peu importe comment je tourne la situation, elle n'a aucun sens.

— Tu es certain qu'elle n'a rien à voir avec ton frère ? me questionne ma coéquipière.

Je la fusille du regard pour toute réponse.

— OK, dit-elle en levant les mains face à elle. Et lui ? Il aurait pu apprendre que tu la connais ? Rodriguez nous a dit que le coupable avait tout cassé à l'intérieur. Ça n'était jamais arrivé auparavant. Est-ce qu'il a pu vous voir ensemble ?

— Non... Je te l'ai dit, il ne s'est rien passé entre elle et moi. Ce n'était pas l'envie qui me manquait, mais je gardais mes distances justement pour ne pas la mêler à mes histoires de famille.

— Vois le bon côté des choses, alors, plus de raisons de rester sur la réserve.

— Je ne pense plus vraiment avoir mes chances, maintenant, parviens-je à plaisanter.

Quoi qu'il en soit, dès la fin de mon service, je serai sur le pas de sa porte pour m'expliquer avec elle. Je préfère ne rien révéler à Meryl pour l'instant, mais j'ai bien vu qu'Ava essayait de me faire passer un message. J'ai besoin de savoir de quoi il s'agit. Aurait-elle peur de mon frère, et donc de parler à mes collègues ? S'il a fait pression sur elle, je vais lui refaire le portrait avant de le déposer à la prison d'État. J'irai jusqu'à fermer les verrous de sa cellule moi-même.

12

AVA WALLER

— Je le répète, mais il n'a appris que ce matin que son collègue m'avait gardée toute la nuit.

Ça doit faire au moins la quatrième fois que je leur précise, mais Li et June sont tellement remontées qu'on pourrait croire que ce sont elles qui viennent de passer la nuit au poste. À peine avais-je mis un pied dehors que je les appelais toutes les deux en visio pour leur détailler les derniers événements. Nous sommes convenues de nous retrouver dès que possible au salon de massage de Li pour débriefer du tournant rocambolesque que prend ma vie.

— Je m'en veux tellement, culpabilise June en me serrant la main. Ce n'est pas inhabituel que tu ne répondes pas à ton téléphone alors on ne s'est pas inquiétées plus que ça.

— On était là à siroter des cocktails, à t'imaginer avec un bel inconnu pour oublier Travis. On ne s'est pas doutées une minute que tu étais retenue dans une salle d'interrogatoire.

— Comment auriez-vous pu penser ça ? Je suis allée moi-même à la police sans flairer le piège. Qu'est-ce que j'ai pu être idiote !

— Mais je n'ai toujours pas saisi la raison de ta garde à vue, me relance June qui m'a déjà posé cette question.

Il va falloir que je lui avoue la vérité. Elle me connaît par cœur, elle a sûrement déjà compris que je tente de lui cacher une information. Et je redoute sa réaction quand elle découvrira que je suis en grande partie responsable de ma nuit au poste.

— Quand l'agent m'a montré une série de photos de potentiels suspects, j'ai reconnu un de nos clients réguliers. Le seul problème, c'est qu'il y a quelques jours, j'ai vu ce même type discuter avec Travis devant la résidence. Ils se disputaient et j'ai compris qu'ils étaient frères.

Mes deux amies me regardent avec des yeux écarquillés et attendent la chute de mon histoire. Je laisse le temps à l'information de monter à leur cerveau, mais ça ne semble pas se produire. Il n'y a que moi pour croire qu'il y a un problème dans cette équation ?

— Travis est policier et les éléments semblent indiquer que son frère est le responsable du cambriolage de la boutique de M. Warren. Je ne voulais pas le mettre dans une situation délicate avant de lui en avoir parlé.

Je vois clairement le moment où June se rend compte que j'ai menti. Li met un peu plus de temps qu'elle, mais elle finit aussi par parvenir à cette conclusion.

— Ne me dis pas que tu as prétendu ne reconnaître personne, s'énerve ma meilleure amie, en m'assassinant du regard.

Li porte ses mains manucurées de deux couleurs différentes à sa bouche tandis que je baisse la tête en pinçant les lèvres, comme une gamine de cinq ans qui aurait commis une grosse bêtise. Du genre à vous envoyer derrière les barreaux, dans mon cas.

— Tu sais ce que tu risques en faisant un faux témoignage ? m'engueule dans la seconde ma meilleure amie.

— Je n'ai pas eu beaucoup de temps pour réfléchir, tenté-je de me défendre tant bien que mal. Je pensais pouvoir ressortir et aller trouver Travis tout de suite pour en discuter avec lui. Quitte à retourner au commissariat ensuite pour modifier ma déposition. J'ai eu peur que Travis ait des soucis à son travail.

— Travis, Travis, Travis… On parle bien du type qui t'a envoyée chier comme une moins que rien la dernière fois que tu as voulu lui parler du cambriolage, justement ?

— Oui… Merci de me le rappeler.

June ne mâche pas ses mots. Je la connais assez pour savoir qu'elle le fait parce qu'elle a peur pour moi.

— Ava, souffle-t-elle avec un peu plus de compassion dans la voix. Travis est un grand garçon. Je crois qu'il est tout à fait capable de se défendre tout seul. Tu as pris un risque en mentant à la police. Tu ne peux pas faire ça.

Elle a raison, mais comment me sortir de cette histoire alors que j'ai assuré pendant des heures ne reconnaître aucun des hommes ?

— Qu'est-ce que je suis censée faire, maintenant ? Retourner voir l'agent qui m'a interrogée et lui dire que, finalement, je me rappelle avoir vu l'un des mecs sur les clichés ?

— Je ne sais pas, mais tu ne mets pas un pied au poste sans avocat ni sans prévenir l'une d'entre nous, OK ? me fait promettre Li.

— Et tu dois d'urgence démêler cette histoire avec Travis à propos de son frère, ajoute June. S'ils ont sa photo, c'est qu'il a déjà été arrêté.

Pas faux, cette idée ne m'avait même pas encore effleuré l'esprit. Jack Torrance a des antécédents avec la justice. Ça ne fait tout de même pas forcément de lui le coupable des cambriolages. Quand je pense que je me retrouve mêlée à tout ça pour avoir voulu protéger Travis des éventuelles activités criminelles de son frère. *Bien joué, Ava !*

— Maintenant, cet agent m'a dans le collimateur, me lamenté-je.

— Tu n'es pas responsable de ces cambriolages et tu as le droit de ne pas t'être souvenue d'un client, tente de me rassurer Li. Tu en vois beaucoup à longueur de journée, ça se tient, selon moi.

Mouais... Je ne sais pas trop. La fatigue m'empêche de réfléchir de manière lucide. J'ai besoin de mon lit et de sommeil, de toute urgence.

— En tout cas, merci d'être là et de me soutenir. Je vais rentrer et aller me coucher.

June me serre dans ses bras, puis c'est au tour de Li. J'utilise le peu d'énergie qu'il me reste pour rentrer jusqu'à Palisades Park à pied.

Le jardin commun est calme, pour une fois. Après avoir récupéré mon courrier, je croise Sue qui quitte le bâtiment McQueen, plusieurs boîtes hermétiques à la main.

— Oh ! Ma petite Ava, tu as la mine d'une personne qui rentre d'une soirée un peu trop arrosée.

— J'aurais préféré, croyez-moi, soupiré-je, encore sous le coup de cette nuit passée au commissariat. Qu'est-ce que vous faites avec tout ça ?

Mme Roberts observe ce qu'elle tient et semble chercher une réponse.

— J'ai reçu une lettre par erreur dans ma boîte aux lettres, je suis allée la remettre dans celle d'Ethan et David.

— Et vous emportez toujours avec vous de quoi conserver des aliments ?

— Oh ! Ça ! Je les avais dans les mains au même moment et je n'ai pas pensé à m'en débarrasser. Bon, je te laisse, s'empresse-t-elle de me quitter, j'ai justement un repas sur le feu.

Pourquoi ai-je l'impression qu'elle vient de m'enfumer ? Peu importe, je suis trop fatiguée pour m'en soucier réellement.

Une fois dans mon appartement, je fais défiler les enveloppes une à une sous mes yeux. Une en particulier attire mon attention. Je reconnais l'écriture d'Evelyn, ma sœur aînée. Mon souffle se bloque, je balance mes baskets dans le couloir et file dans ma chambre. Je tire le rideau pour avoir de la pénombre dans la pièce et me glisse en sous-vêtements sous mon drap.

Enfin allongée, la tête sur mon coussin moelleux, je pose la lettre envoyée par ma sœur sur ma poitrine. Je n'ai aucune idée de ce qu'elle peut bien vouloir me dire. Elle ne s'est pas réjouie de mon départ, sans me juger pour autant, contrairement à nos deux frères. Durant des années, elle a été mon modèle. J'aurais tellement aimé être comme elle. Disciplinée, douée en tout et si obéissante. Je me suis fait une raison depuis longtemps et c'est aussi pour ça que j'ai quitté notre communauté. Je n'y avais pas ma place. Mais ai-je envie d'avoir des nouvelles de mes proches ? Peut-être que quelqu'un est souffrant… Si c'est le cas, reviendrais-je ? Rien qu'à l'idée de devoir passer quelques jours là-bas, je sens une boule d'angoisse se former dans ma gorge, rendant ma respiration difficile. Pourtant, ils me manquent tous terriblement. Mes petites sœurs, en particulier.

Je ferme les yeux et laisse le marchand de sable m'emporter. Je préfère ne pas affronter les mots de ma sœur dans cet état semi-comateux. Je lirai sa lettre à tête reposée, c'est préférable.

13

TRAVIS MILLER

J'assiste à l'interrogatoire de Zane, planqué derrière le miroir sans tain. Rodriguez a eu la courtoisie de me proposer d'y assister. Ses doutes à mon sujet ont dû être balayés. Il faut dire que nous nous connaissons depuis plusieurs années et qu'il n'a jamais eu matière à remettre en cause mon engagement. Pourtant, ce n'est pas faute d'avoir cherché à me percer à jour au départ. Mais mes collègues ont finalement accepté que je n'avais rien à voir avec ma famille.

Mon frère doit se douter de ma présence, mais je m'en fous. Je ne lui ferai pas l'honneur de me présenter à lui. Il ne mérite que mon mépris. De plus, je ne suis pas certain de me retenir de lui sauter dessus, maintenant que je sais qu'il est le principal suspect dans l'affaire des cambriolages à Santa Monica.

— Si je me souviens de ce que j'ai fait dans la nuit de mercredi à jeudi ? répète-t-il avec un sourire narquois que je meurs d'envie de lui faire ravaler. Je ne me rappelle déjà plus ce que j'ai mangé au petit déjeuner ce matin, alors…

J'ai déjà vécu cette scène plusieurs fois, mon frangin tenant tête effrontément au policier qui tente de lui soutirer des aveux, mais aujourd'hui, savoir qu'il a été en contact avec Ava me rend dingue. Mon poing me démange et ne demande qu'à rencontrer sa jolie petite gueule. Cette idée ne quitte pas mon esprit depuis que j'ai appris qu'il s'est rendu à plusieurs reprises à la boutique de M. Warren.

— Il serait préférable pour vous que ça vous revienne, le met en garde Rodriguez.

— Ah ! Mais si, attendez, je sais ! Mon père est sorti de prison mercredi et nous lui avons organisé une petite fête pour célébrer ça. Toute notre famille était présente, ajoute-t-il en braquant son regard droit devant lui, soit dans ma direction.

À mes côtés, mon supérieur oriente son visage vers moi :

— Tu confirmes ?

— Je suis arrivé bien après tout le monde. Ils avaient fini de manger. Mais Zane était bien là. Ma sœur a mentionné qu'il s'était éclipsé pendant une heure environ, me rappelé-je en faisant défiler la soirée dans mon esprit.

— Tu sous-entends qu'il a pu faire le coup ?

— C'est possible, confirmé-je en secouant la tête, dépité.

Faire partie des personnes qui pourraient le disculper ne fait qu'accroître ma colère. Mon frère finira par payer les conséquences de ses actes.

Son avocat ne tarde pas à intervenir et à mettre un terme à l'interrogatoire. Pour ma part, je ne compte pas en rester là. Je m'active pour le rattraper à l'extérieur. *Il ne pourra pas dire que je ne l'ai pas mis en garde...*

— Zane ! m'écrié-je sur le trottoir pour l'arrêter.

— Tiens donc... L'agent Miller sort de sa cachette, me nargue-t-il en s'allumant une clope.

— Je te préviens, tu ne remets plus les pieds chez le fleuriste, c'est compris ?

— Le fleuriste ? Quel fleuriste ? me demande-t-il avec un ton insolent.

— Tu vois très bien à quoi je fais allusion, assené-je d'un ton rageur.

— Je ne crois pas avoir de comptes à te rendre sur mes allées et venues.

— Écoute-moi bien, lui dis-je en m'approchant de façon menaçante, je peux faire de ta vie un enfer, OK ? Par égard pour maman, je ne vais pas m'acharner sur toi, mais si tu commences à empiéter sur ma vie privée, je ne me gênerai pas pour te coller au train et te coffrer dès que je le pourrai. Ce qui risque de compliquer sacrément tes affaires.

— Et en quoi ce magasin a-t-il un lien avec ta vie privée ? me questionne-t-il, tout sourire.

— Peu importe, éludé-je en grimaçant quand je me rends compte que je lui offre des indices sur mes liens avec Ava. Est-ce que je me suis bien fait comprendre ?

Nous nous toisons du regard pendant de longues secondes. Je serre les poings pour éviter de le frapper. Je sais que c'est ce qu'il cherche. Il faut que je sois plus intelligent que lui. Sinon, tout va me retomber dessus. *Allez, Travis, tu as toujours été plus malin que lui, ce n'est pas le moment de déconner.*

— C'est limpide, petit frère, déclare-t-il en se reculant.

Zane reprend son chemin pour aller je ne sais où. Mes yeux ne le quittent pas. J'ai le pressentiment que cette histoire ne va pas en rester là. Rodriguez ne va pas le lâcher, de toute façon. Pas plus que moi. Il est certain que Zane est derrière tout ça. Pourquoi a-t-il foutu le bordel chez M. Warren ? Je n'en ai aucune idée. Il ne pouvait pas savoir qu'Ava et moi nous connaissions. Peut-être a-t-il découvert que nous vivons dans la même résidence, mais pas que nous nous tournons autour. *À moins que quelqu'un ne nous ait vus au* Speak Easy *l'autre soir…*

— Hey frangin ! m'interpelle-t-il de loin. Tu sais, je comprends, la petite Ava est plutôt pas mal.

Il se lèche les lèvres avec un air affamé. Ma mâchoire se contracte en l'entendant prononcer le prénom de ma voisine. Plus aucun doute ne subsiste, il sait qu'il se trame quelque chose entre elle et moi.

Il se marre et s'active à déguerpir en trottinant. Il a bien raison. Je jure que s'il s'approche encore d'Ava, flic ou pas, je lui ferai mordre la poussière.

De retour à Palisades Park après mon service, je ne prends même pas le temps de rentrer à mon appartement. Je file tout de suite chez Ava. Hors de question d'attendre plus longtemps pour éclaircir la situation avec elle.

Dans le jardin, j'aperçois Sue Roberts, un pack d'eau dans chaque main, habillée comme à son habitude avec des vêtements qui iraient mieux à une des adolescentes de la résidence.

— Vous tombez bien, l'alpagué-je sans attendre. J'aurais quelques mots à vous dire sur le fait que vous ayez laissé entrer mon père, vendredi.

— Vous me reprochez d'avoir ouvert la porte principale à un membre de votre famille ? me demande-t-elle d'un ton agacé.

— Comment vous êtes-vous assurée qu'il était bien qui il prétendait ?

— Vous vous êtes observé dans un miroir ? me rétorque-t-elle. Vous vous ressemblez comme deux gouttes d'eau.

— Peu importe ! m'emporté-je. À quoi ça sert de vivre dans une résidence sécurisée si n'importe qui laisse des inconnus y pénétrer ?

— Oh ! Très bien, s'agace-t-elle en agitant tant bien que mal ses bras chargés, la prochaine fois, je fermerai devant lui et il n'aura qu'à sonner chez vous.

— Parfait, conclus-je avant de la voir poser les bouteilles qu'elle trimballe. Vous avez besoin d'aide ?

J'appuie du regard ce dont elle vient de se soulager. Je peux très bien la rappeler à l'ordre sans oublier d'être humain.

— Ça ira. J'habite au rez-de-chaussée, déclare-t-elle de manière cassante.

— Votre mari vous laisse porter des charges lourdes, ce n'est pas très galant, plaisanté-je dans une tentative d'alléger l'ambiance entre nous.

— Je n'ai jamais eu besoin d'un homme pour quoi que ce soit dans ma vie, et ce n'est pas aujourd'hui que ça va commencer. Vous pouvez ranger vos biscottos, je me débrouille très bien toute seule.

Je lève les mains en signe de reddition et ne m'attarde pas plus longtemps. Je reprends ma route en direction du bâtiment Astaire.

Sur le palier d'Ava, je remarque tout de suite que sa porte d'entrée est entrouverte. Soudain inquiet, je plaque ma paume dessus et pousse doucement en restant le dos contre le mur. Pas un bruit. J'avance à tâtons, mais je ne repère personne. Ni dans le couloir ni dans le salon. À l'intérieur, je vérifie sa cuisine, puis sa salle de bain. Notre appartement est agencé de la même manière, je n'ai donc aucune difficulté à me repérer. Un joyeux bazar règne ici. Contrairement à chez moi. On sent qu'une personne pleine de vie occupe les lieux. Quelqu'un à l'âme créatrice.

Il ne me reste plus que la chambre à vérifier. La porte est ouverte, et lorsque mon regard tombe sur Ava, je me dis que le Seigneur me punit pour toutes les fautes que j'ai commises. Allongée sur son lit, ses cheveux cuivrés étalés sur l'oreiller, elle ne porte qu'un soutien-gorge et une culotte en dentelle. Le tout d'un joli vert d'eau qui met en valeur le teint doré de sa peau. Le drap ne cache plus que ses mollets, et je me repais de la vision de son corps. Des jambes fuselées. Un cul bombé. Je me mordille la lèvre inférieure tandis que tout mon sang se concentre sur une partie bien précise de mon anatomie.

Dans un coin de mon esprit, j'ai conscience que je ne devrais pas profiter de la situation pour la mater, pourtant je ne parviens pas à me détacher de cette vision. Je reste comme hypnotisé quelques longues secondes. La courbe de ses hanches est parfaite, et je fantasme de déposer des baisers dans le creux de ses reins.

Son portable l'avertit de l'arrivée d'un message. Elle râle dans sa barbe puis tâtonne à côté d'elle pour récupérer son téléphone. Elle le déverrouille, puis la voix de June se met à résonner dans la pièce.

— Coucou ma belle, je m'inquiète comme tu n'as pas donné de nouvelles depuis ce matin. J'espère que si la police t'a encore causé des ennuis, ça sera parce que l'officier ours grognon t'aura menottée à son lit. Entre deux positions, pense à ta copine et envoie un message pour dire que tu es en vie. Bisous.

Je me marre tout en lançant :

— Plutôt tentant comme programme.

Dans la seconde, Ava pousse un cri strident tout en ayant le réflexe de sortir une bombe de poivre de je ne sais où et de me l'asperger en plein visage. *Quelle journée de merde !*

14

AVA WALLER

Au bord de la crise cardiaque, j'ai la présence d'esprit d'attraper la bombe au poivre planquée sous mon lit depuis mon emménagement. Après avoir grandi dans une petite ville où tout le monde se connaît et veille – ou surveille, tout dépend du point de vue – sur tout le monde, j'ai pris quelques précautions.

Je bondis de mon matelas et appuie sur le bouton pour décharger le contenu du spray sur l'inconnu présent dans ma chambre. Mon cœur est au bord de l'explosion et mes mains tremblent autour de l'objet dont j'espérais ne jamais me servir. Je ne relâche pas la pression et ose à peine ouvrir l'œil. Pourtant, il le faudrait, pour profiter de l'aveuglement de mon assaillant et me sauver d'ici au plus vite.

— Ava, c'est moi, putain !

Stupéfaite, je reconnais la voix de mon voisin policier. Je jette immédiatement la bombe par terre et m'approche de lui.

— Travis ? m'écrié-je, choquée de le trouver dans ma chambre.

Ses deux mains sont plaquées contre son visage. Je les prends dans les miennes pour les écarter et vérifier dans quel état je l'ai mis. Les paupières contractées, le visage grimaçant, il déguste, c'est une certitude. Lorsqu'il les ouvre, par intermittence, ses yeux sont rouge vif. *Et merde, je ne l'ai pas raté.*

— Je suis vraiment désolée, murmuré-je, coupable. Viens, je vais te passer de l'eau dessus.

Pour seule réponse, il grogne de douleur. Je garde nos doigts noués afin qu'il me suive, car il n'y voit rien.

— Installe-toi sur le rebord de la baignoire, lui proposé-je en me décalant afin qu'il puisse passer.

Je prends conscience trop tard que ma salle de bain est bien petite pour nos deux corps. Il est obligé de se frotter contre moi pour passer et s'asseoir. D'autant que je suis en sous-vêtements. *Oh mon Dieu !* Restons calme, avec tout le poivre que je lui ai balancé à la figure, Travis ne doit pas distinguer grand-chose de ma tenue.

Je cherche un gant propre dans le petit meuble sous la vasque et l'imbibe d'eau fraîche.

— Laisse-moi faire, dis-je d'une voix douce en redressant son visage vers moi.

Je le tamponne délicatement tandis qu'il arrime ses pupilles à moi. Il bat d'abord des paupières frénétiquement avant de parvenir à les maintenir ouvertes.

Heureusement, il ne bouge pas. Je suis entre ses jambes écartées, vêtue d'un simple soutien-gorge et d'une culotte. Sachant que je meurs d'envie qu'il me touche depuis des mois, il suffirait d'une respiration un peu trop prononcée de sa part pour que je ne réponde plus de rien.

— Ça t'arrive souvent de t'introduire chez les gens comme ça ? finis-je par lui demander pour rompre ce silence gênant entre nous.

— Il fallait que je te parle, et quand je suis arrivé, ta porte était ouverte.

C'est en effet fort probable. J'ai tendance à mal la refermer, et vu mon état de fatigue en rentrant, j'ai dû faire encore moins attention que d'habitude. Quand bien même, ce n'était pas une invitation à pénétrer chez moi.

— Et donc tu t'es permis de venir jusqu'à ma chambre ? Il ne t'est pas venu à l'idée de crier mon prénom ?

— J'ai voulu m'assurer que personne n'avait pénétré dans ton appartement.

— À part toi, tu veux dire ?

— Déformation professionnelle... argumente-t-il. Tu ne m'as pas loupé, râle-t-il en clignant à nouveau des yeux sans pour autant détourner le regard. Je devrais être ravi de savoir que tu es capable de faire face à une intrusion, mais pour l'instant, je souffre un peu trop pour ça.

— Je suis certaine que tu en as vu d'autres, le charrié-je en constatant que le pire est passé.

— Peut-être que j'exagère, mais si je te dis que je vais mieux, tu vas arrêter de t'occuper de moi et prendre tes distances, je me trompe ?

Qu'est-ce qu'il essaie de me dire ? Qu'il ne veut pas mettre fin à ce moment, aussi bizarre soit-il ? *Revoilà le Travis qui aime jouer avec mes nerfs...*

— J'irai au moins passer un tee-shirt, lui réponds-je en me dandinant, gênée d'être autant dévêtue.

— Ça me pique encore très fort, se plaint-il tout en posant ses mains sur mes cuisses.

Je ne le crois pas une seconde. Il ferait un piètre comédien. Ses paumes réchauffent les parties exposées de ma peau. Je sens ma température corporelle monter en flèche et mes joues rougir.

— Je continue, alors, soufflé-je, le cœur battant, n'ayant aucune envie de rompre ce contact tant espéré.

Alors que je pose le gant humide contre sa joue, ses doigts remontent avec une lenteur calculée. Ses pouces s'attardent sous l'arrondi de mes fesses sans risquer de s'y aventurer. De délicieux frissons me parcourent jusqu'à la pointe de mes seins, qui se tendent aussitôt de désir.

Travis parcourt à présent mes hanches. Je n'ose pas prononcer un mot de peur qu'il ne s'arrête. Nos respirations saccadées sont les seuls sons qui résonnent dans cette pièce exiguë.

Mon voisin pose son front contre mon ventre, à hauteur de mon nombril. Je me demande un instant si ses lèvres n'y ont pas déposé un baiser. Son mouvement a été trop furtif pour que je sois sûre de moi.

N'y tenant plus, je m'autorise à passer mes doigts dans ses cheveux. Il retient son souffle avant de le relâcher calmement, comme s'il tentait de se maîtriser.

Ses caresses deviennent plus ambitieuses et courent enfin sur la peau de mes fesses à moitié dévêtues.

J'ai tellement eu envie de partager un moment comme celui-ci avec lui que toutes les péripéties pour y arriver repassent dans ma mémoire. Jusqu'à me rappeler la dernière fois qu'il m'a adressé la parole. « Je ne cherche personne, et si c'était le cas, tu ne serais pas celle vers qui je me tournerais. »

— Je n'arrive pas à te suivre, soupiré-je en laissant retomber ma tête sur le haut de son crâne. Un coup, tu débarques à ma table pour faire fuir un mec. Ensuite, tu m'envoies sur les roses. Et maintenant… ça.

— Je fais enfin ce que je m'interdis depuis que nous vivons à Palisades Park, me confie-t-il sans cesser ses caresses.

— Ce n'est pourtant pas ce que tu m'as dit l'autre jour, lui rappelé-je, amère. J'ai besoin que tu sois clair une bonne fois pour toutes. Tu ne peux pas continuer à te comporter comme ça avec moi.

— Si tu savais à quel point je lutte contre mon attirance pour toi, grogne-t-il, la voix grave. La dernière fois, je t'ai dit tout le contraire de ce que je pense. J'espère te croiser dans la résidence chaque fois que j'entre ou que je sors. J'adore que tu me donnes mon horoscope...

— Mais ? l'incité-je à poursuivre car je sens qu'il retient certains de ses mots.

— Mais ça signifierait te mêler à des histoires qui ne te concernent pas, et t'exposer à des problèmes. On pourrait essayer de m'atteindre à travers toi...

— On parle de ta famille, là, n'est-ce pas ?

Il hoche la tête en raffermissant sa prise autour de mon corps. Je dois bien réfléchir au choix de mes mots car je sens que l'issue de cette discussion déterminera la suite de notre relation. *Peut-être pouvons-nous y aller pas à pas, comme l'ont fait June et Derek...*

— Je n'aime pas en parler, souffle-t-il d'une petite voix. Je refuse que ma famille me définisse...

— Sur ce point, je te rejoins à cent pour cent.

— J'ai déjà laissé mes proches beaucoup trop influer sur ma vie en m'empêchant d'être avec toi. Et si on se concentrait juste sur nous deux ? Toi et moi, il n'y a que ça qui compte, non ?

— Pour commencer, ça ne me gêne pas, réponds-je en comprenant sa demande implicite.

Je suis bien placée pour savoir que je n'ai pas besoin de rencontrer ses parents afin de découvrir l'homme qu'il est au fond de lui, mais je n'accepterai pas non plus de rester un petit secret bien gardé si notre histoire se poursuit dans le temps. Cependant, pour le moment, s'il n'y a que ça pour le rassurer et le faire s'ouvrir enfin à moi, je suis prête à l'accepter. Avançons petit à petit.

Un sourire éclatant s'étale sur ses lèvres. Je sens le soulagement gagner ses yeux rougis.

— Plus de marche arrière ?

J'ai besoin qu'il s'engage verbalement pour me rassurer.

Il se lève du rebord de la baignoire, ses paumes se posent de part et d'autre de mon visage et il ancre ses yeux dans les miens.

— Plus de marche arrière, me promet-il tandis que mon ventre se met à gargouiller.

Travis se marre en l'entendant.

— Désolée. Je n'ai rien avalé depuis hier soir… expliqué-je.

— Ne t'excuse pas ! Je te laisse t'habiller, ensuite tu vas manger un morceau, et après, on pourra reprendre exactement là où en est maintenant.

15

TRAVIS MILLER

Ava se recule en riant et sort de la salle de bain. J'en profite pour mater son cul se dandiner alors qu'elle retourne dans sa chambre.

Je ricane dans ma barbe avant de m'asperger encore un peu d'eau sur le visage, puis je saisis une serviette pour m'essuyer et contemple mon reflet dans le miroir pour évaluer les dégâts. Mes yeux sont toujours explosés, mais ça me pique déjà moins.

Je m'interroge. Pouvons-nous réellement démarrer quelque chose sans tenir compte du passif de mon père et de mon frère ? Est-ce que tout ça ne va pas finir par m'exploser à la figure ? Tout ce dont je suis certain, c'est de ne plus pouvoir lutter contre le vent qui me pousse continuellement vers elle. Son sourire et sa bonne humeur à toute épreuve me permettent de me sentir plus léger. Elle me fait oublier mes soucis, mes responsabilités, mes peurs. Je ne vais pas me brider toute ma vie de crainte que ma famille n'interfère dans ma relation. J'ai envie d'être avec Ava et j'en ai marre de me l'interdire.

— Tu veux aussi un truc à manger ? me crie-t-elle depuis sa cuisine.

J'accepte avec plaisir puis je la rejoins, et elle nous sert un verre de vin à chacun. Elle a passé une robe à fines bretelles qui lui arrive à mi-cuisses. Sans surprise, le motif est fleuri. Je la vois rarement les cheveux complètement détachés, sans artifice, et elle n'en est pas moins séduisante, au contraire.

— Qu'est-ce que tu nous prépares ?

— Ma spécialité, claironne-t-elle en me tendant mon verre. On trinque ?

— À quoi ?

— À notre petit arrangement ?

J'opine en souriant et nous choquons nos verres l'un contre l'autre. Nos regards s'arriment pendant que nous dégustons notre première gorgée. Ils ne cachent rien du désir qui nous dévore depuis des mois. Je pourrais l'embrasser là tout de suite, mais ce n'est pas le moment. Je tiens d'abord à discuter avec elle de cette garde à vue.

Au moment où je m'apprête à entamer la discussion, elle prend son téléphone portable et passe un coup de fil.

— Bonjour Suzanne, c'est Ava, chantonne-t-elle, guillerette. Oui, très bien, et vous ? Comme d'habitude, s'il vous plaît, mais pour deux cette fois-ci.

Elle rougit un peu tout en annonçant à la personne au bout du fil qu'elle ne mange pas seule.

— Oui, mon fameux voisin malpoli a enfin ouvert les yeux. Vous aviez raison, déclare-t-elle en riant. Quinze minutes, c'est parfait. Merci.

Elle raccroche et reprend son verre de vin.

— Ma spécialité : me faire livrer mes repas, précise-t-elle à toutes fins utiles.

Je secoue la tête, un grand sourire aux lèvres.

— Donc tu parles de moi aux serveuses des restaurants que tu fréquentes ?

— Suzanne est la patronne, se sent-elle obligée de préciser, comme si ça changeait quelque chose. Elle m'a écoutée me lamenter un soir où tu avais été particulièrement odieux. Elle était convaincue que je te plaisais, mais que je devais te faire peur en étant si directe avec toi.

— J'ai toujours trouvé ça plutôt plaisant que tu m'accostes sans jamais cacher tes intentions, lui assuré-je.

— Mon horoscope ne s'est jamais trompé sur ce qu'il va se passer pour moi côté cœur, affirme-t-elle. S'il m'a guidé vers toi, ce n'est pas pour rien.

— Qu'est-ce qu'il t'avait dit pour aujourd'hui ? lui demandé-je, curieux. Que tu allais gazer de poivre ton cher et tendre ?

— Non, pouffe-t-elle en levant les yeux, que je devais me préparer à une bonne surprise.

— Et le mien ?

Elle pince les lèvres et rougit légèrement.

— Que tu devais te montrer plus entreprenant si tu voulais faire avancer les choses.

— Je ne te crois pas…

Elle me sourit tout en reprenant son téléphone. Elle fait courir ses doigts sur l'écran avant de me le tendre. J'y lis exactement ce qu'elle vient de me dire, je n'en reviens pas. J'oriente à nouveau mon regard dans le sien, puis je me lève pour m'approcher d'elle.

Elle prend une longue inspiration alors que j'attrape une mèche de ses cheveux pour la placer derrière son oreille.

— Ils ne précisent pas jusqu'à quel point je dois être entreprenant, soufflé-je en frôlant sa mâchoire de mes lèvres.

— Pour ça, il faudrait peut-être que tu ailles consulter ce qu'ils préconisent à ton ascendant, me propose-t-elle, tout à fait sérieuse.

— Mon ascendant ? m'esclaffé-je en reculant un peu pour retourner sur l'application de son téléphone. Je ne sais même pas lequel c'est.

— Tu es né où et à quelle heure ?

Je réponds à sa question et la vois effectuer une nouvelle recherche en ligne.

— Taureau, s'exclame-t-elle après quelques secondes. Et voilà ce que ça donne pour aujourd'hui : « Pour séduire celle ou celui que vous convoitez, n'hésitez pas à sortir les grands moyens. »

Un petit rire lui échappe en prononçant ces mots.

— Il ne serait que justice que tu rames un peu après m'avoir fait galérer si longtemps, dit-elle d'un ton machiavélique.

— Comment est-ce que je peux me rattraper ?

Elle fait mine de réfléchir en posant son portable avant de faire courir ses mains aux doigts fins sur mes épaules. Elle les glisse sur mes pectoraux et m'électrise au passage. Je me colle contre son corps, avide de ce contact trop longtemps attendu. Nos fronts se touchent et mes mains encerclent sa taille délicate.

— Tu pourrais commencer par une invitation en bonne et due forme, affirme-t-elle.

— Ce serait le minimum, suis-je bien forcé de reconnaître. Je t'offrirai des fleurs, aussi.

— Seulement si tu les achètes chez M. Warren.

— Bien entendu. Je dois demander l'autorisation à ton père avant de te proposer un dîner tête à tête, ou ça ira ?

— Surtout pas ! s'écrie-t-elle avec un large sourire. Sauf si tu souhaites qu'il nous marie sur-le-champ.

— On va y aller étape par étape. Déjà un rencard, ensuite on verra pour la bague, réponds-je en ayant du mal à me contenir tandis que je parcours les courbes de ses hanches.

— Qu'est-ce que tu aimerais faire pendant ce premier rendez-vous ? me questionne-t-elle, ses lèvres se rapprochant des miennes.

— Surprends-moi, murmuré-je.

— Tu me lances un défi où je rêve ?

— C'est possible.

— Je vais me faire un plaisir de le relever.

Elle passe ses mains dans mes cheveux, que je n'ai pas pris la peine de raccourcir, sur ses conseils, puis nous réduisons le court espace qui nous sépare encore pour partager enfin un premier baiser.

J'ai à peine le temps de sentir son souffle chaud contre ma bouche que la sonnette de son appartement retentit.

— Ça doit être notre dîner, dit-elle en riant, tandis que je grogne.

Je la laisse filer pour ouvrir au livreur en marmonnant ma frustration.

Ava l'attend à la porte et je me bouge pour récupérer mon portefeuille et régler la note, mais ils sont plus rapides que moi.

— J'ai commencé ma tournée par toi, lui indique le jeune homme alors qu'elle lui tend un billet. Suzanne m'a dit que tu avais un invité alors que je ne voulais pas vous faire attendre.

— C'est sympa, merci beaucoup. Tu peux garder la monnaie.

Lorsqu'elle referme la porte, elle est surprise de me retrouver juste derrière elle.

— Je ne suis pas certain qu'il méritait un pourboire vu ce qu'il a interrompu.

— Au contraire.

Je hausse un sourcil pour l'inciter à développer son point de vue.

— Il a fait monter encore d'un cran la tension sexuelle qui règne entre nous.

Elle prononce ces mots avec un naturel déconcertant tout en installant nos plats sur la table basse de son salon. Je devrais être habitué à ses phrases toujours très directes, mais elle me désarçonne chaque fois. Et j'adore ça. Elle est une femme avec des envies, qu'elle assume, haut et fort, ce qui me fait bander comme jamais.

— On pourrait peut-être réchauffer nos repas un peu plus tard ? hasardé-je. J'ai une autre faim à assouvir, là tout de suite.

Son rire éclate tandis qu'elle se relève et s'approche de moi :

— Crois-moi, j'en ai envie, peut-être même plus que toi, mais il faut que je mange si je ne veux pas tomber dans les pommes dès que cela deviendra un peu physique…

Elle me claque un bisou sur la joue et tire sur mon bras pour que je prenne place à ses côtés sur son tapis moelleux. Je jure que dès qu'elle aura avalé sa dernière fourchette, je l'allongerai au sol et lui ferai l'amour avec autant d'ardeur que j'ai mis à rester loin d'elle jusqu'ici.

16

AVA WALLER

Je fais mariner Travis parce que, quelque part dans un coin de mon esprit, je doute. Se pourrait-il qu'il change d'avis, comme l'autre fois au bar ? A-t-il soudain décidé de coucher avec moi juste pour assouvir un besoin ? Après tout, je serais la candidate idéale pour ça puisqu'il sait qu'il me plaît et qu'il n'aura pas trop d'efforts à fournir pour me voir succomber.

Assaillie par les doutes, je préfère ralentir le cours de la soirée pour être certaine qu'il est sincère quand il affirme désirer autant que moi débuter une relation.

— Tu es bien silencieuse, tout à coup, me lance-t-il après avoir avalé une fourchette de son chili con carne.

— Je ne peux pas m'empêcher de me demander ce qui t'a fait changer d'avis et baisser enfin ta garde, lui expliqué-je en jouant avec ma nourriture.

— Tu crains que je ne me ravise, suppose-t-il comme s'il lisait dans mes pensées.

Je hoche la tête en plantant mon regard dans mon assiette.

— C'est le moment pour sortir des mots rassurants, le taquiné-je en commençant enfin à manger pour éviter que mon ventre ne se remette à gargouiller.

— J'ai été odieux avec toi et j'en suis désolé. Je te jure que j'ai dû mener une putain de lutte contre moi-même pour résister à tes avances. Au *Speak Easy*, ça a même été au-dessus de mes forces de te voir flirter avec ce type. Mais la principale raison qui me motivait à garder mes distances avec toi n'existe plus puisque tu es d'accord pour ne pas aborder le sujet de ma famille pour l'instant.

On en revient toujours à elle. Je voudrais pouvoir discuter librement avec lui de Jack, mon client, et accessoirement son frère, mais ça serait aller à l'encontre de la seule chose qu'il m'a demandée, aussi je me tais.

— À propos de cette garde à vue, reprend-il sans se douter que je venais de décider de ne pas aborder le sujet. Je suis désolé que mon collègue ait fait du zèle avec toi.

— Je ne lui en veux pas de tout mettre en œuvre pour arrêter le responsable. Bien sûr, j'aurais tout de même préféré m'éviter ce moment…

En disant cela, je culpabilise de ne pas avoir été transparente à propos des photos et j'en viens à me demander comment je pourrais l'être maintenant sans mentionner Jack. S'il est bien le responsable et que je garde le silence sur sa présence à la boutique, se peut-il qu'il s'en sorte ?

— Est-ce que tu accepterais de regarder une nouvelle fois les photos ? me demande Travis. Avec moi, à mon bureau, pas dans une salle d'interrogatoire, m'assure-t-il tout de suite en voyant ma mine renfrognée.

Je me retrouve dans la pire situation possible. Soit je décide d'aborder le sujet de son frère et je reviens de ce fait sur notre marché de laisser nos familles en dehors de notre relation, soit je lui mens, comme à l'agent Rodriguez.

Soudain, une solution m'apparaît. Mais oui ! Pourquoi n'y ai-je pas pensé plus tôt ?

— Je ne pense que cela changerait grand-chose. J'ai eu de nombreuses heures pour observer le profil de ces hommes. Peut-être qu'il faudrait les montrer à M. Warren…

Si mon patron reconnaît Jack, je passerai juste pour une nana carrément pas physionomiste. Ce pour quoi je ne dois pas risquer grand-chose.

— Mon collègue l'a convoqué demain.

— Parfait !

J'espère que ça laissera le temps à Travis d'apprendre si son frère est lié à cette histoire et de gérer le problème avec sa hiérarchie. Tout ce que je veux, c'est qu'il n'ait pas de problèmes. Jack, je m'en contrefous.

— Tu sais que si tu as un souci, tu peux m'en parler, ajoute-t-il en me couvant d'un regard étonnamment doux.

— Je rêve ou tu penses que je pourrais avoir un lien avec le cambriolage ? m'écrié-je, horrifiée qu'il puisse avoir des soupçons.

— Pas du tout ! Je voulais juste que tu saches que je te parle en tant que civil. Je ne répéterai pas ce que tu pourrais me dire à ceux qui mènent l'enquête.

— Donc j'avais raison, tu me suspectes !

— Je m'y prends comme un pied, s'excuse-t-il, manifestement mal à l'aise. Oublie tout ça. J'ai garanti à Rodriguez que tu ne pouvais pas être mêlée à tout ça d'une quelconque manière.

J'ai la désagréable sensation que nous tenons un discours de sourds tous les deux en tentant d'éviter d'aborder un point précis de cette histoire et en tournant autour de façon maladroite. Travis essaie-t-il de savoir si je suis au courant du fait qu'un membre de sa famille pourrait être le responsable de cette affaire ? Cette histoire me fait virer parano.

— Je suis rassurée de savoir que tu ne me penses pas coupable. On change de sujet ? proposé-je tandis que Travis se concentre sur son plat, en proie à mille réflexions.

— Bonne idée ! s'exclame-t-il, visiblement soulagé. Parle-moi un peu de Salt Lake City, je n'y suis jamais allé.

— Oh ! Tu sais, même si j'y ai grandi, je n'en ai pas vu grand-chose.

— Comment ça se fait ? s'étonne-t-il.

— J'ai grandi au sein d'une communauté plutôt conservatrice. Nous vivions tous dans le même quartier et il était mal vu que les filles s'en éloignent, ou alors uniquement avec un chaperon.

L'air ahuri de Travis me fait esquisser un léger sourire. C'est toujours la même réaction lorsque je parle de notre façon de vivre. Enfin, de *leur* façon de vivre.

— Mes tantes nous enseignaient l'école à la maison. Et parmi les matières, il y avait comment bien entretenir son foyer, cuisiner, et tricoter…

Travis ne prononce toujours pas un mot. Il semble sous le choc, aussi je continue pour le laisser digérer les informations petit à petit.

— Je me suis découvert une passion pour la jardinerie, mais c'était bien la seule chose qui me rendait heureuse. En tant que chef de famille, mon père décidait de tout pour nous. Jusqu'à nous orienter vers la personne qui lui semblait être la plus adéquate pour nous.

— Tu veux dire que si tu étais restée, tu aurais été forcée de te mettre en couple avec un homme que ton père aurait choisi pour toi ?

— Forcée est peut-être un mot un peu fort, mais encouragée, oui. Ne crois pas que mon père est insensible pour autant. La preuve, il m'a laissée voler de mes propres ailes quand je lui ai réclamé ma liberté, peu importe ce qu'en diraient les commérages. Et peu importe la peur qu'il décelait en moi de faire face à un monde dont je ne connaissais pas les codes.

Il pose une main sur ma cuisse, arrime ses yeux aux miens et me demande :

— Comment tu as trouvé le courage de tout quitter ?

— June, soufflé-je d'une voix exprimant la reconnaissance que j'éprouve à son égard. Elle a intégré la communauté pendant un moment pour écrire un article sur nous, et j'ai tout de suite sympathisé avec elle.

Un léger sourire étire ses lèvres. Connaissant June, il doit avoir une petite idée de la manière dont elle a débarqué dans ma vie.

— En rusant, elle est parvenue à me faire quitter notre quartier un après-midi. Nous sommes allées en centre-ville et nous avons bu un café dans un Starbucks.

— Toute une expérience, se force-t-il à plaisanter.

— Ça peut paraître ridicule mais pour moi c'était incroyable. J'ai commencé à ouvrir les yeux sur le monde autour de moi. Je me suis rendu compte que les femmes pouvaient travailler, être pompiers ou même policières...

Il hoche la tête en me laissant poursuivre.

— À partir de là, j'ai commencé à suffoquer, coincée dans la case dans laquelle on s'évertuait à me faire entrer coûte que coûte. June, qui a continué à me rendre visite après la fin de son reportage sans que personne y trouve rien à redire, est devenue ma soupape. Puis elle a été débauchée par le *Santa Monica Daily Press*. Cette annonce a été l'électrochoc dont j'avais besoin pour m'émanciper. Je savais que si elle acceptait que je la suive, je saurais m'en sortir.

— Tu as toujours pu compter sur elle... constate Travis.

— Oui. Ça n'a pas été facile de parler de ma décision à mon père, mais j'étais déterminée.

— Comment l'a-t-il pris ?

— Assez bien quand j'y repense. Il devait s'y attendre... Mes frères, c'est une autre histoire. Ils sont déçus que je leur aie tourné le dos.

— Tu as combien de frères ?

— J'ai deux frères et une sœur plus âgés, et deux sœurs plus jeunes.

— Waouh ! Six enfants !

— Il est coutume d'avoir une descendance conséquente... chuchoté-je.

— J'ai du mal à imaginer ce que tu as ressenti en débarquant ici.

— J'étais aussi heureuse qu'apeurée.

— Quel est la première chose que tu as faite ?

Je ris car je ne m'attendais pas à cette question.

— Je me suis coupé les cheveux et j'ai acheté des fringues. J'avais besoin de me découvrir et c'est passé par là. Puis June m'a obligée à prendre un téléphone portable. Je crois qu'elle craignait plus que moi de me laisser seule dans cette grande ville quand elle devait aller au boulot. Elle m'a appris à me servir de Google Maps pour que je ne me perde pas.

— Vous n'aviez pas Internet non plus ?

— Mes parents avaient un ordinateur dans le salon avec la connexion, mais à part chercher des recettes et des patrons de couture, on n'en faisait pas grand-chose.

— Attends, mais je viens de penser à un truc… Si ton père était censé choisir ton mari, j'imagine que tu n'avais pas le droit d'avoir de petit ami…

— En effet…

— Mais alors, côté sexe…

— Rien avant le mariage agent Miller, voyons !

Il s'étouffe avec une gorgée de vin. Je lui tape dans le dos pour l'aider à s'en remettre.

— Ava, est-ce que…

Je fais mine de ne pas comprendre où il veut en venir juste pour le plaisir de le voir galérer.

— Enfin, je veux dire, depuis que tu as pris ton indépendance, tu as…

— Couché avec un mec ? terminé-je sa phrase parce qu'il ne va jamais y parvenir. Je ne pensais pas que tu serais du genre à avoir du mal à appeler un chat un chat.

Je le vois avaler sa salive. Son regard ne quitte pas le mien, et j'y vois sa crainte de ma réponse.

— Je crois que ça a été la deuxième ou troisième chose que j'ai faite, lui précisé-je en riant.

Travis est stupéfait, si j'en crois sa bouche grande ouverte.

— Quand tu décides quelque chose, tu ne le fais pas à moitié, conclut-il en me dévorant du regard.

Non, ce n'est pas dans mes habitudes. Il devrait donc vite comprendre que peu importe pourquoi il tient à me garder à l'écart d'une partie de sa vie, je finirai tôt ou tard par m'y faire une place.

17

TRAVIS MILLER

J'ai beaucoup de mal à imaginer que quelqu'un puisse contrôler Ava. Elle est si solaire et débordante d'énergie que je la vois mal se contenter d'entretenir un jardin. Je comprends mieux les liens si forts qu'elle entretient avec June. Son amie a connu la Ava d'avant et assiste aujourd'hui à son épanouissement.

— Tu as gardé contact avec eux ? la questionné-je.

— Plus ou moins, répond-elle en haussant les épaules. Ma mère m'a appelée quelques fois, mais comme elle essaie chaque fois de me faire rentrer au bercail, je ne décroche plus. Et j'ai reçu une lettre de ma sœur ce matin, mais je ne l'ai pas encore ouverte.

— Pourquoi ?

— Parce que c'est la première fois qu'elle m'écrit en bientôt un an et que je redoute de découvrir ce qui l'a motivée à le faire.

Son sourire disparaît et je la sens songeuse. Elle a beau aimer sa liberté, sa famille lui manque. Et je suis bien placé pour savoir ce qu'elle peut ressentir à être déchirée ainsi.

— Procédons par élimination, suggéré-je pour tenter de la soulager de son inquiétude. Quelles sont les raisons qui l'auraient poussée à le faire ? Peut-être qu'elle souhaite juste prendre de tes nouvelles...

— Ça m'étonnerait. Je penche plus pour un mariage ou un enterrement. Il doit forcément y avoir un événement particulier pour qu'elle prenne la peine de demander mon adresse à mon père.

— Lequel des deux choix te dérangerait le moins ?

— Tu me demandes sérieusement si je préférerais que quelqu'un soit mort ou célébrer l'union de deux personnes ?

Dit comme ça, c'est sûr, ça a l'air crétin.

— S'ils ont été poussés l'un vers l'autre contre leur gré, je ne suis pas certain que ce soit très joyeux.

— Oui... approuve-t-elle en soufflant. C'est ce que je redoute. Si ma sœur m'annonce qu'elle va se marier, je saurai tout de suite si c'est avec le bon gars pour elle ou pas.

— Comment ?

— On a beau nous interdire de regarder les garçons et attendre le choix du chef de famille, on reste des êtres humains. Je sais de qui ma sœur est amoureuse depuis l'adolescence.

— OK, donc, récapitulons. Si ta sœur t'annonce qu'elle va se marier, il se peut que ce soit avec celui pour qui elle éprouve des sentiments ou avec quelqu'un d'autre. Comment prendras-tu la nouvelle dans un cas comme dans l'autre ?

— Si c'est avec Jonas, j'irai fêter ça avec eux avec grand plaisir. En revanche, si ce n'est pas lui l'heureux élu, j'aurai une furieuse envie de la sortir de là pour la ramener ici. Ce qui la rendra tout aussi malheureuse. Elle aime la communauté plus que tout.

À nouveau, je hoche la tête en signe de soutien. Quelques secondes de silence s'étirent avant que je reprenne la parole.

— Ça, c'était l'option mariage. Et si c'est un enterrement ?

— Ma réaction dépendra sûrement du défunt, mais pour ma famille, si je ne retourne pas là-bas en l'apprenant, ça équivaudrait à me prendre un billet direct pour les enfers, plaisante-t-elle d'un ton qu'elle veut détaché.

Je l'observe rire, subjugué par sa beauté, et je me félicite d'avoir cessé de me comporter comme un con avec elle.

— Je crois que tu devrais ouvrir cette enveloppe, lui conseillé-je car je vois bien que ça la travaille, même si elle tente de paraître légère.

— Je sais. Je le ferai tout à l'heure, me promet-elle en se hissant sur les genoux. Pour l'instant, je compte bien profiter de cette soirée.

Elle s'avance et s'installe sur moi en posant ses jambes de part et d'autre de mes cuisses. Sa proximité m'électrise et mon instinct guide mes bras autour de sa taille. Elle se penche et frotte le bout de son nez contre le mien, sans me lâcher des yeux. Je me noie dans ses prunelles brunes aux éclats dorés. Sa langue passe sur ses lèvres qu'elle mordille ensuite. Je fantasme de les voir enserrer une certaine partie de mon anatomie, qui se réveille justement à son contact.

J'aurais dû la questionner davantage sur son expérience. Elle a pris sa vie en main depuis moins d'un an, et même si je sais qu'elle n'est plus vierge, j'ignore ce qu'elle a déjà pu essayer ou non durant ce laps de temps. Non pas que j'aie pour habitude de questionner mes conquêtes sur le sujet, mais je ne voudrais pas commettre de faux pas avec elle.

Il y a un truc au creux de mes tripes qui me pousse à être prudent avec Ava. Ça va au-delà de mon connard de frère. Penser que je pourrais la brusquer en me jetant sur elle pour rattraper tout le temps perdu me rend fébrile et hésitant.

— Tu vas te décider un jour à m'embrasser ou je vais devoir amorcer ce premier pas là aussi ? me taquine-t-elle en ondulant lentement du bassin contre mon entrejambe à l'étroit dans mon short.

— Si je fais quelque chose que tu n'apprécies pas, tu me le diras ? lui demandé-je dans un souffle en glissant mes mains sur l'arrondi de ses fesses.

— Est-ce que je t'ai déjà donné l'impression de ne pas oser m'exprimer ? me répond-elle en grattant mon cuir chevelu du bout de ses ongles.

Son geste envoie une décharge directement dans ma queue qui n'a définitivement plus assez d'espace dans mon caleçon. Je ris de sa remarque. *Elle a raison, je suis con de m'inquiéter à ce point.*

Alors que je m'apprête enfin à goûter à ses lèvres tentatrices, mon téléphone se met à sonner.

— Putain ! grogné-je en reconnaissant la sonnerie attribuée à mon chef. Je dois répondre, je suis désolé.

Contre tout attente, Ava pouffe et part dans un rire nerveux. Du moins, j'en ai l'impression tandis que j'attrape mon portable que j'avais négligemment posé à même le sol, juste à côté de moi.

— Miller, énoncé-je après avoir décroché.

— On a un 10-89 à l'aéroport. Toutes les équipes sont appelées en renfort.

Une alerte à la bombe, rien que ça ! Il ne m'en faut pas plus pour reprendre pied dans la réalité d'un coup.

— J'arrive !

Ava se redresse aussitôt pour me laisser me mettre debout.

— Je suis désolé, il faut vraiment que je file, m'excusé-je en posant mon pouce sur sa lèvre inférieure que je rêve de mordre.

— Va, on remettra ça plus tard, souffle-t-elle. On n'est plus à quelques jours près.

18

AVA WALLER

— Voilà, vous êtes arrivé, indiqué-je à mon patron, qui m'a obligée à l'accompagner jusqu'au poste de police comme s'il ne savait pas où il se situait.

— Tu rentres avec moi ? me demande-t-il en jouant le petit vieux qui craint ce qui l'attend alors que nous savons tous les deux que c'est un roc que rien ne peut ébranler.

Enfin, rien sauf ce foutu cambriolage qui a réussi à le déstabiliser. Heureusement, les affaires reprennent rapidement grâce aux livraisons de nos fournisseurs. M. Warren travaille avec les mêmes depuis des décennies et ils se sont tous mobilisés pour le dépanner au plus vite.

— Je préférerais éviter. La dernière fois que je suis venue, on m'a gardée toute la nuit, lui rappelé-je à toutes fins utiles.

— Justement, je veux que tu entendes ce que j'ai à leur dire à ce propos.

Mon patron me traîne derrière lui en tenant mon bras pour que je ne lui file pas entre les mains. Je proteste pour la forme, mais je me laisse faire. Je me renfrogne cependant dès que j'aperçois l'agent Rodriguez.

— Mademoiselle Waller ? s'étonne celui-ci lorsqu'il me repère. Vous souhaitez revenir sur votre déposition ?

Une furieuse envie de lui faire ravaler son ton mielleux s'empare de moi, mais avant que j'aie le temps de répliquer quoi que ce soit, mon employeur s'avance dans sa direction d'un pas décidé et lui aboie son mécontentement dessus. Ne l'ayant jamais entendu hausser le ton, j'en reste interdite.

— Je vous assure que tout ce que nous faisons vise à coincer le responsable, répond l'agent Rodriguez quand il a enfin l'occasion d'en placer une.

Je le vois froncer les sourcils, visiblement agacé de se faire sermonner de la sorte.

— Alors cessez de perdre votre temps avec des personnes au-dessus de tout soupçon ! l'engueule M. Warren sans se sentir impressionné par son statut de policier. Avez-vous au moins une piste utile pour faire avancer l'affaire ?

— Si je vous ai fait venir, c'est pour vous montrer les photos que j'ai présentées à mademoiselle Waller. Elle n'a reconnu personne dessus, mais peut-être aurez-vous une meilleure mémoire…

Le policier ajoute cette dernière phrase de façon condescendante en me lançant un regard suffisant. Je me retiens difficilement de lui brandir mon majeur sous le nez. Après tout, il a un bon flair. S'il agit ainsi, c'est parce qu'il sent que je cache quelque chose.

— Je ne me suis pas déplacé uniquement pour vous botter les fesses. Bien entendu que je veux les voir, ces photos !

— En revanche, nous allons continuer sur un autre ton sinon vous risquez de rester ici plus longtemps que prévu pour outrage à agent, crache l'agent Rodriguez d'un ton froid, ayant de toute évidence atteint les limites de ce qu'il peut encaisser devant ses collègues.

Là, c'en est trop ! Il exagère à nous traiter de cette manière alors que nous sommes les victimes dans cette histoire.

— Vous n'avez pas l'impression d'abuser un peu de votre autorité ? m'écrié-je pour défendre mon patron. Vous avez un quota de gardes à vue à remplir par mois et vous êtes en retard sur votre objectif ?

Il n'a pas le temps de répliquer qu'une voix grave s'élève derrière nous :

— Je vais m'occuper d'eux.

Je n'ai pas besoin de me retourner pour savoir qu'il s'agit de Travis. Il nous dépasse et je le découvre pour la première fois dans son uniforme. La mâchoire m'en tombe. Si je suis sous son charme quand je le croise à Palisades Park, là, je manque de défaillir.

Je me rappelle que June m'a raconté avoir demandé à Derek de lui faire l'amour dans sa tenue de pompier et je n'avais pas bien saisi l'importance que cela pouvait avoir sur sa libido, mais ça y est, j'ai compris. Tout mon corps réagit instinctivement et brûle d'envie que je me jette sur lui. Encore plus que d'ordinaire, je veux dire.

— Ferme la bouche, jeune fille, me conseille discrètement mon patron.

Je me reprends aussitôt, honteuse de m'être laissée surprendre de la sorte.

— Je peux tout à fait m'occuper de monsieur, lui rétorque son collègue d'un ton amer. Mais tu peux faire sortir son employée, je n'ai plus besoin d'elle. Pour l'instant, du moins.

J'esquisse un pas dans sa direction et le pointe du doigt, prête à lui voler dans les plumes pour effacer cet air dédaigneux de son visage, mais c'est sans compter sur Travis qui attrape ma main tendue pour effacer mon geste. D'un regard, il me fait comprendre qu'il est préférable que je garde le silence. Pour ne pas causer de souci à Travis, je choisis de prendre sur moi.

Mon patron suit le policier irascible jusqu'à son bureau tandis que mon voisin aussi sexy qu'un stripteaseur me fait signe de l'accompagner.

Je lui emboîte le pas jusqu'à une salle où des casiers sont alignés devant des bancs. Je n'ai pas le temps de lui demander pourquoi il m'amène ici qu'il s'arrête à une intersection entre deux rangées de casiers et me plaque contre le métal froid, à l'abri des curieux qui pourraient entrer.

Sans me laisser le temps de reprendre ma respiration, il fait fondre sa bouche sur la mienne et ses doigts s'immiscent dans ma chevelure. Je réponds tout de suite à son baiser en entrouvrant mes lèvres pour le laisser y glisser sa langue.

Je crochète les passants de sa ceinture de mes doigts et l'oblige à se coller contre moi. Un grognement rauque lui échappe lorsque ma langue accepte la danse que lui propose la sienne. J'ai souvent pensé à l'effet qu'un baiser de Travis pourrait avoir sur moi et j'étais loin du compte. C'est doux et un peu brutal, comme s'il se retenait pour ne pas m'effrayer. Et ça ne me donne qu'une envie : faire céder ses barrières. Je ne veux pas qu'il se retienne.

Je me délecte de cet instant et me félicite d'avoir tenu bon face à ses airs bougons. Les astres ne s'étaient pas trompés. Travis et moi, ça crée des étincelles.

À mon plus grand désarroi, il met fin à cet interlude divin en posant son front contre le mien.

— Je m'étais juré que la prochaine fois que je te verrais, peu importe où et dans quelles conditions, on partagerait enfin ce foutu premier baiser.

Je lui souris, le cœur battant, en passant mes bras autour de sa taille.

— Je ne vais pas me plaindre que ce soit toi qui me sautes dessus, pour une fois.

— Il va falloir t'y habituer, me confie-t-il en caressant ma lèvre inférieure de son pouce.

— C'était quoi cette urgence qui nous a interrompus hier soir ?

— Une fausse alerte à la bombe à l'aéroport.

— Je n'irai pas jusqu'à dire que je suis contrariée que ça ait été bidon, mais c'est nous qui devenons des bombes à retardement à force de patienter, plaisanté-je. Dis-moi que tu finis ton service tôt aujourd'hui…

Sa grimace me répond sans qu'il ait besoin de prononcer le moindre mot.

— Je pourrais te filer mes clefs pour que tu m'attendes chez moi… chuchote-t-il. Comme ça, lorsque je rentrerai, tu seras allongée dans mon lit, endormie, et je me ferai un plaisir de te réveiller.

— La dernière fois que tu m'as fait le coup, ça s'est plutôt mal terminé, le charrié-je.

— Je suis prêt à prendre le risque si je peux t'embrasser encore une fois.

— Dans ce cas, je vais de nouveau te laisser la porte de chez moi ouverte…

— Même si notre résidence est sécurisée, ça me semble tout de même un peu dangereux.

— J'aime vivre dangereusement, l'asticoté-je encore un peu.

Il se met à rire en secouant la tête.

— Sinon, on peut faire comme tout le monde et échanger nos numéros de téléphone. Je te passe un coup de fil quand je sors du central ?

— Banal mais efficace, lui réponds-je avant de me hisser sur la pointe des pieds pour lui dérober un dernier baiser.

Hélas, nous n'avons pas le temps de batifoler plus longtemps. La porte des vestiaires s'ouvre dans un grincement.

— Miller ? crie une voix féminine.

Il se décale un peu sur la droite pour se montrer.

— Ouais ?

— Qu'est-ce que tu fous ici ? Ça fait déjà cinq minutes qu'on devrait être en patrouille.

— J'arrive.

19

TRAVIS MILLER

— C'est quoi tous ces papiers ? me demande une Meryl incrédule en découvrant la pagaille sur mon bureau.

Elle dépose une tasse de café fumante dans le seul coin libre, ce dont je la remercie d'un regard, puis elle jette un coup d'œil à une feuille pour se faire une idée par elle-même de ce qui m'accapare. Je la laisse faire car je ne suis pas contre un peu d'aide.

— Je rêve ou tu fais les poubelles de tes voisins ? demande-t-elle en prenant place sur la chaise en face de la mienne. C'est à propos de la fleuriste ?

— Non, pas du tout.

— Non quoi ? Ce ne sont pas des tickets de caisse que tu as récupérés dans les poubelles de Palisades Park ou ce n'est pas à propos de ta charmante voisine ? Je dois avouer que tu as bon goût, d'ailleurs. Elle a quelque chose de spécial.

— Pas touche, l'avertis-je en souriant. J'ai bien fouillé dans les poubelles de mes voisins, mais pas pour découvrir des choses sur Ava. Je cherche à comprendre ce qu'il se trame dans l'appartement du rez-de-chaussée de l'immeuble d'en face.

— Celui qui est censé être vide mais que vous soupçonnez d'être occupé ?

Je lui confirme d'un hochement de tête.

— Vas-y, explique ce que tu as pour le moment !

— Le nouvel agent immobilier chargé de la résidence a pu me dire qu'il était bien loué, mais que le nom de l'occupant n'était mentionné nulle part. Le contrat a été rédigé au bénéfice d'une entreprise. J'ai effectué quelques recherches dessus, mais ça ne donne rien.

— Une holding écran ?

— Ouais, un truc du genre. La personne qui vit là ne veut pas qu'on sache qui elle est.

— Et tu y vois tout de suite un truc louche, je me trompe ?

— Avoue que c'est bizarre. Ne pas vouloir nous parler, pourquoi pas, mais pourquoi ne pas vouloir apparaître sur le bail ? Je veux juste m'assurer que ce mystérieux locataire n'est pas recherché par nos services ou par des gens dangereux.

— Tu vires parano !

— Aide-moi au lieu de m'insulter, tu seras plus utile, lui balancé-je en lui tendant une pile de reçus et de tickets de caisse.

Elle soupire pour la forme mais se met aussitôt au travail.

Tout cela n'a ni queue ni tête. C'est comme chercher une aiguille dans une botte de foin.

— Tu penses vraiment que ton inconnu va recevoir du courrier à son nom et le jeter dans la poubelle comme ça, après avoir pris autant de précautions ?

— Il y a peu de chances… Mais je dois faire quelque chose.

— Si tu veux mon avis, tu perds ton temps. Il faut procéder autrement.

— Quelle est ton idée ? lui demandé-je car je la connais assez pour savoir qu'elle en a une.

— Ta résidence est sécurisée, donc celui qui se cache là ne souhaite pas qu'on puisse l'atteindre facilement. Et il en connaît assez pour savoir se dissimuler derrière une entreprise aux statuts assez opaques pour qu'on ne remonte pas jusqu'à son propriétaire.

— Jusque-là, je te suis.

— Donc tu n'as pas affaire à une personne lambda.

Je hausse un sourcil pour l'inciter à continuer :

— Ça te permet d'éliminer un voyou des bas étages.

— Je ne suis pas sûr d'être plus rassuré qu'il puisse s'agir d'un gros bonnet.

Meryl grimace avant de reporter son attention sur la paperasse.

— Il y a des fans de presse *people* dans ta résidence, en tout cas, se moque-t-elle en mettant de côté plusieurs pages de magazines déchirées.

— Une de mes voisines mène une sorte d'enquête pour découvrir où se cache Amaia Cox depuis que des photos de son mari en pleins ébats avec une autre femme ont fuité. Des personnes l'auraient vue à Santa Monica.

— La comédienne oscarisée ?

— Oui, confirmé-je en bâillant à m'en décrocher la mâchoire.

— Tu as besoin de dormir, toi.

— Ce n'est pas prévu au programme, pourtant.

— Hum, laisse-moi deviner… Tu as une fleur à butiner.

Je me marre en entendant sa métaphore. Je n'aurais pas pu espérer meilleure coéquipière.

— Tu en connais un rayon, la taquiné-je en retour. Ça a donné quoi ta soirée avec ta conquête fraîchement divorcée ?

— J'ai fait chou blanc avec elle, mais on a dragué ensemble deux types plutôt pas mal, donc je n'ai pas complètement perdu au change.

— Il n'y a que toi pour te rendre à un rendez-vous et terminer la nuit dans les bras de quelqu'un d'autre.

— On n'a qu'une vie, alors autant profiter de chaque instant, s'exclame-t-elle en se redressant d'un coup, signe que notre chef va nous tomber dessus.

— Qu'est-ce que vous fichez encore ici, tous les deux ? Vous ne devriez pas être en train de patrouiller, à cette heure-ci ?

J'observe la montre à mon poignet. Au temps pour nous, nous devrions être dehors depuis exactement une minute.

— On y allait, chef ! lui assuré-je en faisant signe à Meryl de se bouger.

— Et n'oubliez pas de passer chez les commerçants pour les alerter sur la recrudescence de faux billets, nous rappelle-t-il alors qu'il nous en a déjà longuement parlé tout à l'heure.

— On va être bien reçus après nos visites concernant les cambriolages, me lance Meryl une fois dehors.

— C'est le job, lui réponds-je en lui lançant les clefs de la voiture de patrouille afin qu'elle conduise.

Nous tournons dans notre secteur, et je suis satisfait de constater que les rues sont plutôt calmes. Je ne suis pas contre une journée tranquille après avoir patienté des heures à l'aéroport hier et la petite nuit qui s'est ensuivie.

Lorsque le jour commence à décliner, et après avoir visité de nombreuses boutiques, notre service touche à sa fin. Nous allons pouvoir rentrer au central et transmettre le relais à nos collègues de nuit.

— Ça t'ennuie si on passe par Lincoln Boulevard ? demandé-je à Meryl l'air de rien.

— Tu veux dire par la rue où travaille ta charmante voisine ?

Je ne prends pas la peine de relever sa pique. Sa question était rhétorique, de toute façon.

Lorsque nous arrivons à proximité de chez M. Warren, je suis surpris d'apercevoir de la lumière à l'intérieur.

— Ce n'est pas censé être fermé, à cette heure-ci ? s'étonne ma coéquipière.

— Normalement, si. J'imagine qu'ils avaient encore du boulot pour tout remettre d'équerre après le cambriolage.

— On va aller s'en assurer, propose Meryl en se garant.

Sur la vitrine, l'écriteau fermé est bien visible. Je n'aperçois personne à l'intérieur et la porte est verrouillée, ce qui me rassure. Je décide de frapper pour interpeller M. Warren s'il est encore présent.

Contre toute attente, c'est la tête d'Ava qui sort de l'arrière-boutique, avec un sécateur dans chaque main. Elle semble soulagée lorsqu'elle me voit.

— Tu es toute seule ? la questionné-je, inquiet, lorsqu'elle nous permet d'entrer dans la boutique.

— Mon patron vient juste de s'en aller et je m'apprêtais à en faire de même.

— Vous comptiez vous défendre avec ça en cas de visite non souhaitée ? lui lance Meryl en haussant un sourcil.

— C'était ça ou un seau d'eau froide dans lequel ont fané des roses… rétorque Ava avec un sourire désarmant.

— Vu comme ça, c'est sûr qu'il était préférable d'opter pour un objet tranchant, reconnaît Meryl en riant.

— Rentre avec nous au central et on pourra retourner à la résidence ensemble après, proposé-je à ma voisine.

— Tu veux que je me mette à l'arrière comme une délinquante ? s'étonne-t-elle avant de sourire. Ça ne fait pas partie de ma liste de choses à découvrir absolument, mais j'adore l'idée.

Elle se presse de prendre ses affaires et nous rejoint à l'extérieur avant de verrouiller la boutique. Ma coéquipière ne prononce pas un mot, mais je sais que je vais en entendre parler pendant des semaines.

— Tu souhaites peut-être que je te passe les menottes pour faire plus réel ? la taquiné-je en veillant à rester discret tout en lui ouvrant la portière arrière afin qu'elle entre dans le véhicule.

— Pas spécialement, mais propose-moi ça à nouveau tout à l'heure quand on ne sera plus que tous les deux, ma réponse pourrait être différente.

20

AVA WALLER

Travis ressort du poste de police habillé en civil et je ne peux m'empêcher de faire la moue. Un sourire prend forme sur son visage tandis qu'il s'avance dans ma direction en jouant avec les clefs de sa voiture. Comment résister à son charme ? Je crois que même si les astres ne m'avaient pas orientée dans sa direction, j'aurais succombé.

— Un problème ?

— Je me disais juste que j'aurais bien retiré moi-même ton uniforme.

Sa main attrape la mienne pour m'approcher de lui, et il dépose un baiser léger sur mes lèvres.

— Un fantasme que je me ferai un plaisir de réaliser.

— Attention, je vais te prendre au mot.

Comme tout à l'heure, Travis a la galanterie de m'ouvrir la portière de sa voiture afin que je me glisse à l'intérieur.

Le trajet jusqu'à la résidence est rapide. J'en profite pour découvrir ses goûts musicaux en faisant tourner sa playlist depuis son téléphone.

— Je suis plutôt *old school*, se justifie-t-il tandis que j'écoute les chansons sans prononcer un mot.

— Oh ! Ne t'en fais pas, je n'y connais rien, le rassuré-je. Je n'écoute que ce qui passe à la radio donc je ne suis pas non plus un exemple en termes de culture musicale.

— Tu me vexes, là, me lance-t-il avec un sourire. J'estime justement avoir une excellente culture musicale. C'est bien pour ça que je suis un inconditionnel du rap de la côte Ouest.

— C'est un genre particulier ? lui demandé-je. Différent de la côte Est ?

Il quitte la route des yeux quelques secondes et semble surpris, avant de reporter son attention devant lui. Je me sens mal à l'aise parce que j'ai conscience que je viens de poser une question bête.

— Dans les années 90, il y a eu une sorte de guerre entre les rappeurs de la côte Est et ceux de la côte Ouest. Deux rappeurs ont même été assassinés.

— À cause de la musique ?

— Ça paraît fou, mais tout partait de là, et ça a pris des proportions exagérées.

Les rues défilent autour de nous tandis que je réfléchis à ce qu'il vient de m'apprendre.

— Tu n'écoutais pas de musique à Salt Lake City ?

— Uniquement de la musique classique, ou des versions instrumentales sur lesquelles nous chantions.

— Quelle chance que ton nouveau petit ami soit incollable dans ce domaine, alors. Tu vas pouvoir tout rattraper.

— J'aime bien la voix de ce chanteur, en tout cas, lui dis-je en lançant une nouvelle chanson de cet artiste dont il a un nombre de titres impressionnant dans sa playlist.

— Si tu n'avais pas apprécié 2Pac, rien n'aurait pu être possible entre nous, déclare-t-il en plaçant une main sur son cœur.

Je pouffe en lui donnant un léger coup sur l'avant-bras. Il en profite pour attraper ma main et entrelacer nos doigts.

— Tu penses donc être mon petit ami… rebondis-je sur ses mots.

— Tu n'es pas d'accord avec ça ? m'interroge-t-il alors que le portail d'entrée de Palisades Park s'ouvre devant nous pour nous permettre d'entrer dans le parking.

— On s'est contentés d'échanger un baiser, pour l'instant, le taquiné-je en haussant les épaules. Je pense que même Sean et Summer ont été plus entreprenants que nous...

Travis se concentre pour garer sa voiture avant de couper le contact et de se tourner dans ma direction.

— Tu es en train de me comparer à un gamin prépubère ou je rêve ?

— C'est toi qui l'as dit, continué-je à l'asticoter. Moi, tout ce que je sais, c'est que ça fait des mois que je te tourne autour, et force est de constater qu'il ne s'est toujours rien passé de sexuel entre nous...

Je me mords la lèvre inférieure tout en lui décochant un sourire malicieux. Je le vois prendre une grande inspiration avant de me dire d'un ton faussement calme :

— Ne me chauffe pas trop parce que tu pourrais le regretter.

— Tu peux être un peu plus précis ?

— Je pourrais tout à fait passer à l'étape suivante immédiatement, en prenant le risque qu'on nous surprenne, m'explique-t-il d'une voix rauque.

— Le policier pointilleux sur les règles qui commettrait un attentat à la pudeur... Je n'y crois pas une seconde.

— Quand je suis avec toi, j'ai parfois très envie d'envoyer valser mes principes !

Les battements de mon cœur accélèrent à ses mots. Je veux être cette personne pour lui, celle qui lui permet de lâcher prise.

Je détache ma ceinture et me hisse sur ses genoux. Ses yeux suivent chacun de mes gestes tandis que je le détache à son tour.

— Alors arrêtons de perdre du temps, réclamé-je avant de coller ma bouche contre la sienne.

Entre deux baisers, il gémit mon prénom telle une prière. Nos langues s'accrochent pour mieux se délier ensuite, avant de revenir à la charge. Une chaleur prend forme entre mes cuisses. Je la soulage en me frottant contre lui, le rendant de plus en plus dur au fur et à mesure de mes déhanchements. Ses mains se mêlent à la partie, pour mon plus grand bonheur. Elles glissent le long de mes jambes, sous ma jupe. Il les plaque sur mes fesses qu'il caresse en grognant de satisfaction en découvrant que mon string les lui offre sur un plateau. Mon excitation grimpe en flèche et je tire légèrement sur les cheveux à la base de sa nuque pour le lui faire savoir. Une de ses mains se faufile entre nos deux corps et dégage mon sous-vêtement sur le côté. Son pouce se pose sur mon clitoris pour le taquiner. Je feule de plaisir.

— Putain, t'es trempée, gronde-t-il en appuyant sa caresse. Ça me rend dingue, mais je refuse de te faire l'amour dans ma bagnole pour la première fois.

— Et moi, je refuse de quitter cette voiture tant que tu ne m'auras pas fait jouir, lui dis-je d'un ton affirmé.

— Est-ce que tu as seulement conscience d'à quel point tu m'excites quand tu me parles comme ça ? répond-il en mordant ma lèvre inférieure.

Il immisce un doigt en moi tout en dévorant mon cou de baisers. Mon dos s'arcboute sous les effets de ses attentions et je bascule mon bassin pour lui donner un meilleur accès.

— Je crève d'envie de t'arracher ce haut et de lécher tes seins. Tu n'imagines pas le nombre de fois où je me suis branlé en imaginant me déverser dessus.

Oh mon Dieu ! Jamais un mec ne m'a parlé de façon si crue. Et j'aime carrément ça. Ça fait grimper encore ma chaleur corporelle et me donne envie de réaliser son fantasme. Je monte d'un étage sur l'échelle du plaisir rien qu'en visualisant la scène. Je désire à mon tour qu'il me marque de cette façon.

Je relâche mon étreinte autour de son cou et retire mon tee-shirt sous son regard médusé.

— Ava, n'importe qui pourrait débarquer d'un instant à l'autre, m'alerte-t-il, son côté sérieux se rappelant à lui.

— Raison de plus pour que tu accélères le rythme, rétorqué-je en dégrafant mon soutien-gorge.

Une chance que j'aie opté pour celui qui s'ouvre sur l'avant aujourd'hui.

Travis ne perd pas une seconde. Sa langue s'enroule autour d'un de mes tétons tandis qu'il ajoute encore un doigt plus bas. Je me penche en arrière jusqu'à ce que mon dos soit contre le volant.

Mon corps est à la merci du policer particulier. Sa bouche suce mes seins tour à tour, puis les mordille avant d'apaiser cette délicieuse douleur en en léchant les pointes érigées. Mon corps tremble et mes gémissements emplissent l'habitacle. J'ai de plus en plus de mal à contrôler mes mouvements. Je me contorsionne sur sa main pour me soulager au plus vite, tout en ne voulant pas que ça se termine.

Quand il me pénètre en ajoutant encore un doigt, je ne réponds plus de rien. Un cri m'échappe lorsqu'il cajole à nouveau mon intimité avec son pouce. Je bascule contre son torse, prise par des spasmes incontrôlables sous l'effet d'un orgasme salvateur.

— Je vais exploser si je ne peux pas m'enfouir en toi dans les secondes qui viennent, me prévient-il en retirant sa main de sous ma jupe.

Il la porte à sa bouche et goûte ma moiteur avant de me caresser les lèvres avec. Je sors le bout de ma langue pour l'aguicher encore plus. C'est plus fort que moi, je ne peux pas m'en empêcher.

Il m'embrasse brutalement, avec une passion dévorante. J'ai presque du mal à suivre le rythme qu'il nous impose. Je sens déjà mon corps réagir à ce baiser alors que je viens à peine de jouir. Il met malheureusement fin à notre échange et attrape mon tee-shirt sur le siège passager, puis il m'aide à le remettre.

— On va chez moi, ordonne-t-il d'un ton sans appel.

Nous sortons de la voiture et il prend ma main dans la sienne pour m'attirer à sa suite.

— Pourquoi pas chez moi ? le questionné-je juste pour la forme.

— J'ai quelques fantasmes à réaliser qui se déroulaient tous dans mon appartement et dans lesquels tu tenais le premier rôle.

— Je peux en savoir un peu plus sur le scénario ?

— Je vais commencer par te faire l'amour dans mon lit, en tout bien tout honneur. Ensuite, je te pencherai sur l'accoudoir de mon canapé et je te baiserai si fort que tous les habitants de Palisades Park t'entendront crier de plaisir. J'ai tellement rêvé de voir ton cul exposé à mes yeux sous cet angle que je pourrais jouir rien qu'en le contemplant réellement.

Je sens mon string s'humidifier à nouveau en imaginant à mon tour la scène. Certains des hommes que j'ai connus depuis que j'ai quitté Salt Lake City étaient de bons amants, mais aucun n'a jamais été si cash dans ses propos. Le fait de savoir exactement ce dont Travis a envie m'électrise.

Près de la piscine, les adolescents de la résidence discutent ensemble, mais nous ne leur prêtons aucune attention. Dans l'entrée du bâtiment Grant, nous tombons nez à nez avec Li et Matthew. Mon amie me gratifie d'un sourire complice en voyant nos mains jointes.

— Hé mec ! lance son pote à Travis. Derek va t'appeler pour qu'on se programme une soirée bières, ce week-end.

— Laisse-les tranquilles, lui ordonne sa chérie en le tirant par le bras pour qu'ils sortent de l'immeuble. Il a mieux à faire, là tout de suite.

Nous n'entendons pas ce que Matthew lui répond, mais Travis et moi nous marrons. Je me note de remercier Li la prochaine fois que je la verrai.

Arrivés à son étage, ni lui ni moi ne voulons attendre plus longtemps. Travis insère les clefs dans la serrure de son appartement et me pousse à l'intérieur avant de me plaquer contre la porte refermée.

— Raconte-moi ce que tu as eu envie qu'on fasse ensemble toutes ces fois où j'ai botté en touche, me demande-t-il en baissant ma jupe et mon sous-vêtement dans un même geste.

Il fait passer mon tee-shirt par-dessus ma tête et fait de même avec le sien. Je me perds dans la contemplation de son torse musclé avant qu'il ne redresse mon visage dans sa direction.

— Dis-moi à côté de quoi je suis passé jusqu'ici.

Il me chauffe en me détaillant ses plans, il ne va pas être déçu des miens. Je m'approche de lui et entreprends de déboucler sa ceinture. Bouton après bouton, dans une lenteur calculée, j'ouvre son jean et le baisse jusqu'à ses chevilles tout en descendant également.

— Quand je me caressais en pensant à toi, je nous voyais comme ça. Moi, à genoux devant toi.

— Et qu'est-ce que tu faisais ? me questionne-t-il tout en passant la main dans mes cheveux pour les serrer dans son poing.

— Je te prenais dans ma bouche, réponds-je en libérant son sexe.

Il est au garde-à-vous, imposant et dur. Je me lèche les lèvres pour le pousser à bout tout en le serrant d'une main à la base.

— J'ai toujours pensé que tu étais du genre à vouloir garder le contrôle alors, très vite, tu dictais ton rythme en accélérant tes coups de reins jusqu'au fond de ma gorge.

— Merde, Ava, grogne-t-il tel un animal en rut en dessinant le contour de mes lèvres de son pouce, tu ne peux pas me balancer des trucs comme ça. J'essaie de bien me comporter.

— Je veux que tu sois toi, pas que tu te conduises de la manière que tu crois acceptable.

— Ce qui me déroute, c'est que j'ai aucune putain d'idée de ton expérience. Tu as quitté ta famille depuis un an seulement. C'est peu.

Je n'ai aucune envie de penser à la communauté là, dans l'immédiat, mais je lui suis reconnaissante de vouloir prendre des précautions. Ça me conforte dans l'idée que Travis est l'homme qu'il me faut. Les astres ne me déçoivent jamais.

— Je n'ai pas spécialement envie de te parler de mes précédentes relations maintenant, mais je ne suis pas fragile. Sois toi-même. Je suis assez grande pour te dire si quelque chose ne me plaît pas.

— Bien, dit-il, rassuré et visiblement prêt à oublier ses réserves.

Il réduit la distance qu'il restait entre nous. Son sexe se retrouve à moins d'un centimètre de mes lèvres, que son pouce vient entrouvrir.

— Tu avais raison à mon sujet, j'aime être celui qui maîtrise la situation. Si j'y vais trop fort, tu m'arrêtes, OK ?

Je hoche la tête et il me sourit, tel un prédateur satisfait en voyant sa proie se rendre.

— Bien, maintenant qu'on est d'accord, ouvre la bouche, m'ordonne-t-il, autoritaire.

21

TRAVIS MILLER

Ava s'exécute sans me quitter du regard. Je plonge dans sa bouche chaude en laissant échapper un soupir. Ses lèvres se referme autour de ma queue et je la pousse au fond de sa gorge, savourant la chaleur de son étreinte. Je l'observe tandis que je ressors complètement pour mieux revenir buter contre son palais. Les mains posées sur ses cuisses, elle m'accueille de tout mon long, docile et presque soumise, alors qu'on sait tous les deux que je suis celui à sa merci.

Comment suis-je censé garder les pieds sur terre avec son corps de déesse ? Sans parler du fait qu'elle soit si à l'aise avec, et prête à me suivre dans mes envies.

À cet instant, alors que sa langue s'enroule autour de mon gland, je sais que je vais tomber éperdument amoureux d'elle. Dès qu'elle est près de moi, je suis juste Travis Miller. Il n'est plus question de penser à mon père qui va reprendre du service, à mon imbécile de frère qui me pollue la vie ou à quoi que ce soit d'autre. Elle me libère de mes fardeaux. J'étais déjà conquis par son esprit et elle vient de signer ma perte en me démontrant que nous deux, au lit, ça va être démentiel. Elle me suce à la perfection, m'envoyant des flashs blancs sous les paupières. Elle accélère ses va-et-vient en ajoutant la caresse de sa main sur mon sexe dur comme jamais.

— Je vais venir, l'alerté-je afin qu'elle puisse se retirer si elle le souhaite.

Elle s'écarte aussitôt et enserre encore plus fort ma queue dans sa paume jusqu'à ce que j'éjacule. Mon sperme se déverse sur sa poitrine, comme dans le fantasme que je lui ai confié tout à l'heure dans la voiture. Sa main libre l'étale sur ses tétons qu'elle presse entre ses doigts avant de répéter mon geste en portant ses doigts à sa bouche. Bordel, cette vision me donne envie de recommencer immédiatement.

— Je vais finir par croire que tout ça n'est pas réel tellement c'est parfait, lui avoué-je en l'aidant à se remettre debout.

— Tu as réalisé mon fantasme en me laissant te goûter, je n'ai pas eu à faire grand-chose pour accomplir le tien.

— Crois-moi, être dans ta bouche était aussi l'un des miens, lui confié-je en riant.

— Mais ça ne sera parfait qu'une fois que tu seras enfin en moi, me répond-elle en crochetant ses bras autour de mon cou, impatiente.

Sa poitrine se colle contre mon torse, je passe mes mains sous ses fesses et la porte jusque dans ma chambre.

— Pas de canapé ? m'interroge-t-elle, espiègle.

— Pas tout de suite. Je veux t'admirer pour notre première fois, ne rien louper de ta beauté quand tu vas crier.

— J'ai tellement envie de toi, je crois que tu ne vas pas avoir beaucoup d'efforts à faire pour y parvenir.

— Ça n'a pas d'importance, la rassuré-je. On fera durer ça une prochaine fois.

Je l'allonge sur le lit et file jusqu'à ma table de chevet pour y récupérer un préservatif. Je pense n'en avoir jamais enfilé un aussi vite.

De retour au-dessus d'elle, je lape ses tétons du bout de la langue. Je me contrefous que ma semence y soit encore. Je suis le genre de mec assez stupide pour être fier de l'avoir marquée.

Ava écarte les jambes pour m'accueillir. Elle pose ses mains sur mes pectoraux et dévale les courbes de mes muscles. Du bout des doigts, je vérifie si elle est prête à me recevoir et stimule son clitoris. Elle ne tarde pas à se dandiner sous mon corps, au bord du précipice mais en attente de plus.

— Travis, supplie-t-elle dans un souffle.

— Je viens, lui murmuré-je au creux de l'oreille tout en poussant ma queue petit à petit en elle. Tu sens comme je bande pour toi ? Je te jure, Ava, je dois me concentrer comme jamais pour que ça ne se termine pas tout de suite. Je veux faire durer cet instant et te baiser si fort que tu oublieras toutes les fois où j'ai été un connard avec toi.

Je ressors entièrement et Ava souffle, contrariée.

— Attends, faut que je redescende un peu, me justifié-je.

— Merde, Travis ! s'écrie-t-elle en me repoussant d'un appui sur mon torse, me faisant basculer sur le dos.

Avant de me permettre de réagir, elle se place au-dessus de moi et s'empale sur mon sexe. Elle se met à bouger pour satisfaire ses besoins, ce qui me propulse directement dans les abîmes du paradis. J'agrippe sa taille avec force. Elle aura probablement des traces de mes doigts demain, mais là, tout de suite, je ne pense qu'à accentuer notre ébat.

Je me décolle un peu du matelas et claque mon bassin contre ses hanches pour m'aventurer au plus profond de son corps. Ses seins se balancent sous mes yeux, m'aguichant encore plus.

Ava se soutient en posant ses mains contre le mur. Quand elle se relève légèrement sur ses genoux pour me permettre de la percuter encore plus fort, je ne réponds plus de rien.

Après quelques instants, ses gémissements se transforment en cris tandis que mes grognements gagnent en intensité. Je ralentis le rythme pendant qu'elle s'effondre sur moi. Je dégage ses cheveux de son visage et viens l'embrasser.

— Tu as conscience qu'on vient de placer la barre très haut pour une première fois ? la questionné-je en la serrant dans mes bras.

— Es-tu en train de me dire que je suis ta meilleure première fois ?

— De loin ! lui assuré-je en l'embrassant langoureusement.

Ce baiser, qui dure, ne tarde pas à devenir encore plus sensuel. J'ai encore envie d'elle, besoin de la sentir m'enserrer. Je n'ai jamais éprouvé une si parfaite symbiose avec une femme. Pourtant, sur le papier, Ava n'est pas faite pour moi. Elle est trop imprévisible, trop souriante, sociable. Tout mon contraire. Mais ne dit-on pas que les contraires s'attirent, justement ? Maintenant, il me faudra juste parvenir à la garder.

22

AVA WALLER

Aujourd'hui, les résidents de Palisades Park se sont donné rendez-vous dans le jardin commun pour partager un bon moment et quelques bières ensemble. J'adore pouvoir prendre le temps de bavarder avec mes voisins plutôt que de les saluer en quelques secondes avant d'aller bosser. Certaines affinités se sont créées et des petits groupes se côtoient aussi en comité restreint, mais je crois pouvoir affirmer que personne n'a d'animosité envers qui que ce soit à Palisades Park. Sauf peut-être Victoria Reyes et Sue Roberts, qui s'évitent ouvertement depuis cette histoire de dégradations.

Travis colle mon dos contre son torse et passe ses bras autour de moi.

— Brrr, quel froid ! dis-je en frissonnant.

Le mois de mars qui touche à sa fin nous a réservé des températures inhabituellement basses, même si elles restent bien plus clémentes que celles auxquelles j'aurais dû faire face en Utah.

— Pour une fille qui vient de Salt Lake City, je te trouve bien frileuse, me taquine mon petit ami et voisin en déposant un léger baiser dans mon cou.

— C'est parce qu'il faisait chaud tout à l'heure dans ma chambre que j'ai si froid maintenant, lui réponds-je en faisant référence à notre partie de jambes en l'air d'il y a à peine cinq minutes.

— Je te rappelle que c'est toi qui as tenu à venir à cet apéro.

Inutile de préciser qu'il n'en avait aucune envie et que j'ai dû l'y traîner grâce à quelques promesses érotiques.

— Il faut se sociabiliser, parfois. Tu verras, ça fait du bien. Souris un peu !

— Entre le bébé qui chouine, les petits qui courent partout et les ados qui tirent la gueule, je crois que personne ne remarquera si je souris.

— Moi, si.

Ses lèvres s'étirent alors en une expression forcée qui me fait pouffer. Qui aurait cru que Travis Miller pouvait être drôle ? Pas moi, en tout cas.

— Quel plaisir de vous voir tous les deux, se réjouit Sue. Vous avez mis plus de temps que vos copines, mais vous y êtes parvenue, me dit-elle avec un clin d'œil. Bravo, belle prise !

— Euh… merci, lui réponds-je sous l'œil menaçant de Travis.

Elle s'éloigne cependant rapidement sans chercher à en apprendre davantage sur notre histoire.

Les discussions vont bon train. Derek et Matthew ne tardent pas à m'arracher Travis, et je rejoins aussitôt Li et June, en pleine conversation avec Harper.

— Voilà notre héroïne, s'exclame cette dernière. Tu as finalement réussi à mettre le grappin sur ton policier !

— Tu en doutais ? frimé-je.

— Alors ça y est ? insiste June qui me materne toujours. Fini l'ours grincheux ? Il a intérêt à ne pas te faire un sale coup sinon je lui passe les testicules à la moulinette !

— Tu peux ranger ton mixeur, la rassuré-je. On a posé cartes sur table et tout va bien entre nous.

— Je suis contente pour toi, me félicite Li en serrant ma main dans la sienne. J'ai encore quelques a priori sur lui mais je lui laisse le bénéfice du doute puisque tu sembles tenir à lui.

— Et merci pour l'autre jour, quand on s'est croisés.

Elle m'adresse un clin d'œil, voyant très bien à quoi je fais allusion.

— Heureusement qu'aucune d'entre nous n'a eu de vues sur le même voisin, lance Harper. On aurait fini par se battre comme les adolescentes de la résidence.

— Il y a de l'orage dans l'air ? demandé-je, tout en observant les filles en question, installées un peu plus loin près de la piscine.

— Disons que Sean profiterait allègrement du fait de plaire à Carmen et Summer. Il jouerait sur les deux tableaux, créant la zizanie entre les deux filles.

Je vois June froncer les sourcils et je l'imagine déjà aller dire le fond de sa pensée au jeune homme. Les garçons nous rejoignent alors, accompagnés d'Aaron, qui n'a d'yeux que pour Harper. Matthew se rapproche de Li avant de lui déclarer :

— J'ai parlé à Travis de ton problème de faux billets.

— C'est quoi cette histoire ? s'exclame June en fronçant les sourcils.

— Ma banque m'a prévenue hier qu'il y avait un faux billet de vingt dollars parmi les espèces que je leur avais déposées.

— Il y a une recrudescence des cas, en ce moment. Tu aurais une idée d'où il pourrait provenir ? lui demande Travis.

— Non, aucune. Mes clients sont nombreux à me payer en liquide.

— Tu vas devoir remplir un formulaire de déclaration, lui apprend Travis.

— Oui, j'ai rendez-vous demain pour ça. Je vais aussi acheter un stylo de détection pour ne plus me faire avoir.

— Ça pourra t'aider, mais ce n'est pas fiable à cent pour cent, précise-t-il.

— J'espère que c'était un acte isolé, je ne vois aucun de mes clients susceptible d'être un faux-monnayeur.

— T'as jamais regardé la série *Good Girls*, toi, lui dit Harper en quittant l'écran de son téléphone des yeux pendant trois secondes.

Je suis apparemment la seule à ne pas avoir la référence. Travis profite des rires de nos voisins pour me glisser à l'oreille :

— C'est une série dans laquelle trois copines, mères au foyer, bien sous tous rapports, décident de braquer leur supermarché pour pallier leurs problèmes d'argent.

Je lui souris pour le remercier de l'explication.

— Est-ce que tu as du neuf à propos du voisin mystère ? demande Harper à Travis.

— C'est en cours, se contente-t-il de lui répondre.

— Hum... Rien de nouveau en somme, marmonne-t-elle.

— Et toi ? Tu avances dans ta recherche de starlette trompée par son mari ? contre-attaque-t-il, piqué à vif par l'influenceuse.

— Elle a été vue à State Beach, elle est donc à Santa Monica. J'en étais sûre, je finirai bien par la trouver.

— Si cette jeune femme sait qu'elle a été aperçue ici, elle doit déjà être loin à l'heure qu'il est, assène Sue Roberts en se joignant à notre discussion. Vous n'êtes donc pas près de lui mettre la main dessus.

— Vous vous y connaissez en fuite de paparazzis ? l'interroge Harper d'un ton acerbe.

— Durant mes belles années, que vous y croyiez ou non, il m'est arrivé de devoir me cacher, explique-t-elle d'un ton lapidaire. À sa place, je ne serais pas restée dans le coin. C'est une honte de harceler les gens comme ça, que ça soit Amaia Cox ou la personne qui loue l'appartement au rez-de-chaussée du bâtiment McQueen, ajoute-t-elle avant de tourner les talons pour s'éloigner.

— Elle a oublié de prendre sa petite pilule pour se calmer ? lance Matthew, hilare, face à son excès de zèle, déclenchant le rire des voisins.

23

TRAVIS MILLER

— On termine la soirée chez moi ? propose Li une fois que la plupart de nos voisins sont rentrés chez eux.

Matthew ne semble pas emballé par l'idée de partager sa nana avec nous. Derek se marre en le voyant nous faire signe de refuser.

— Seulement si tu as de la tequila, lui répond June en échangeant un sourire complice avec son amie.

— On en a à l'appartement, inutile d'aller chez Li pour en boire, argumente Derek.

— Attends, l'interpelle Matthew, choqué. Tu as dit « à l'appartement », comme si vous n'en aviez qu'un et que vous viviez sous le même toit.

Notre pompier hausse les épaules, nonchalant.

— Chez elle ou chez moi, peu importe : c'est l'appartement. À Palisades Park, on n'est jamais l'un sans l'autre, donc on peut considérer qu'on vit ensemble.

— Si besoin, vous trouverez vite quelqu'un pour acheter un de vos appartements. S'il a gagné un peu d'argent, Roy Bennett pourra enfin emménager, ironise June.

— Ce type ne remettra plus jamais un pied ici, assuré-je. J'en fais une affaire personnelle.

— Relax, June plaisante, me calme Ava en détectant sûrement la colère que je ressens encore contre lui.

— En tout cas, il paie les dommages qu'il a commis, comme convenu, nous informe Derek.

— Encore heureux ! m'écrié-je, agacé qu'on puisse s'en réjouir.

— Bon, et est-ce que je peux faire quelque chose pour t'aider à propos de mon mystérieux voisin de palier ? me demande-t-il ensuite.

— Non, rien pour l'instant. Je pense bien à un truc, mais ma coéquipière a sûrement raison, je vire parano.

— C'est-à-dire ?

— Je me demande si cette histoire de faux billets qui circulent à Santa Monica ne pourrait pas avoir un lien avec cet appartement.

— Ah ouais ? Carrément !

— Je me monte peut-être la tête. Je vais en toucher un mot à mon supérieur, je verrai ce qu'il en pense. En attendant oubliez ça et n'allez plus frapper à cette porte.

— Ce n'est pas très sympa de nous effrayer avec l'idée qu'un trafic de faux billets pourrait avoir lieu juste à côté de chez nous et de nous dire ensuite de faire comme si de rien n'était, me lance une Li piquante.

Je sais qu'elle ne m'apprécie pas particulièrement. Il faut dire que j'ai fait forte impression lors de notre première rencontre…

— Désolé, m'excusé-je en voyant le regard noir d'Ava.

Derek et Matthew sont habitués à supporter mon caractère, mais il va bien falloir que je fasse des efforts avec leurs moitiés si je ne veux pas mettre la mienne en pétard.

— On rentre ? murmuré-je à son oreille. Je crois que j'ai assez sociabilisé pour aujourd'hui.

Elle se met à rire avant de monter sur la pointe des pieds pour m'embrasser.

— Les filles, on se voit un soir dans la semaine ? leur demande-t-elle d'une voix enjouée. La tequila, ça ne se partage pas avec nos hommes.

Elles se promettent de s'envoyer des messages pour convenir d'une date, puis j'entrelace les doigts d'Ava dans les miens et nous dirige vers mon appartement.

— Oh non ! Ce soir, on va chez moi.

Elle tire sur ma main pour me faire changer de direction. Docile, je la suis sans rechigner. Peu importe où nous allons tant que nous passons la nuit ensemble.

Lorsque nous pénétrons chez elle, je distingue un joyeux bazar dans son salon. Des fils de laine, des plumes, des cerceaux et un tas d'ustensiles de bricolage encombrent l'espace.

— Tu veux grignoter quelque chose ? me propose Ava en me laissant m'installer sur son canapé tandis qu'elle part en direction de la cuisine.

— Non, ça ira, je me suis assez goinfré de biscuits apéritifs. C'est pour quoi faire, tout ça ?

— Rien de sexuel, je préfère te prévenir tout de suite, me recadre-t-elle en voyant mon air intéressé. Je dois absolument fabriquer plus d'attrape-rêves. Ils se vendent très bien à la boutique de M. Warren, il compte donc sur moi pour lui en fournir vite de nouveaux.

— Tu veux un coup de main ? proposé-je alors qu'elle s'assied à mes côtés, après avoir déposé deux verres de vin sur la table.

— Je ne t'aurais pas imaginé enfiler des perles et accrocher des plumes…

— Je ne t'ai pas suffisamment montré à quel point je peux être doué avec mes doigts ? Il va falloir remédier à ça, la taquiné-je en passant un bras dans son dos pour la rapprocher de moi et l'embrasser.

Nos langues se rencontrent et apprécient danser l'une autour de l'autre. Ava met trop vite fin à ce moment à mon goût.

— Ne me divertis pas, je dois au moins fabriquer deux attrape-rêves ce soir !

— Si ça te permet de finir plus vite, je promets de me concentrer et de faire du mieux que je peux pour t'aider. Allez, explique-moi quoi faire !

— Marché conclu. Attrape un anneau et le ruban de ton choix, je vais te montrer comment l'enrouler autour.

Je m'exécute et opte pour un morceau de tissu dans les tons rouge foncé. Ava me détaille avec précision comment je dois procéder et ça ne me semble pas compliqué. J'imite ses gestes avec précision.

Je profite de ce moment de calme pour revenir sur le sujet des cambriolages. J'ai besoin de dissiper les doutes que Rodriguez parvient à instiller dans mon esprit. Je sais que c'est un flic chevronné et qu'il a un bon flair. Se pourrait-il qu'il ait raison et qu'Ava connaisse mon frère ? Est-ce que Zane exerce une pression sur elle ? Raison pour laquelle elle prétendrait ne pas le connaître.

— Ton patron t'a dit qu'il avait reconnu un des types sur les photos ?

Son corps se tend immédiatement. Elle pince les lèvres et semble fascinée par ce qu'elle est en train de faire. Même si c'est probablement le cas, je sens qu'elle évite mon regard.

— Oui, il m'en a parlé. Je ne sais pas duquel il s'agit, en revanche. Vous avez pu l'arrêter ?

— Rodriguez l'a interrogé mais on n'a pas de preuves contre lui, donc on a dû le relâcher.

— Maintenant, il faut que tu choisisses du fil et des perles, me dit-elle, l'air de rien, alors qu'elle a forcément envie qu'on coffre le responsable.

J'attrape la première pelote de laine à portée de main et la boîte de perles juste à côté, sans prêter attention aux couleurs. Je détaille sa manière de faire pour répéter l'opération, mais c'est un peu plus compliqué avec mes gros doigts.

— Au fait, j'ai ouvert la lettre de ma sœur, finit-elle par me lancer entre deux attaches d'accessoires.

— Et tu ne me dis ça que maintenant ? m'étonné-je.

— On a décidé de ne pas parler de nos familles, tu te souviens ? me rappelle-t-elle en croisant enfin de nouveau mon regard.

— C'est plutôt moi qui y rechigne, de ton côté, tu peux évoquer le sujet autant que tu veux, expliqué-je pour qu'elle sache qu'elle peut compter sur moi. Qu'est-ce qu'elle disait, alors, cette lettre ? Enterrement ou mariage ?

— Ni l'un ni l'autre. Ma sœur s'excuse d'avoir tardé à m'écrire et elle me dit que je lui manque. Ainsi qu'à mes petites sœurs. Elle me propose de venir leur rendre visite. Mon père ayant déjà donné son accord.

— Mais c'est une excellente nouvelle ! m'exclamé-je avant de voir sa petite mine. Non ?

— J'ai peur d'y retourner, à vrai dire.

— Qu'est-ce qui t'effraie ?

— J'avais déjà du mal à supporter ce mode de vie avant, comment vais-je parvenir à faire comme si c'était normal de se conformer aux règles de mon père et de la communauté, maintenant ? J'aimerais que mes sœurs découvrent le monde, fassent leurs propres choix, aient un métier… Si j'y vais, je dois accepter de ne rien remettre en question et je ne suis pas certaine d'en être capable.

— Je comprends, mais tes sœurs sont peut-être heureuses à Salt Lake City. Tu dois garder en tête que tu as montré l'exemple en prenant ton envol et peut-être simplement leur dire qu'elles pourront compter sur toi si un jour elles ont envie à leur tour de partir. Elles ont respecté ton choix de les quitter, tu dois respecter le leur de rester.

Ses grands yeux plongent dans les miens et je décèle dans son regard une grande fragilité. Est-ce qu'en les revoyant elle pourrait prendre conscience qu'elle préférait finalement sa vie à leurs côtés ? J'aimerais prétendre que la perdre ne me perturberait pas, mais ce serait faux.

— Tu accepterais de m'accompagner ? marmonne-t-elle d'une voix qui trahit sa vulnérabilité.

Je suis surpris qu'elle me le propose. Cela voudrait dire rencontrer sa famille, ce qui n'est pas rien quand on sait que je ne suis pas celui qu'ils auraient aimé voir partager la vie de leur fille. Je la vois continuer à s'affairer avec son attrape-rêves, mais avec les mains tremblantes. Je déteste la sentir apeurée de la sorte. Je préfère de loin quand elle est sûre d'elle, piquante et rieuse.

— Tu peux compter sur moi, lui assuré-je en attrapant sa main.

Je peux distinguer son soulagement. Elle redresse aussitôt le visage et ses épaules se détendent.

— C'est vrai ? Tu viendrais vraiment avec moi jusqu'à Salt Lake City pour rencontrer ma famille de dingues ?

— J'en connais un rayon en termes de folie familiale, crois-moi. La tienne ne m'effraie pas.

— Même si mon père tente de te faire m'épouser pendant notre séjour ?

— Tu n'aurais pas peur qu'il y parvienne, par hasard ?

Elle met deux secondes à comprendre que je plaisante, puis elle me pousse d'un coup d'épaule pour la forme, en riant. *Voilà, j'aime mieux la voir ainsi.*

— Laisse-moi juste m'organiser avec mon chef pour poser mes jours et tu pourras prévenir ta sœur.

Elle me saute dessus, reléguant aux oubliettes ses créations pour M. Warren. Et ce n'est pas moi qui vais la rappeler à l'ordre. Je préfère glisser mes mains sous son top et partir à la conquête de son corps.

24

AVA WALLER

Je remonte la rue menant à Palisades Park, le moral dans les chaussettes. Mon horoscope m'avait prédit une surprise dans la journée, mais la soirée commence et à part rentrer chez moi pour continuer à confectionner mes attrape-rêves, rien n'est prévu au programme.

Depuis le début de la semaine, Travis bosse à des heures qui ne coïncident pas avec les miennes, nous nous sommes donc tout juste croisés pour échanger quelques baisers. La bonne nouvelle, c'est qu'il a pu s'arranger pour avoir son week-end libre la semaine prochaine et que nous partirons ensemble rendre visite à ma famille. J'appréhende ce moment de retrouvailles, mais ne pas être seule me rassure.

J'aurais pu demander à June de m'accompagner, elle l'aurait fait sans hésiter. Cela lui aurait permis au passage de revoir également ses parents, mais j'avais envie que les miens prennent conscience que je me suis construit une vie à Santa Monica. Que je me suis fait des amis, plus que ça, même. J'espère secrètement que ça poussera mes plus jeunes sœurs à vouloir bâtir leur propre avenir à leur tour.

Les paroles de Travis résonnent en moi. Si elles se sentent heureuses au sein de la communauté, je ne peux pas les obliger à se tourner vers l'extérieur. Chacune doit faire ses propres choix.

Après être entrée dans la résidence et alors que je longe la piscine, j'aperçois les demi-sœurs Garcia en pleine discussion avec Summer. Elles ne semblent pas se disputer, ce qui est assez rare ces derniers temps. Se seraient-elles liguées contre Sean ? Si c'est le cas, je lui souhaite bien du courage pour les affronter.

Arrivée dans mon entrée, j'ai la joie de découvrir Travis qui m'y attend, un bouquet de fleurs à la main.

— J'espère que tu n'as pas une soirée prévue avec tes copines, je compte bien tenir ma parole et t'emmener avec moi pour ce fameux rendez-vous parfait, m'informe-t-il en me tendant les roses qui proviennent de chez M. Warren.

Je reconnais nos emballages et l'étiquette de la boutique. Il a dû passer tôt ce matin quand je ne travaillais pas encore.

Un immense sourire prend forme sur mon visage. Travis le capture de ses lèvres, visiblement ravi de son effet. Encore une fois, mon horoscope ne s'était pas trompé.

— Même si c'était le cas, j'aurais annulé, lui certifié-je, un peu étourdie par son baiser passionné.

— En revanche, il va falloir que tu te changes.

— Ma robe ne te plaît pas ?

— Elle te va à merveille, mais pour ce que j'ai prévu, il te faut une tenue sportive, explique-t-il de façon mystérieuse.

— Tu m'intrigues, dis-je en plissant les yeux. Je peux savoir ce qu'on va faire ?

— Non.

— Un indice ?

— Rien du tout, va te changer, me sermonne-t-il en me donnant une petite tape sur les fesses. Je t'attends là, sinon on risque de ne plus quitter ton appartement.

— J'espère tout de même que c'est le plan final de ton programme.

— De finir au lit ?

— De faire l'amour, peu importe où, le taquiné-je.

— Évidemment, m'assure-t-il en riant. Allez, file !

Je m'exécute, en me pressant d'abord en direction de la cuisine pour mettre le bouquet à tremper dans un vase.

Une fois dans ma chambre, j'attrape un legging et un tee-shirt, puis je fonce dans la salle de bain pour me rafraîchir un minimum après cette journée de travail. Je m'habille et me passe un léger coup de maquillage. Je noue mes cheveux en une queue-de-cheval haute afin qu'ils ne me gênent pas. J'imagine que si j'ai besoin d'être à l'aise, c'est que l'activité va nous faire bouger un peu.

Mes baskets au pied, je rejoins Travis. Ses yeux me détaillent quelques secondes et j'aime ce qui y transparaît. La même attirance que je ressens pour lui.

Comme il en a pris l'habitude, il entrelace nos doigts et nous rejoignons sa voiture sur le parking. Avant de démarrer, il enclenche une playlist sur son téléphone qu'il a nommé « Ava ». Voyant mon regard incrédule, il me précise :

— J'ai mis dessus les morceaux des chanteurs et des groupes les plus populaires en ce moment dans plusieurs genres différents. Comme ça, tu pourras découvrir ce qui te plaît.

Le moteur vrombit juste après, balayant sa délicate attention comme si ce n'était rien. Savoir qu'il a pris le temps de faire ça pour moi lorsque nous ne pouvions pas être ensemble gonfle mon cœur d'un courant chaud qui réchauffe tout mon corps.

— C'est vraiment adorable.

— Adorable ? Ce n'est pas ce qu'on dit des chatons ? raille-t-il, comme l'ours grognon qu'il s'évertue à montrer à tout le monde.

— Tu ne peux plus jouer le mec froid et méchant avec moi, lui rétorqué-je avec un sourire. Je sais qu'en vérité tu as un petit cœur de guimauve.

— Ne répète jamais ça devant témoins, s'offusque-t-il, faussement en colère.

— Et si j'ajoute que tu as un sexe dont la taille défie toute concurrence ? lui demandé-je avec une moue coquine.

Il éclate de rire avant de porter ma main à sa bouche pour y déposer un baiser.

— Promis, je laisserai croire au monde entier que tu es un enfoiré, mais seulement pour éviter que toutes les femmes veuillent te mettre le grappin dessus.

— Tu n'as aucun souci à te faire de ce côté-là. Je ne vois que toi.

— Oh ! Mais tu vas même être romantique pour notre soirée ? l'asticoté-je encore un peu.

— Je ne crois pas que ce qu'il y a au programme soit très romantique, non.

Je ne le harcèle pas pour découvrir ce qu'il mijote. J'aime bien trop les surprises pour ça.

La musique défile au rythme des kilomètres jusqu'à une zone industrielle où des hangars se succèdent les uns aux autres. Lorsque Travis pénètre enfin sur le parking de l'un d'eux, j'observe la devanture et j'en déduis qu'il s'agit d'un gymnase.

Nous pénétrons à l'intérieur et j'y découvre trois rings de boxe et plusieurs sacs de frappe alignés, ainsi que d'autres agrès dont j'ignore les noms exacts.

— Un cours de self-défense, ça te dit ? me demande-t-il en scrutant ma réaction.

— Si tu es prêt à te retrouver au tapis, ça me va, le taquiné-je avec l'idée d'y parvenir coûte que coûte.

Il rit un peu avant de reprendre :

— J'espère que tu n'es pas déçue que ce ne soit pas un dîner aux chandelles.

— Pas du tout.

— Avec Meryl, on aimerait mettre en place des cours de ce type pour les femmes. On en croise trop qui se font agresser et qui se sentent impuissantes, alors qu'il pourrait suffire parfois de quelques bons réflexes et de quelques gestes bien placés pour pouvoir prendre la fuite.

— C'est un chouette projet.

Voilà ce que j'ai su entr'apercevoir sous les couches de glace de Travis. Son empathie, son envie constante d'aider son prochain. Et il ne pouvait pas me faire plus plaisir qu'en me faisant découvrir une nouvelle part de lui à travers un projet qui lui tient à cœur. Je l'ai perçu dans ses yeux et à l'intonation de sa voix lorsqu'il en a parlé.

— On va commencer par s'échauffer, m'informe-t-il.

— Vas-y mollo parce que je ne suis pas très sportive, hein. Il ne faudrait pas que je sois cuite avant même d'avoir commencé.

Ma remarque lui arrache un sourire et il me donne une tape sur les fesses pour me pousser à démarrer par de petites foulées. Il m'accompagne et fait le tour du gymnase avec moi, trois fois de suite. Il en profite pour saluer d'un signe de tête quelques personnes en plein exercice.

— Ce sont des collègues ? lui demandé-je, essoufflée.

— Oui. C'est une de nos salles d'entraînement.

— Ça ne pose pas de problème que je sois là ?

— Ce n'est pas réglementaire, mais personne ne dira rien, m'assure-t-il sans sembler éprouver une quelconque difficulté à discuter en courant, contrairement à moi. Je ne suis pas le premier à ramener une fille ici pour l'impressionner.

— J'espère bien être la première et la dernière, pour toi.

— Tout dépendra de tes résultats, me charrie-t-il en accélérant le pas.

Il grimpe sur un des rings libres et je le suis docilement, même si je dois bien avouer que je ne me sens pas du tout à ma place, voire ridicule à l'idée de porter un coup.

— Bon, à partir de maintenant, on va être sérieux. On ne plaisante pas quand il s'agit d'agression.

— Bien, monsieur l'agent ! réponds-je en me redressant pour me tenir bien droite, puis en prenant une position de combat.

Les prémices d'un sourire étirent ses lèvres tandis qu'il secoue la tête. Il apprendra bien assez vite que je suis rarement sérieuse à cent pour cent. Néanmoins, je l'écoute attentivement m'expliquer comment me défendre si on m'attaque. Il m'apprend quelques techniques pour tenter de désarmer mon assaillant et prend le temps de me détailler les zones où je dois frapper pour gagner quelques secondes cruciales pour m'enfuir.

— Dans la majorité des cas, ton agresseur ne tentera même pas de te poursuivre, me dit-il. Et si jamais c'est le cas, ton objectif premier devra être d'alerter un passant pour ne pas rester toute seule, ou d'entrer dans un magasin pour chercher de l'aide.

— OK.

— On va voir si tu as été une élève attentive, maintenant. Place-toi au milieu du ring. Je vais t'attaquer de plusieurs façons différentes et on verra comment tu t'en sors.

J'obéis, les mains moites. Même si je sais qu'il fera attention et que je ne risque rien, j'ai envie de croire que je suis capable de me défendre et de me sortir de ce genre de situations dangereuses si je devais y faire face un jour.

Travis démarre les hostilités en m'attrapant par-derrière et en crochetant son bras autour de mon cou. Je lui flanque un coup de pied dans le tibia comme il me l'a appris. Je ne le frappe pas franchement, juste assez pour qu'il le sente et sache comment je m'y prends. Je me baisse ensuite pour me défaire de son emprise et cours contre les cordes.

— Parfait !

Il ne me laisse pas le temps de respirer et m'affronte de face en bloquant mes mains sur mon ventre. Mon genou remonte contre son entrejambe.

— Vas-y doucement avec le matériel, me murmure-t-il, un sourire carnassier étalé sur le visage.

— Ça serait dommage de l'abîmer, en effet, approuvé-je en reposant ma jambe au sol sans manquer de frôler son début d'érection.

— Tu ne perds rien pour attendre, me lance-t-il, les yeux brûlants, avant de reprendre ses distances.

Après plusieurs affrontements, j'abandonne. Je transpire comme jamais et je suis à bout de forces.

— Si tu veux encore pouvoir utiliser ce corps plus tard, il va falloir arrêter les frais, le préviens-je, le dos collé au sol.

Travis me tend une main pour m'aider à me remettre sur mes pieds, puis il me lance une bouteille d'eau, à laquelle je ne me fais pas prier pour boire.

— Je suis content de savoir qu'en cas de problème tu seras en mesure de contrecarrer les plans de ton agresseur, même sans spray au poivre.

Tout à coup, je prends conscience que ce genre de problème est son lot quotidien et qu'il exerce un métier risqué. Je me demande ce qui l'a poussé dans cette voie. Je lui ai déjà confié beaucoup de choses sur mon passé, j'espère qu'il est prêt à son tour à me raconter ce qui l'a amené à devenir cet homme dont je commence à tomber amoureuse.

25

TRAVIS MILLER

— Est-ce que tu as déjà été amené à utiliser ton arme ? me demande Ava alors que je m'insère sur la voie rapide pour nous rendre au restaurant italien où j'ai réservé.

— Je l'ai déjà sortie en dissuasion, mais je n'ai pas encore eu besoin de faire feu.

— Ça ne t'effraie pas de te dire que tu pourrais tuer quelqu'un ?

— Pas autant que de me prendre moi-même une balle, ou que ma coéquipière soit blessée.

— Pas faux, admet-elle en grimaçant. Je ne sais pas si je serais capable de tirer sur quelqu'un. Enfin… Allez, assez de scénarios catastrophes pour ce soir, on est censés passer un rendez-vous parfait.

— Et quoi de mieux que de manger de véritables pâtes italiennes pour ça ? lui demandé-je pour changer de sujet.

— Aux fruits de mer, j'adore ça !

— Ça tombe bien, je t'emmène dans un restaurant sur la jetée. Tu vas te régaler.

Elle me sourit, et mon cœur rate un battement quand je mesure la place qu'elle prend dans mes pensées. Petit à petit, elle abat les barrières derrière lesquelles je me cachais. Je redoute désormais bien plus de ne plus l'avoir à mes côtés que de devoir affronter mon frère et de le mettre à l'écart de ma vie une bonne fois pour toutes. Même si cela signifie le mettre derrière les barreaux et créer ainsi une fissure entre mes parents et moi. Il va être temps qu'il comprenne que s'il choisit de me faire chier, je serai prêt à répliquer de la plus sévère des façons. Ava a su s'affranchir de sa famille pour son bonheur, elle m'inspire pour en faire de même.

Une fois que nous sommes arrivés au *MariaSol*, une serveuse nous guide à notre table après avoir vérifié ma réservation.

— Je me sens un peu gênée d'être dans cette tenue, me dit Ava en observant les vêtements plutôt élégants des gens autour d'elle.

— Moi je ne me lasse pas d'admirer ton cul dans ce legging, donc je ne suis pas déçu qu'on ne soit pas rentrés se changer.

— Tu es focalisé sur mes fesses parce que tu n'as pas encore réalisé ton fantasme de me pencher sur ton canapé pour me faire l'amour.

La serveuse, que nous n'avons pas vue arriver tant nous nous bouffons du regard, se racle la gorge pour signaler sa présence. Ava rougit et se cache derrière la carte des menus que lui tend la jeune femme. Nous commandons ainsi apéritifs et plats dans la foulée.

— Puisque tu es Gémeaux, ton anniversaire n'est pas dans très longtemps, non ? la questionné-je l'air de rien.

— J'ai réussi à connaître ta date de naissance sans te la demander, me répond-elle, joueuse. Il va falloir te débrouiller aussi.

— OK. Je parie que j'aurai trouvé l'info d'ici à demain, crâné-je, sûr de moi.

— Tu es flic, ce n'est pas du jeu. Il te suffit d'aller voir le dossier que ton collègue a dû monter contre moi pour la trouver.

— Rodriguez a lâché l'affaire te concernant, l'informé-je d'un ton sérieux. Tu peux très bien ne pas t'être souvenue d'un client et M. Warren si.

— Tu penses que vous arriverez à retrouver et à arrêter le coupable ?

— Pas sans qu'il commette un nouveau cambriolage, j'en ai bien peur.

— Pourquoi as-tu décidé d'entrer dans la police ? me demande-t-elle tout à coup.

Je ne m'attendais pas à cette question. Comment lui répondre en toute honnêteté sans mentionner ma famille ?

— J'ai toujours trouvé gratifiant de rendre service et d'aider les autres et j'avais un goût prononcé pour la bagarre. En grandissant, j'ai décidé de le mettre au profit du bien.

Je suis étonné d'être parvenu à répondre aussi facilement. C'est l'exacte vérité, même si d'autres éléments ont motivé mon choix, bien sûr.

Nos plats arrivent et je laisse Ava déguster le sien en toute tranquillité. Elle se régale visiblement, tout comme moi. J'ai bien fait de la suivre dans son choix de fruits de mer. Nous savourons également le vin conseillé par notre serveuse. J'apprécie que le silence entre nous ne soit pas gênant. Nous ne ressentons pas le besoin de le combler à tout prix. Il suffit à nos regards de se croiser pour continuer à faire de cette soirée un moment particulier dont nous nous souviendrons.

Nous construisons nos premiers souvenirs, ceux qui consolident une relation et permettent de traverser les tempêtes, comme en connaissent tous les couples. Je suis prêt à forger des bases résistantes pour garder Ava près de moi à l'avenir. Parce que je suis un peu plus sous son charme à chaque seconde que je passe avec elle et qu'il me semble difficile de pouvoir me séparer d'elle, maintenant. Ça me plaît de tomber amoureux d'elle et je ne souhaite pas que l'on me rattrape. C'est une chute vertigineuse qui me donne envie de crier au monde entier à quel point elle est fantastique.

— Allô la Terre, nous avons perdu Travis !

— Pardon, dis-je en attrapant la main qu'elle agitait pour me ramener à elle.

— Si je t'ennuie, tu me le dis, hein.

— Au contraire ! Tu m'obsèdes tellement que même quand je suis avec toi je perds pied avec la réalité.

— Là, tu me baratines, rigole-t-elle en levant les yeux au plafond.

— Pas du tout, mais si je te disais les pensées qui m'ont traversé, je risquerais de te faire flipper.

— Ce n'est pas plutôt toi qui prends peur en les analysant ?

Si. Mais il s'agit d'une peur douce et chaude, qui me fait me sentir vivant, pensé-je en mon for intérieur.

Après avoir prolongé le repas avec un dessert que nous avons partagé, nous profitons de l'air frais pour nous balader sur la jetée parmi les badauds. L'endroit est toujours animé, en grande partie grâce à son parc d'attractions. Ce soir, un marché nocturne est organisé et nous décidons de nous balader entre ses allées. Ava s'arrête au stand d'une jeune femme qui arbore un bandeau coloré dans les cheveux. Les tatouages sur ses bras attirent l'œil tant ils sont raffinés et exécutés avec finesse. Ava s'extasie justement dessus et la complimente.

— Je les ai tous dessinés moi-même, lui explique-t-elle. Je tiens un salon à San Diego, consacré aux femmes.

— J'ai dans l'idée de m'en faire un dans un avenir proche, mais je ne sais pas encore exactement quoi.

— Quand je vois les jolies fleurs dans vos cheveux, je pense que la réponse est toute trouvée.

Ava sourit alors que la tatoueuse ouvre un classeur disposé sur la table. Un homme derrière elle se rapproche et m'observe quelques secondes en fronçant les sourcils. Il porte un tee-shirt à l'effigie de la salle de sport « Cooper Training » qui a ouvert récemment à Santa Monica. Il se radoucit en voyant Ava m'attraper par la main pour me montrer un dessin en particulier. Sa compagne, qui n'a rien loupé de son comportement, le frappe dans l'abdomen.

— Ils sont tous magnifiques, déclare Ava, aveugle à ce qu'il vient de se passer. Je ne saurais pas lequel choisir.

— Il ne faut jamais se précipiter. Si ça vous intéresse, vous pouvez aller sur mon site Internet, vous y trouverez tous mes croquis. Faites votre choix et appelez-moi pour convenir d'un rendez-vous. Il m'arrive de faire des cessions chez un tatoueur de Los Angeles.

— Je vais faire ça, merci beaucoup.

— Avec plaisir et à bientôt, j'espère.

Nous continuons notre balade. Ava a passé un bras autour de ma taille tandis que le mien est autour de sa nuque.

— Tu as envie de le poser où ce tatouage ? la questionné-je, curieux.

— Aucune idée. Je sais juste que j'ai très envie d'en avoir un, un jour ou l'autre, mais la tatoueuse a raison, je ne vais pas me précipiter et risquer de le regretter. Elle a vu juste pour les fleurs, mais j'aimerais aussi ajouter quelque chose en rapport avec les astres.

— Donc on est déjà à deux tatouages, si je comprends bien ? la taquiné-je.

— Ça te gênerait ?

— Pas du tout, la rassuré-je aussitôt. Il s'agit de ton corps, tu es libre de tes choix le concernant, je n'ai pas mon mot à dire.

— Bien répondu, monsieur Miller ! C'était une question piège.

Nous nous arrêtons un instant pour admirer l'océan plus bas. Je love Ava contre mon torse et la serre contre moi. Elle se hisse sur la pointe des pieds pour coller ses lèvres contre les miennes. Chacun de ses baisers est plus savoureux que le précédent. J'ai la sensation que je ne me lasserai jamais de l'embrasser.

— Mais que vois-je ? s'exclame une voix que je reconnais derrière nous.

Je me tends immédiatement. Galvanisé par l'euphorie de cette soirée, l'idée de croiser un membre de ma famille ne m'a même pas effleuré l'esprit.

26

AVA WALLER

Le corps de Travis se tend au moment où une voix nous interpelle. Il met fin à notre baiser et se tourne en direction d'une jeune femme. Je reconnais sa sœur, qui était passée à la boutique et avait acheté un de mes attrape-rêves. Tout dans la posture de Travis démontre qu'il n'a aucune envie de s'éterniser et de discuter avec elle alors que je suis là. Il me cache littéralement de son corps pour me soustraire à son regard. Elle ne se démonte pas pour autant et se décale pour m'apercevoir.

— Salut ! s'exclame-t-elle, tout sourire. Je suis Kayla, la sœur de ce malpoli.

— Ava, enchantée, réponds-je, bloquée derrière la masse de muscles de mon voisin.

— Qu'est-ce que tu fais ici ? grogne-t-il justement la mâchoire serrée.

— À ton avis ? lui répond-elle avec une certaine morgue dans la voix. Je bosse.

Travis baisse la tête quelques secondes et la secoue, l'air dépité. J'aimerais lui demander ce qu'elle fait, mais je sens que ce n'est pas le moment pour poser des questions.

— Tu es seule ?

— Évidemment, lui rétorque-t-elle comme s'il était stupide. Tu as cru que Zane serait avec moi ?

— Notre frère est toujours là où je ne l'attends pas, donc je préfère demander.

Travis se relâche un peu, visiblement soulagé. *Son frère s'appelle Zane ?* Ce n'est donc pas Jack ? Je ne me rappelle plus exactement les mots qu'ils avaient échangés devant Palisades Park, mais j'avais cru comprendre qu'ils parlaient de leur père. Est-ce que j'aurais mal interprété leur conversation houleuse ? J'aurais risqué de dissimuler des informations à l'agent Rodriguez pour rien ? Ou alors il a deux frères ? Ils se connaissent, en tout cas. Le mieux serait d'en parler avec Travis pour éclaircir toute cette histoire, mais je me sentirais très bête de ne pas avoir identifié Jack s'il n'a aucun lien de parenté avec lui. Il est sûrement préférable que je garde le silence là-dessus, surtout que son collègue ne semble plus m'avoir dans le collimateur, selon lui.

Il se décale enfin, visiblement apaisé, et me laisse de la sorte un peu plus d'espace. Nos regards se croisent, mais je n'arrive pas à déchiffrer la tempête qui danse dans le sien.

— On ne s'est pas déjà vues quelque part ? m'interpelle sa sœur.

— Kayla, je te présente Ava. C'est la jeune femme qui travaille dans la boutique de fleurs où nous sommes allés avec papa, lui explique-t-il. Ava habite aussi à Palisades Park.

— Oh ! Arrête avec tes présentations en bonne et due forme, le réprimande-t-elle en levant les yeux au ciel. Il y a quelques secondes tu avais ta langue dans sa bouche, donc elle semble être beaucoup plus qu'une simple voisine.

Je ne peux m'empêcher de sourire face à son naturel. Je n'en veux pas à Travis de m'avoir présentée ainsi, c'était le *deal*, mais je mentirais en prétendant que je ne suis pas ravie que sa sœur nous ait surpris.

Travis finit par s'avouer vaincu et sourit lui aussi. Pourtant, la phrase qu'il prononce ensuite n'a rien de particulièrement enjoué.

— On allait rentrer, et tu vas en faire autant, ordonne-t-il à sa sœur, ce qui me surprend.

— C'est mon frère ou monsieur l'agent qui parle ? le défie-t-elle en haussant les sourcils.

— Ton frère. Qui peut faire débarquer un agent de police en quelques secondes si besoin, répond-il, implacable.

— Qu'est-ce que tu peux être chiant ! râle-t-elle. Je te souhaite bien du courage avec lui, Ava ! Ce n'est pas l'éclate tous les jours avec son sérieux légendaire.

Elle nous salue de la main avant de se remettre en route le long de la jetée en direction du parking.

— Je crois qu'il me manque des éléments pour comprendre vos échanges, dis-je à Travis qui accélère le pas vers Palisades Park.

Je me hâte pour rester à sa hauteur, mais il ne semble plus faire attention à moi.

Dans la résidence, malgré l'heure tardive, nous tombons sur Harper, allongée sur un transat avec un livre à la main.

— Travis ! s'exclame-t-elle aussitôt en se relevant pour venir à notre rencontre. Je t'attendais.

Mon homme fronce les sourcils, se demandant certainement comme moi ce que peut bien lui vouloir notre voisine.

— J'ai surpris un homme en train de frapper à la porte de l'appartement mystère dans l'après-midi.

— Un homme ? répète-t-il. Tu peux être plus précise ? Un livreur ? Un commercial ? Bien qu'ils ne soient pas censés pouvoir pénétrer ici comme bon leur semble.

— J'ai déjà mené ma petite enquête et c'est Sue qui l'a laissé entrer.

— Encore ! s'écrie Travis. Je lui ai pourtant rappelé il n'y a pas si longtemps qu'elle devait être plus vigilante.

— Et ce n'est pas ça le plus fou dans cette histoire, ajoute Harper.

— Tu peux en venir au fait ? Parce qu'on a autre chose à faire, assène Travis, déjà remonté à cause de notre rencontre fortuite avec sa sœur.

— Je me rendais chez Sharon Stephen pour lui demander si elle était d'accord pour que Savannah apparaisse sur mes réseaux. Nous avons pris des photos superbes cet après-midi, ça aurait été dommage de ne pas les partager.

— Harper... la rappelé-je à l'ordre en sentant Travis à bout de patience.

— Depuis le jardin, j'ai donc vu cet homme frapper à la porte voisine de l'appartement de Derek. Je l'ai observé en espérant que quelqu'un lui ouvrirait. Après deux tentatives sans succès, il m'a repérée, alors, quand il est reparti, je lui ai demandé ce qu'il faisait là. Il a prétexté venir rendre visite à son fils.

— OK, se calme Travis. Et du coup, pourquoi tu m'attendais exactement ?

— Parce qu'il a précisé être *ton* père. J'ai douté, mais vous avez un air de famille indéniable.

Décidément, sa famille s'est passé le mot pour le croiser, aujourd'hui ! Si j'en crois sa réaction épidermique, Travis est soulagé que nous ne soyons pas tombés sur lui.

— Mon père est déjà venu chez moi. Il sait que je vis au dernier étage du bâtiment Grant... marmonne le policier en fronçant les sourcils.

— Quand je lui ai dit qu'il se trompait d'immeuble et d'étage, il m'a expliqué que ta mère lui avait soutenu mordicus que tu vivais au rez-de-chaussée et qu'il aurait donc mieux fait de se faire confiance.

— Et il est reparti directement après ?

Harper hoche la tête.

— Je l'appellerai pour vérifier si c'était bien lui, affirme Travis pour tranquilliser l'influenceuse.

— OK. Je ne vous retiens pas plus longtemps.

Mon policier reste immobile pendant quelques secondes, en proie à une profonde réflexion, avant de se tourner à nouveau vers moi.

— On va chez toi ou chez moi ?

— Je ne travaille qu'en début d'après-midi, demain, et toi tu commences tôt, donc allons plutôt chez toi, tu pourras ainsi te préparer tranquillement. Je filerai à mon appartement dès que tu partiras.

Alors que nous montons jusqu'à son étage, j'hésite à évoquer la venue de son père. Je choisis finalement de le laisser revenir sur le sujet s'il le souhaite. Après tout, j'ai promis de ne pas me montrer trop curieuse à ce propos.

— Tu veux boire quelque chose ? me demande-t-il une fois dans son appartement.

— Je veux bien un verre d'eau.

— Tu es sûre ? Rien d'autre ?

— Non, ça ira. Je me demandais, ta sœur, c'est quoi son boulot ? Je n'ai pas trop saisi le sens de vos vannes à propos de toi et la police, osé-je tout de même le questionner pour prendre la température.

— Oh ! Ça ! C'était rien. Une vieille histoire entre frère et sœur, me répond-il d'une voix monocorde, dos à moi.

Il revient avec un verre d'eau et une canette de soda, les traits du visage fermés. Il n'a répondu qu'à la moitié de ma question, mais je n'insiste pas. Il semble s'être renfermé encore davantage à cause de ma curiosité. Je ne voudrais pas qu'il me trouve trop intrusive à propos de sa famille, même si je meurs d'envie d'évoquer l'altercation que j'ai surprise entre Jack Torrance et lui, et de savoir pourquoi il n'avait aucune envie de croiser son frère Zane. Sans compter qu'il ne semblait pas ravi par la visite surprise de son père. Cette soirée était parfaite jusqu'à ce qu'on rentre à Palisades Park, et je veux qu'elle le reste.

Quand il prend place à mes côtés sur son canapé et me retire mon verre des mains pour le déposer sur la table basse, je relègue toutes ces pensées au second plan de mon esprit. Nos bouches se trouvent et s'accrochent l'une à l'autre comme si nos vies en dépendaient. Nos mains s'aventurent déjà sous nos vêtements. D'une main experte, Travis fait sauter les agrafes de mon soutien-gorge. Sa langue s'enroule aussitôt autour de mes tétons délivrés. Il va de l'un à l'autre tandis que je glisse tant bien que mal ma main sous son caleçon, unique bout de tissu dont il est encore vêtu. Ma paume me paraît bien petite pour contenir son sexe gonflé par l'excitation. Je le caresse de bas en haut en resserrant ma prise au fur et à mesure.

Ses lèvres repartent à l'assaut des miennes. Nous échangeons nos plaintes de plaisir dans des grognements que nous aspirons en mélangeant nos langues dans une danse que chacun essaie de mener. Puis Travis m'incite à me mettre debout, descend mon legging de sport et ma culotte en dentelle en glissant son regard le long de mon corps. Chaque parcelle de ma peau se réchauffe à son passage. Entièrement nue, debout devant lui, je me sens belle à travers ses yeux.

— Approche-toi.

Il tente de rester maître de lui-même mais sa voix rauque le trahit. Je pose mes genoux de part et d'autre de ses jambes pour m'asseoir sur lui, mais il m'arrête.

— Non, je ne te veux pas assise.

Je ne saisis pas vraiment ce qu'il entend par là et il le remarque. Il passe ses mains derrière mes cuisses et m'avance dans sa direction.

— Monte sur le canapé, mais reste debout, me précise-t-il en posant mon pied gauche à côté de lui, puis en guidant mon pied droit de l'autre.

Il est assis contre le dossier et mes jambes sont écartées au-dessus de lui.

— Avance-toi, continue-t-il à me guider.

Je commence à comprendre l'idée qu'il a en tête. Je dois probablement rougir quand, de quelques mouvements hésitants, mon intimité se retrouve exposée sous les yeux brillants de Travis, qui se redresse un peu pour mieux s'installer.

— Baisse-toi un peu, me commande-t-il d'un ton encore plus suave qu'auparavant.

Il me laisse à peine le temps d'atteindre sa bouche qu'elle recouvre mon sexe trempé. Une inspiration bruyante m'échappe. Sa langue écarte mes plis et titille mon clitoris. Je n'ai aucun endroit où me tenir pour supporter les sensations intenses qu'il déclenche dans mon corps. Il me lèche encore et encore, suce fort par moments ma chair si sensible à cet endroit, puis la caresse délicieusement.

Je souffle son prénom au milieu de mes gémissements. Mes jambes se mettent à trembler et Travis semble le noter car il passe ses mains dans mon dos et les pose sous mes fesses pour m'aider à garder la position. Il en profite pour me coller encore plus contre sa bouche et me dévore avec une intensité décuplée.

Alors que je n'aurais pas cru possible de savourer encore plus cet instant, ses doigts se glissent entre mes fesses. Il les balade avec lenteur et tourne autour de ce point dont je n'aurais pas imaginé qu'il puisse être érogène.

Je craque avec l'impression que chaque membre de mon corps se désagrège dans la pièce. Je courbe l'échine et évite la chute uniquement grâce aux bras de Travis qui me gardent contre lui.

Il me délaisse un instant et je le sens s'activer pour retirer son boxer puis se protéger avant de m'aider à m'asseoir à califourchon sur lui puis de me pénétrer d'un coup vif.

Guidée par l'orgasme crépitant encore dans chacune de mes cellules, mon bassin se lève et s'abat contre le sien, suivant le rythme qu'il amorce. Travis agrippe ma queue-de-cheval et bascule mon dos vers l'arrière. Son autre main palpe mes seins offerts et en pince les extrémités. Ce geste me déclenche des décharges électriques jusqu'aux orteils.

Un peu sonnée, je l'entends presque de loin me dire à quel point c'est bon, qu'il me sent l'enserrer et qu'il ne sera jamais rassasié de moi. Je lui réponds par des oui soufflés à mi-voix, complètement perdue dans les méandres de mon plaisir. Je ne parviens plus à garder le contrôle.

Il me rabat contre son torse pour m'embrasser. Notre baiser n'a aucun sens. Nous nous loupons parfois sous la force de ses va-et-vient. Mon clitoris frotte contre sa peau à intervalles réguliers, m'envoyant chaque fois un peu plus proche du précipice.

Je sens le moment où il va perdre cette lutte contre lui-même. J'accélère même l'action en inclinant encore plus mon bassin contre lui pour lui permettre de m'atteindre plus loin. Il ne se bride pas et crie quelques grossièretés en se déversant à l'intérieur de moi.

Blottis l'un contre l'autre, nous ne bougeons pas. Nos respirations s'apaisent pour calmer les battements erratiques de nos cœurs. Je sens ses lèvres effleurer mon cou. Ça me fait frissonner et il sourit contre ma peau.

Du bout des doigts, je contourne ses pectoraux dessinés, puis je caresse son menton avec mes lèvres. Je l'aguiche en déposant des baisers légers au coin de sa bouche.

— Tu crois que ce sera toujours comme ça ? finis-je par lui demander.

— Comment ?

— Si fort et si intense ?

— Je crois que, pour le savoir, il va falloir le refaire, me charrie-t-il en me retournant d'un coup pour me surplomber.

27

TRAVIS MILLER

Je m'assieds à l'arrière du taxi que nous avons réservé à l'aéroport de Salt Lake City en me disant que j'ai bien fait de suivre le conseil d'Ava et de me couvrir. Il fait bien plus froid qu'à Santa Monica.

Alors que je suis à peine installé à l'arrière du véhicule, mon téléphone se met à sonner. Je soupire car j'ai senti Ava se tendre de plus en plus à mesure que nous approchions de sa ville natale et que j'aurais préféré la rassurer durant le trajet, mais le prénom de ma coéquipière qui s'affiche m'incite à décrocher. Elle sait que je suis partie en week-end avec ma voisine et elle ne me dérangerait pas si ce n'était pas important.

Je m'excuse d'un regard auprès d'Ava, mais elle ne semble pas contrariée. Le stress doit assez l'occuper, je présume.

— Oui ?

— Pardon de t'appeler alors que tu viens sûrement à peine d'atterrir, mais je voulais que tu saches que Rodriguez a arrêté ton frère en flagrant délit, cette nuit.

— T'es sérieuse ?

— Il était en plein cambriolage du magasin de donuts à quelques pas de la boutique de M. Warren.

— Il a eu un tuyau, pour lui tomber dessus comme ça ?

— Je suppose, me répond-elle. Tu le connais, il ne veut rien dire.

— Il protège ses sources, c'est normal.

— Il va essayer de le faire parler pour les autres cambriolages, mais je ne pense pas que ton frangin sera assez bête pour se faire avoir.

— Ne le surestime pas.

Elle rit avant de couper court à l'appel pour ne pas me déranger plus longtemps.

— Tu as bien fait de me prévenir. Merci Meryl.

Je raccroche tout en réfléchissant à combien de temps Zane risque d'être condamné. Même s'il n'est pas inculpé pour les autres cambriolages, avec ses antécédents, il risque de prendre un peu plus que les quelques mois dont il écopait par-ci par-là jusqu'ici.

Penser à mon frère me rappelle la venue de mon père, il y a trois jours, à Palisades Park. Quand je l'ai appelé, le lendemain, il a ri de sa bêtise d'avoir frappé à la mauvaise porte. J'ai envie de lui laisser le bénéfice du doute, d'accepter qu'il ait écouté ma mère qui se serait elle-même trompée puisqu'elle n'est jamais venue me rendre visite. Mais son erreur alimente encore davantage mes soupçons à son égard. On sait que de la fausse monnaie circule en ce moment à Santa Monica, mon père se balade avec des taches sur les mains – ce que j'avais pris pour de la peinture pourrait tout aussi bien être de l'encre, après tout –, et le voilà qui frappe comme par hasard à cette fichue porte derrière laquelle je suis persuadé qu'il se trame des choses louches. Je suis peut-être parano d'envisager un lien entre tous ces éléments, mais ça fait tout de même beaucoup de coïncidences. Et en tant que policier, je n'aime pas ça. Il va falloir que je mène une petite enquête plus poussée à ce sujet dès notre retour.

— Une bonne nouvelle ? me questionne Ava, me tirant de mes pensées.

— On peut dire ça. Rodriguez pense avoir attrapé le responsable des cambriolages.

— C'est vrai ? C'était bien l'homme que M. Warren a reconnu sur les photos ? me demande-t-elle, sûrement pour alimenter la conversation et penser à autre chose que les retrouvailles imminentes qui l'attendent.

— On se souciera de ça à notre retour, OK ? Pour l'instant, je veux que tu te détendes un peu, sinon tu vas nous faire une crise cardiaque avant même qu'on n'ait pu voir ta famille.

— Je n'ai aucune idée de comment ça va se passer, alors j'imagine plein de scénarios tous plus horribles les uns que les autres.

— Que t'a indiqué ton horoscope aujourd'hui ?

Un léger sourire se dessine sur ses lèvres à ma question. Je sais que s'il avait été mauvais, elle aurait tout annulé.

— Si je te le dis, tu ne vas pas me croire.

— Au contraire, je vais peut-être même finir par penser que je devrais prendre le mien un peu plus au sérieux.

— Pour les Poissons, côté famille, de grandes annonces étaient en perspective.

— Tu m'en diras tant, marmonné-je en repensant à l'appel de Meryl.

— Pour les Gémeaux, il était dit que même si les liens de la famille ne se défont jamais, il est toujours bon de les entretenir.

J'ai un petit moment de flottement en entendant les indications de son horoscope. Elle attend manifestement une réaction de ma part. Je me mets à secouer la tête de droite à gauche, un peu estomaqué, je l'avoue.

— Tu te rends compte que c'est tout de même un peu flippant, non ?

— Pas si tu as décidé d'y croire, me répond-elle en haussant simplement les épaules.

— Peu importe, tout ce que je veux, c'est que tu profites de ces deux jours. Si, pour une raison ou une autre, tu veux qu'on s'en aille avant, même au beau milieu de la nuit, tu me le dis et on met les voiles.

— Et si c'est toi qui as envie de partir ?

— Si tu es là, impossible. Je ne prendrai pas le risque de te laisser ici et que tu ne reviennes plus à Palisades Park.

Ava s'approche de moi comme pour me confier un secret.

— Après tout ce temps, tu devrais savoir qu'on ne se débarrasse pas de moi aussi facilement.

J'éclate de rire en voyant son air malicieux. Elle se renfonce dans la banquette arrière du taxi, le sourire aux lèvres, et je suis content de la sentir moins soucieuse.

Le reste du trajet se déroule dans le calme. Ava donne les dernières indications à notre chauffeur car les routes deviennent sinueuses. Il se gare finalement devant une assez grande demeure, disposée au milieu d'un vaste terrain arboré. En arrière-plan, je distingue plusieurs autres maisons, toutes bien entretenues. Un vrai petit quartier résidentiel perdu au milieu de nulle part. Des enfants font du vélo tandis que d'autres jouent avec un ballon. Le décor semble un peu trop parfait à mon goût.

J'ai à peine le temps de sortir nos bagages du coffre que deux petites filles ouvrent la porte d'entrée et courent dans notre direction en criant le prénom de ma charmante voisine. Elles portent de jolies robes qui me rappellent les habits des enfants de Sharon. Ava se baisse à leur hauteur pour les prendre dans ses bras. Les sœurs n'échangent pas un mot pendant ce câlin qui s'éternise, mais on ressent toute leur émotion de se retrouver.

Le reste de la famille en profite pour sortir à son tour. L'homme le plus âgé, que je devine être son père, ne la regarde même pas. Il se contente de me toiser d'un air sévère. Les cheveux grisonnants, il porte un pantalon en velours sur une chemise à bretelles. Les deux grands gaillards qui l'accompagnent imitent sa posture. *Pour un accueil chaleureux, on repassera.* La ressemblance entre les trois hommes ainsi juchés sur le perron de la maison est frappante.

Ava et ses deux petites sœurs se séparent enfin.

— Les filles, je vous présente Travis, un très bon ami à moi, leur explique-t-elle en échangeant un regard complice avec moi. Travis, voici Helen et Lori.

Les deux petites me dévisagent. Elles ressemblent beaucoup à Ava. Elle devait être leur copie conforme au même âge.

— Enchanté de vous rencontrer, mesdemoiselles.

Les gamines se mettent à rire avant de déguerpir aussi vite qu'elles sont venues. Nous les suivons en traînant nos valises derrière nous.

Lorsque nous arrivons sur le seuil de la maison, Ava ancre son regard à celui de son père. J'imagine que c'est son attitude qui dictera l'ambiance du week-end. Nous sommes tous dans l'expectative de la façon dont il va accueillir sa fille.

— Tu as bronzé, finit-il par lâcher avant de lui tendre les bras.

Je crois que nous relâchons tous en même temps notre respiration, soulagés de voir Ava se nicher dans son étreinte. Un court instant, j'ai cru devoir rappeler le taxi pour repartir à Los Angeles avec ma voisine sans même avoir eu le temps de pénétrer dans la maison familiale.

L'accolade qu'Ava partage avec ses frères est un peu plus tendue, tandis que celles qu'elle offre à sa plus grande sœur et à sa mère sont émouvantes car elles ont toutes les trois les larmes aux yeux.

Les deux femmes ont les cheveux attachés dans une natte et portent une robe longue sur laquelle elles ont passé un tablier. Je manque de rire en imaginant Ava dans cette tenue.

— Papa, je te présente Travis, lui précise-t-elle. Comme je te l'ai expliqué au téléphone, nous sommes voisins dans la résidence où je vis avec June.

Le patriarche porte sur moi un regard glacial, avant de me détailler de la tête aux pieds pour se faire une première opinion. J'ai l'habitude des petits voyous qui tentent de m'impressionner, alors il n'a aucune chance de me voir faiblir.

— Je vous remercie d'avoir accepté que j'accompagne Ava durant ces deux jours, déclaré-je en lui tendant ma main.

Il accepte aussitôt de la serrer, ce qui me soulage. Sa poigne est ferme, comme pour asseoir son autorité et marquer son territoire.

— Entrons à l'intérieur, ordonne-t-il, et tout le monde obéit sur-le-champ.

OK, donc je ne salue que le chef de famille. Soit.

Je remarque que la sœur aînée d'Ava me regarde avant de lancer une œillade complice à cette dernière. Ma voisine prend place avec moi autour de la grande table qui trône dans la pièce principale, tandis que sa mère et ses trois sœurs disparaissent dans la cuisine.

Une délicieuse odeur de pâtisserie se dégage dans toute la maison. Je ne sais pas à quoi je m'attendais en entrant, mais pas à une maison aussi ressemblante aux nôtres. Des photos de famille sont accrochées au mur et j'y découvre une Ava enfant, puis adolescente. Déjà lumineuse, avec cette pointe d'espièglerie. Des napperons sont disposés un peu partout sur les meubles et les étagères. Sûrement faits main par les demoiselles de la famille.

Les filles nous apportent des biscuits et du café. Elles me servent en premier, puis en font de même avec leur père et avec leurs frères avant de s'installer à leur tour à nos côtés. J'ai la sensation qu'il y a tout un protocole à respecter.

Alors que l'on n'entend que le bruit des petites cuillères qui tintent contre la porcelaine, le silence devient pesant.

— Quand je t'ai appelée la dernière fois, tu m'as dit que tu étais fleuriste, c'est ça ?

Contre toute attente, c'est la mère qui ose enfin prendre la parole. Je lui en suis reconnaissant car je pense qu'Ava aurait été capable de dire un truc complètement dingue juste pour briser la glace. Si nos deux jours ici se déroulent dans cette ambiance embarrassante, le temps va être long.

— Oui, je travaille pour un homme qui doit avoir à peu près ton âge, papa. Il a créé son affaire il y a plus de trente ans et est toujours passionné par son métier.

Au ton qu'elle emploie, je peux sentir à quel point elle tient à leur approbation. Elle a beau avoir choisi de fuir leur mode de vie, il est important pour elle qu'ils la comprennent et acceptent ses choix.

— Je ne suis pas étonné que tu aies choisi un métier en rapport avec les plantes, lui répond-il. Les filles essaient tant bien que mal de prendre ta suite dans le jardin, mais les résultats ne sont pas toujours au rendez-vous.

— Il faudra que tu viennes jeter un œil et nous donner quelques conseils, lui lance sa sœur aînée.

— Avec plaisir, même si je suis certaine que vous vous en êtes bien sorties.

— Et vous, Travis, que faites-vous dans la vie ? me questionne tout à coup le père.

— Je suis policier, à Santa Monica.

J'ignore ce qu'il pense de mon métier, et ça m'est égal, mais pour le bien d'Ava j'aimerais qu'il se montre plus courtois, moins distant. J'ai envie de rentrer à Palisades Park avec une Ava plus heureuse que jamais.

— Vos parents doivent être fiers.

Je manque de m'étouffer avec ma tasse de café. Je fais passer ma stupéfaction pour une fausse toux. *S'il savait ! Il ne pourrait pas être plus loin de la vérité.*

Ses frères finissent tout de même par demander à Ava si elle est bien installée, et sa mère s'inquiète de savoir si elle a bien tout ce qu'il lui faut pour cuisiner. Nous échangeons un regard complice en pensant à sa liste de restaurants qui livrent à domicile.

— Votre fille est un vrai cordon-bleu, assuré-je à sa mère, qui plisse les yeux en écoutant mon mensonge.

— Elle doit avoir progressé, alors. Parce qu'ici, elle réussissait aussi bien à vous faire pousser une plante improbable pour notre climat qu'à rater des pâtes, s'exclame-t-elle en faisant rire tout le monde.

Chacun raconte une anecdote sur Ava et ses catastrophes culinaires.

— Travis est trop galant pour vous révéler que je commande la plupart de mes repas, conclut Ava, hilare.

Je crois pouvoir affirmer que ce moment a détendu toutes les personnes présentes dans la pièce. Ils semblent tous prêts à fournir un effort pour retrouver des liens avec Ava, alors j'imagine que cela ne sera pas trop difficile.

— Bon, il va être temps de vous laisser vous installer dans vos chambres. Ava, la tienne est toujours libre, bien sûr. Quant à vous, Travis, vous dormirez chez mon fils, Mason, me précise le patriarche en le pointant du doigt. Sa maison est juste à côté de la nôtre et il a une chambre d'amis.

Je ne m'attendais pas à ce qu'il nous laisse partager la même chambre, mais de là à m'envoyer ailleurs, il exagère un peu.

— Papa, s'en mêle Ava, un peu furibonde, Travis pourrait très bien dormir dans la chambre d'amis ici. Ce n'est pas comme s'il n'y en avait pas. Pourquoi l'envoyer chez Mason ?

— Ma fille, j'accepte déjà que tu ne viennes pas nous rendre visite seule, j'aurais espéré que tu apprécies cet effort. Je ne peux en revanche pas tolérer que vous dormiez tous les deux sous mon toit. Là, tu m'en demandes trop.

— Mais...

— Ce n'est rien, coupé-je Ava en attrapant son poignet. Je peux très bien dormir chez ton frère. Ça ne me dérange pas.

— Mais moi si, me souffle-t-elle pour que je sois le seul à l'entendre.

Ce qui ne fonctionne pas si j'en crois les gros yeux que lui fait sa sœur aînée.

— N'insiste pas et profite de ce moment avec les tiens, glissé-je à ma voisine discrètement.

Elle me scrute et semble un peu perdue pendant quelques secondes. Je la rassure en hochant légèrement la tête pour lui garantir qu'il n'y a aucun malaise. Je peux même comprendre son père. Il en va aussi de sa réputation au sein de sa communauté. Il ne veut pas perdre sa fille, mais il ne faut pas non plus trop le pousser. Encore moins pour une première fois. Ce serait prendre le risque qu'il coupe tout contact avec elle. Je sais qu'elle en serait peinée. Et moi, tout ce que je veux, c'est la rendre heureuse.

28

AVA WALLER

Assise sur mon ancien lit, les jambes en tailleur, je regarde la pièce autour de moi. Rien n'a changé, tout est encore à la même place. Comme si ma famille espérait que je retrouve la raison et que je fasse marche arrière.

— J'ai encore du mal à croire que papa ait envoyé Travis chez Mason ! rouspété-je à l'attention d'Evelyn.

Retrouver ma sœur aînée me fait un bien fou. Pouvoir échanger avec elle, nous liguer pour râler des décisions prises par notre père...

— Est-ce que tu te rends compte qu'il a laissé entrer un homme dans la maison, alors qu'il sait très bien qu'il s'agit de ton petit ami, même si ce n'est pas officiel ? m'interroge-t-elle, hilare, en s'asseyant en face de moi, à mon ancien bureau. Et que ce n'était pas pour qu'il lui demande de t'épouser !

— J'ai prévenu Travis qu'en m'accompagnant il prenait le risque d'avoir papa sur le dos pour le persuader de nous marier.

— Et il est tout de même venu ? s'étonne-t-elle. Il doit vraiment tenir à toi.

— Je ne sais pas, réponds-je en haussant les épaules pour feindre que ça n'a pas d'importance.

— Ça se voit, m'assure-t-elle. Il n'a pas voulu faire d'esclandre quand papa a annoncé qu'il ne dormirait pas à la maison. Et c'était uniquement pour ne pas faire d'histoires et que tout se passe bien pendant ce week-end. Il ne l'a pas fait pour lui, mais pour toi.

— C'est un homme bien, murmuré-je.

— Je n'en doute pas. Et puis il est plutôt charmant, ce qui ne gâche rien.

Je tire la langue à ma frangine pour toute réponse.

— Et toi ? Pas de mariage en vue ? la questionné-je en plongeant mon regard dans le sien pour y lire ce qu'elle ressent.

— Jonas a parlé à son père, m'apprend-elle, les yeux pétillant d'une lueur joyeuse. Ils nous ont invités à manger chez eux la semaine prochaine.

Je me lève du lit et me précipite vers elle pour la serrer dans mes bras, heureuse pour elle.

— Attends, il faut encore que papa donne son approbation, me calme-t-elle en riant.

— Jonas est un garçon bien, il n'y a aucune raison qu'il refuse.

— Je l'espère de tout mon cœur.

Un grand sourire aux lèvres, je prends ses mains dans les miennes. C'est tout ce que j'avais besoin de savoir pour être rassurée : que l'avenir d'Evelyn soit tel qu'elle le souhaite.

— Ta lettre m'a beaucoup touchée, lui confié-je. Je ne pensais pas vous manquer.

— Comment pourrais-tu ne pas nous manquer alors que ton rire ne résonne plus dans la maison, que tes fleurs se fanent et qu'il n'y a plus personne pour animer nos soirées ? Tu nous manques terriblement, mais on est tous heureux de savoir que tu mènes la vie dont tu as envie.

— Sauf Mason et Ian, précisé-je en me rappelant la tête d'enterrement de mes frères lors de notre arrivée.

— Ils craignent juste que nous ne suivions ton exemple.

— Tu sais que si tu le veux, tu peux venir à Santa Monica avec moi, lui dis-je puisqu'elle aborde le sujet.

— Merci, mais je suis très bien à Salt Lake City. Je me sens épanouie ici, en prenant soin des nôtres. Il n'y a rien qui me manque que je trouverais dans ton monde.

— Ma proposition est valable aujourd'hui, demain et pour l'avenir, précisé-je tout de même.

— C'est noté, me répond-elle avec un sourire complice en se levant.

Je me réfugie dans ses bras et savoure son étreinte. Son parfum me chatouille les narines, me permettant de prendre conscience qu'elle me manquait encore plus que je ne le pensais. Tous les membres de ma famille m'ont manqué. Même si je n'appréciais pas ma vie ici, je suis heureuse d'y revenir pour quelques jours. Et j'y reviendrai désormais avec plaisir.

Nous passons l'après-midi à remettre le jardin en état avec mes sœurs. Travis vient nous prêter main-forte, ce qui oblige mes frères à se joindre à nous également, pour garder un œil sur notre invité. Ce qui nous fait beaucoup rire toutes les quatre.

Pour le dîner, ma mère a cuisiné sa spécialité : du pain de viande avec des pommes de terre et de la salade. Mes papilles se régalent et je me promets de fournir un effort pour apprendre à cuisiner une fois de retour à Palisades Park.

L'heure d'aller se coucher arrive vite. Je fais mine de ne pas revenir sur le fait que Travis dorme chez Mason car j'ai une petite idée derrière la tête.

— On se voit demain matin, me dit-il d'une voix qui se veut rassurante pour que je sois certaine que ça ne lui pose pas de problème.

Mais à moi, ça m'en pose un.

— On se lève tôt, donc on ne sera séparés que quelques heures, ajoute-t-il.

Mon père toussote pour nous signaler sa présence. Il ne faudrait pas qu'il soit témoin d'un baiser. Il risquerait de ne pas s'en remettre.

Je laisse filer Travis et me rends dans la salle de bain pour prendre une douche.

De retour dans ma chambre, je démêle mes cheveux, passe un débardeur et un pantalon en soie, puis j'entrouvre la porte pour écouter si j'entends encore des bribes de conversation en bas. Rien. Je referme et m'active pour enfiler mes baskets. J'ouvre la fenêtre qui donne sur le jardin et, après avoir récupéré mon téléphone portable, je grimpe sur le rebord et saute dans le carré d'herbe juste en dessous.

La maison de Mason appartenait avant à la famille Nelson. Leur fille et moi étions copines et nous avions pris l'habitude de nous retrouver pour jouer même lorsque nous étions punies pour une raison ou une autre. Nos étages ne sont pas si hauts et il est facile d'y accéder grâce au treillage en bois installé pour les plantes grimpantes.

Il est hors de question que je laisse Travis tout seul chez mon frère alors qu'il a accepté de me suivre ici et de rencontrer ma famille malgré sa singularité.

Une fois en dessous de sa fenêtre, je lui envoie un message.

Ava : Ouvre la fenêtre de la chambre !

Je vois les points de suspension signifiant qu'il écrit une réponse apparaître à l'écran, avant de disparaître aussitôt. Puis l'ombre de Travis se dessine à la fenêtre, qu'il fait pivoter. Lorsqu'il me voit dehors, il se met à rire. Je grimpe jusqu'à lui et attrape la main qu'il me tend pour m'aider et s'assurer que je ne dégringole pas.

— Normalement, ce n'est pas le mec qui fait irruption dans la chambre de la nana ? me souffle-t-il le plus bas possible.

— Les temps changent, murmuré-je avant de l'embrasser.

Le sentir contre moi m'a manqué, aujourd'hui. Il fait durer notre baiser, ce qui me laisse penser qu'il en est de même de son côté.

— J'ai l'impression d'avoir 15 ans, plaisante-t-il en m'attirant sur le lit une personne installé dans la chambre. Qu'est-ce qu'on risque si on se fait surprendre ?

— De devoir partir *illico* et de ne plus pouvoir revenir, je suppose.

— Ce n'est pas très malin, Ava. Ta famille est heureuse que tu sois là, tu ne devrais pas mettre vos liens en péril.

— Tu te veux la voix de la raison, ce soir ? minaudé-je en tapotant mes doigts sur le bas de ses abdominaux pour le titiller.

— Ça sera la seule fois de la nuit où je ferai preuve de sagesse.

Nous rions en silence, ce qui augmente notre hilarité.

— Ça se passe plutôt bien jusqu'ici ? me demande-t-il pour être sûr que je pense la même chose que lui.

— Oui, lui confirmé-je. Mon père se montre ouvert et tolérant. Je suis contente de revoir tout le monde et de me rendre compte qu'il nous sera possible de garder contact malgré mon départ.

— Je suis heureux pour toi.

— Mais on pourrait rendre ça sensationnel, ajouté-je l'air de rien tout en lui retirant son tee-shirt.

Docile, il se laisse faire, avant de me voler un baiser.

— Il va falloir être plus que silencieux, me prévient-il en prenant mon visage entre ses mains.

— Peut-être que si tu es moins performant juste pour cette fois-ci, je pourrai retenir mes cris.

— Je serais toi, je n'y compterais pas trop.

Se lèvres cueillent les miennes dans un baiser doux. L'étroitesse du lit nous oblige à être serrés l'un contre l'autre, pour notre plus grand plaisir. Travis passe une de ses jambes entre les miennes pour nous rapprocher encore. Nos souffles se mélangent à mesure que nous nous embrassons. Mes doigts effleurent les lignes de sa mâchoire. Je prends le temps de parcourir chaque relief de ses muscles. Le long de ses bras. Ses pectoraux. Ses abdominaux. Je savoure la douceur de sa peau sous mes doigts. Travis caresse mes cheveux comme s'ils étaient de la soie. Mon épiderme se recouvre de chair de poule.

Nos vêtements finissent par disparaître. J'aime quand nous sommes fougueux, mais c'est tout aussi bon quand nous sommes calmes.

Après s'être protégé, Travis s'allonge sur moi et je l'accueille entre mes cuisses. Nos nez se frôlent, jouent ensemble quelques minutes tandis que nos regards s'accrochent. Perçoit-il la même symbiose que moi ? Y décèle-t-il les sentiments qu'il fait naître dans mon cœur ? Si je m'écoutais, je pourrais lui dire que je tombe amoureuse de lui un peu plus chaque jour, mais je crains de l'effrayer. Alors je lui fais comprendre par mes gestes. Je susurre son prénom sur le même ton que j'emploierais pour lui confier mon amour.

— Je sais, me répond-il dans un murmure en nous unissant pour ne faire plus qu'un.

Sait-il ce que j'ai voulu dire car il éprouve la même chose ?

Nous nous observons comme si nous prenions conscience au même moment de l'importance qu'a prise notre relation dans nos vies. Je raffermis mon étreinte autour de lui pour mieux le sentir contre moi. Je ne veux plus laisser de place à aucun espace entre nous. Mon âme me guide vers lui, toujours plus près, parce qu'elle n'en a pas assez.

Travis dérive dans mon cou. Il picore ma clavicule de baisers légers. Ses coups de reins restent d'une lenteur calculée, comme pour ne pas abîmer la connexion spéciale entre nous cette nuit. Celle qui te démontre que tu as trouvé la bonne personne. Je voudrais que ça ne s'arrête jamais. Parce que comprendre que notre attirance est en train de se transformer en amour est fantastique. Ce moment restera à jamais gravé dans ma mémoire et dans mon cœur.

Lorsque l'orgasme arrive, c'est le plus savoureux de tout ceux qu'il m'a fait vivre.

Travis bascule sur le côté, sans me quitter, et m'attire contre lui. Nous reprenons nos baisers de manière silencieuse. Comme si parler pouvait gâcher le moment que nous venons de partager car il n'y a pas de mots assez forts pour le décrire. Mis à part ceux que nous avons encore trop peur de prononcer.

29

TRAVIS MILLER

Lorsque les premiers rayons du soleil me réveillent, je n'ai aucune envie de bouger. J'étends mon bras pour trouver Ava, mais la petite place qu'elle occupait à mon côté est vide. J'ouvre un œil et la fenêtre ouverte me confirme qu'elle a dû partir en catimini au petit matin.

Cette idée m'arrache un sourire. Les souvenirs de cette nuit affluent et je me surprends à sentir mon rythme cardiaque accélérer. Ava a détraqué mon cœur dans cette chambre. Elle se l'est approprié définitivement. Et j'espère qu'elle ne voudra jamais me le rendre car je n'y vois rien à redire. Je le lui offre, même, en espérant qu'elle en fera bon usage et qu'elle me donnera le sien en retour. Mais n'est-ce pas déjà ce qu'il s'est passé pendant que nous faisions l'amour dans ce lit ?

Mon téléphone vibre sur la table de chevet, me sortant de mes pensées.

Ava : Tu viens ? Le petit déjeuner va être servi.

Je file dans la salle de bain pour faire un brin de toilette et m'habille rapidement. Notre avion de retour décolle en début d'après-midi, il ne faudra donc pas trop traîner.

J'empaquette les quelques affaires que j'ai sorties dans ma valise et me presse pour rejoindre la famille.

Mason n'est déjà plus présent chez lui. C'est à peine s'il m'a adressé un mot hier soir en me montrant où se situait la chambre d'amis. Nous ne deviendrons probablement pas les meilleurs potes du monde dans l'avenir, mais peu importe.

Je traverse le jardin et frappe à la porte de la maison familiale.

— Bonjour Travis, me salue chaleureusement la sœur aînée d'Ava. Mon père est déjà installé, vous pouvez le rejoindre. N'attendez pas Ava pour commencer, elle a décidé d'apprendre à confectionner le fameux gâteau au citron de maman avant que vous ne partiez.

Un joyeux brouhaha me parvient en effet depuis la cuisine. Je hausse les sourcils d'étonnement, puis je pars m'attabler avec le patriarche.

Les frères ne sont pas présents. *Génial ! J'ai comme le pressentiment que je vais subir un interrogatoire.* Heureusement que j'en connais un rayon dans ce domaine.

— Bonjour Travis, me salue-t-il en serrant ma main tendue dans sa direction. J'espère que vous avez passé une bonne nuit.

S'il savait ! Tellement bonne que j'envisage sérieusement de parler à Ava de ma famille. Je me suis rendu compte que je savais tout d'elle – d'où elle vient, ce qu'elle a traversé, qui elle est aujourd'hui –, et qu'elle mérite que je me dévoile. Je crois qu'apprendre les activités illicites de ma famille ne changera rien pour elle. Elle est bien placée pour savoir que les décisions de nos proches ne nous définissent pas. Que l'on peut être qui on veut, peu importe d'où l'on vient.

Je ne veux plus rien lui cacher, pouvoir me balader avec elle à Santa Monica sans épier qui pourrait nous y croiser. Zane ne sortira sûrement pas de prison de sitôt, j'aurai tout le temps nécessaire pour lui faire comprendre qu'il doit me lâcher. Mais cela signifie aussi que je ne peux plus reculer et qu'il me faut avouer à mon père que je suis policier.

Jamais je ne demanderai à Ava de mentir pour moi. Il est plus que temps de mettre un terme à ces cachotteries qui me polluent l'existence.

— Très bonne, merci.

— Je me demandais si vous étiez croyant, déclare-t-il sans transition en me tendant le beurre.

— Pas spécialement, lui réponds-je honnêtement.

— Vos parents ne vont pas à l'église ?

Je ne peux m'empêcher de pouffer un peu.

— Je crains que non.

— Vous savez, il n'a pas été facile de laisser Ava nous quitter.

Il se fout de ma gueule ? Il n'a même pas pris le soin de l'accompagner et de vérifier l'endroit où elle a posé ses bagages. Je serre les dents pour m'empêcher de rétorquer et râpe le beurre fermement avec le couteau à ma disposition.

— J'ai espéré qu'elle finirait par revenir, ajoute-t-il en me scrutant pour analyser ma réaction. Puis je me suis mis à rêver qu'elle trouve un jeune homme qui pourrait adhérer à nos croyances.

Pas très logique, quand on y réfléchit. Elle ne les a pas quittés pour s'amouracher d'un type qui partagerait leur foi.

— Au risque de vous décevoir, je crains de ne pas être cet homme-là, annoncé-je pour anéantir tout de suite ses espoirs.

Monsieur Waller pose sa tasse de café fumante sur la table et me toise d'un air supérieur. Je pose ma tartine et soutiens son regard. Il n'aime peut-être pas ce que je lui dis, mais ça n'en reste pas moins la vérité.

— Quel genre d'homme êtes-vous, dans ce cas ?

— Le genre qui protège les personnes auxquelles il tient.

Contre toute attente, un léger sourire étire ses lèvres.

— Je vais retenir de notre échange que la sécurité de ma fille vous importe. Et prier pour que vous soyez sérieux avec elle.

— Si je ne l'étais pas, je ne serais pas venu jusqu'ici avec elle. Encore moins après qu'elle m'a prévenu que vous aborderiez certainement la question du mariage, lui réponds-je en souriant pour détendre un peu l'atmosphère.

— J'allais y venir, reconnaît-il d'un ton où l'amusement est perceptible. Mais je crois comprendre que c'est peine perdue. Tout ce que je vous demande, c'est de prendre soin d'elle et de ne pas la faire souffrir. Vous pouvez faire ça pour moi, Travis ?

Je hoche la tête et accepte la main tendue qu'il me propose pour sceller cet accord.

30

AVA WALLER

De retour à Palisades Park, j'ai à peine pris le temps de ranger mes affaires avant de foncer chez June pour une soirée entre copines. Nous n'en avions pas fait depuis trop longtemps à mon goût et j'avais une tonne de choses à leur raconter. Travis devait aller au poste tôt demain matin, il n'a donc pas cherché longtemps à me retenir. Depuis, nous enchaînons les shots et les fous rires.

— Bon, les filles, glousse Harper, je crois qu'il faut que je tire ma révérence pour ce soir. Je suis dans un état tellement pitoyable à cause de vous que je ne vais même pas arriver à poster de story pour souhaiter une bonne nuit à mes abonnés.

— Ils devraient s'en remettre ! la tacle June, qui s'évertue encore à lui faire lâcher son téléphone plus de cinq minutes consécutives.

— Je vais y aller aussi, annonce Li. J'espère que Matthew est encore réveillé !

— Pourquoi ? Tu ne comptes pas lui raconter tous nos secrets, tout de même ? demande l'influenceuse.

— Ah non ! Ce n'est pas à ça que je pensais, explique Li d'un ton qui laisse peu de doute sur la manière dont elle espère finir sa nuit grâce à son chéri.

— Je ne veux pas savoir, grogne Harper en tanguant jusqu'à la porte d'entrée. N'oubliez pas que je suis célibataire.

— Les détails croustillants ne t'intéressent pas ? s'étonne la masseuse.

Harper secoue la tête avec véhémence alors qu'on sait très bien à quel point elle aime les potins.

— Alors je ne te raconterai pas la fois où…

L'influenceuse cache soudain ses yeux derrière ses mains.

— Tu as conscience qu'il vaudrait mieux te boucher les oreilles si tu ne veux pas m'entendre ? lui demande Li en saisissant ses bras pour les écarter de son visage.

Harper explose de rire, imitée par Li. Ne parvenant pas à se calmer, elles se laissent retomber sur le canapé en se tenant le ventre.

— Il vaudrait mieux que je vous raccompagne, toutes les deux, annoncé-je. Vous seriez capables de vous tromper d'appartement dans l'état où vous êtes.

— Allez, ouste, filez ! approuve June.

Nous nous serrons toutes dans les bras avant de prendre la direction de l'escalier du bâtiment McQueen. En haut des marches, Li manque de trébucher, ce qui nous déclenche un nouveau fou rire. June nous rejoint pour voir ce qu'il se passe et secoue la tête en nous voyant à moitié vautrées au sol.

Peu à peu, le silence reprend ses droits et nous avançons à tâtons, sans prendre la peine d'allumer la lumière, dont le minuteur est arrivé à sa fin.

Soudain, sous nos yeux, la porte de l'appartement mystère s'ouvre. Pendant une demi-seconde, nous restons stoïques, puis Harper dévale l'escalier comme une furie pour intercepter la personne qui en sort.

— Non mais vous êtes complètement cinglée, ma parole ! s'écrie la voix que je reconnais être celle de Sue ! Vous m'avez fichu la trouille.

La résidente la plus âgée de Palisades Park se dégage de la poigne de Harper d'un mouvement de bras.

— Normal, quand on a des choses à cacher, on n'a pas l'esprit tranquille, crache l'influenceuse beauté.

— Je peux savoir ce que vous insinuez ? tonne notre voisine en toisant Harper.

— Je n'insinue rien, les preuves sont là. Qu'est-ce que vous fabriquiez dans cet appartement ?

— Ça ne vous regarde pas.

Ayant certainement entendu le ton monter, June accourt jusqu'à nous et nous avançons à notre tour vers le seuil de la porte de ce fameux appartement mystérieux.

— Je n'ai pas de comptes à vous rendre, à ce que je sache ! s'entête Sue.

— Écoutez, on ne veut pas vous mettre mal à l'aise, juste comprendre ce qui se trafique ici, l'amadoue Li. Expliquez-nous qui vit ici, laissez-nous vérifier que cette personne va bien et on s'en ira. Tout ça peut même rester entre nous. Solidarité féminine, tout ça tout ça…

Nous semblons toutes avoir dessaoulé très vite. La tension du moment nous a ramenées dans la réalité de manière plus efficace qu'un seau d'eau glacé.

— Non, mais qu'est-ce que vous croyez ? s'insurge Sue. Que je séquestre quelqu'un dans ce foutu appartement ? Qu'est-ce qui ne tourne pas rond chez vous ?

— Si vous continuez à hausser le ton, Derek va sortir de chez lui et il ne prendra pas autant de pincettes que nous, alerte June.

— C'est bon, Sue, intervient tout à coup une voix féminine à l'intérieur de l'appartement, avant d'entrouvrir la porte.

Le visage de Harper se décompose et je comprends mieux pourquoi quand je découvre à mon tour l'actrice

Amaia Cox. Notre voisine accro aux *people* nous rebat les oreilles avec elle depuis des lustres, et la voilà sous nos yeux. Dans un piteux état. Elle a perdu de son éclat par rapport à ce que mon amie m'en a montré sur les réseaux sociaux ou dans la presse. Elle porte certes un pyjama en soie, mais ses cheveux sont ternes et emmêlés. Ils n'ont pas dû voir une brosse depuis un moment. Elle conserve une beauté naturelle mais la tristesse qui se dégage d'elle relègue celle-ci au second plan.

— Oh mon Dieu ! s'écrie Harper après avoir retrouvé ses esprits. Amaia Cox est ici ! À Palisades Park ! Je n'arrive pas à y croire. Je vous cherche partout alors que vous êtes juste ici.

Ses exclamations se font de plus en plus sonores. Si elle continue, dans deux minutes tout l'immeuble sera réveillé. La locataire secrète lève les yeux au plafond en poussant un soupir.

— Entrez avant d'ameuter tout le monde, nous ordonne-t-elle en ouvrant grand la porte.

Harper pousse un petit cri de joie tandis que nous pénétrons dans l'appartement.

— Installez-vous, je vous en prie, nous propose l'actrice en désignant le canapé.

Telles des marionnettes, nous nous exécutons. Je me demande d'ailleurs comment ce canapé a pu être installé ici sans que personne le remarque dans la résidence.

— J'ai du mal à croire que vous soyez notre habitante mystère, finit par réussir à prononcer Harper, qui a retrouvé un semblant de calme.

— Eh oui… J'avais besoin d'un lieu sûr dans lequel me terrer pour éviter les paparazzis et Sue a évoqué cette résidence fraîchement achevée…

— Mais vous vous connaissez ? les questionne June, en bonne journaliste avide d'informations.

— Sue tenait le premier rôle du film qui a lancé ma carrière.

— Mon seul et unique, se lamente notre voisine.

— J'étais gamine et elle m'a prise sous son aile. Depuis, nous avons toujours gardé contact. Quand le scandale à propos de mon mari a éclaté au grand jour, j'ai totalement perdu pied.

Elle s'arrête quelques secondes pour inspirer profondément et tenter de faire passer les larmes qui lui sont montées aux yeux.

— Je n'aurais pas supporté de faire la une des magazines dans cet état. Je passais mes journées à pleurer, alors affronter la presse, c'était au-dessus de mes forces.

Ses mains tremblent alors qu'elle revit ces moments difficiles. J'ignore si elle a conscience qu'elle nous livre son histoire alors que nous pourrions la vendre à qui veut l'entendre, mais je crois qu'elle a trop besoin de vider son sac pour s'en soucier.

— J'avais besoin de temps pour digérer, rebondir et revenir au sommet de mon art.

— Alors j'ai proposé à Amaia de venir vivre ici quelque temps. Je savais que cet appartement n'avait pas trouvé preneur.

— J'ai réussi à m'arranger pour que mon nom ne figure sur aucun papier, et j'ai préféré ne pas me montrer ici non plus. Je savais qu'une journaliste et une influenceuse vivaient dans la résidence et qu'elles n'auraient aucun mal à trouver quelqu'un prêt à leur acheter la moindre information à mon sujet.

June fronce les sourcils, certainement mécontente que l'actrice ait pu douter de son éthique, même si elle ne la connaissait pas.

— Sue m'a expliqué ensuite la psychose qui commençait à s'installer à mon sujet, mais mince, j'avais besoin, juste une fois dans ma vie, de me retrouver seule et de ne pas subir les critiques et le regard des autres. Juste une fois !

— Nous comprenons, la rassure Li d'une voix douce. C'est vrai que nous avons imaginé toutes sortes de scénarios tous plus fous les uns que les autres, mais nous étions loin de la réalité.

— Est-ce que vous voudrez bien garder mon secret encore un peu ?

Je m'apprête à lui répondre qu'elle peut compter sur nous, qu'on peut même être là pour elle si elle le souhaite. Une soirée tequila avec nous et elle oubliera déjà une partie de ses soucis, j'en suis certaine. Mais un problème s'impose à moi. Comment vais-je réussir à cacher cette information à Travis alors qu'il s'est mis en tête de démêler ce mystère ?

31

TRAVIS MILLER

Ce matin, je sifflote en arrivant au poste. *Ça y est, je suis prêt !*

Prêt à avancer avec Ava. J'ai prévu de passer rendre visite à mes parents et à ma sœur à la fin de la journée pour les prévenir que j'aurai bientôt une personne à leur présenter. Kayla devinera tout de suite de qui il s'agit, évidemment, mais peu importe. Ensuite, j'expliquerai toute la vérité à celle qui fait battre mon cœur, sur ma famille et sa part d'ombre. Je ne veux plus rien devoir lui cacher. C'est comme si je me sentais déjà déchargé d'un poids avant même d'avoir révélé à Ava les trafics de mon père et de mon frère, et la fâcheuse tendance de ma sœur à subtiliser leurs portefeuilles et leurs bijoux aux touristes de passage à Los Angeles. J'espère simplement qu'elle ne m'en voudra pas trop d'avoir gardé pour moi que mon frère était le principal suspect dans le cambriolage de la boutique de fleurs de M. Warren.

Prêt à avancer avec mon père. En lui révélant enfin le métier que j'ai choisi d'exercer. Même si j'appréhende sa réaction. Saura-t-il accepter qui je suis ? Soit son opposé ?

Le contraire me ferait mal, mais je ne peux pas continuer de lui dissimuler cette part de ma vie. La balle sera dans son camp.

Je file en direction de la salle de pause pour me servir une tasse de café. Je me suis réveillé à la dernière minute ce matin et n'ai pris le temps que de sauter dans mes vêtements avant de partir. Il faut dire que j'avais un peu de sommeil à rattraper. Je ne suis pas non plus passé par chez Ava pour lui voler un baiser afin de bien démarrer cette journée. Elle a dû se coucher tard vu qu'elle devait rejoindre les filles pour une soirée tequila, et il était préférable que je la laisse tranquille pour m'assurer qu'elle soit dans les meilleures dispositions ce soir pour m'écouter.

Rodriguez rentre dans la pièce alors que j'ajoute un morceau de sucre à ma boisson chaude.

— Hey ! le salué-je. Alors comme ça, tu as serré mon frère…

— Quand j'ai eu le tuyau, je ne savais pas que ce serait lui que j'arrêterais, me répond-il un peu embêté.

— Ne t'excuse pas ! le rassuré-je aussitôt. J'ai toujours été clair au sujet de ma famille. S'ils font des conneries, ils assument. Si j'avais dû arrêter Zane moi-même, je l'aurais fait.

Avec plaisir, même, pensé-je en mon for intérieur.

— C'est une petite frappe qui s'est fait toper pour vol à l'étalage qui l'a vendu. Il nous a prévenus quelle boutique était la prochaine sur sa liste. Ça faisait deux jours qu'on était en planque.

— Tu peux le relier aux précédents cambriolages ?

— C'est pour ça que je suis là, figure-toi, me répond-il tout en se servant à son tour à la cafetière. Je l'interroge à nouveau depuis ce matin. Il n'a rien voulu lâcher samedi. Il refuse de répondre aux questions et insiste pour te voir.

Je fronce les sourcils en découvrant cette information.

— Qu'il aille se faire foutre, râlé-je. Je ne suis pas sur cette affaire, c'est la tienne. Et s'il pense que je vais l'aider, il se fourre le doigt dans l'œil !

— Ça pourrait valoir le coup d'entendre ce qu'il a à dire.

— Ce connard me fera donc chier toute ma vie ! m'énervé-je en comprenant que mon frangin va parvenir à ses fins, ce qui me met hors de moi.

— Il a refusé d'être assisté par un avocat, donc tu pourrais l'interroger comme tu veux. Avec moi, il ne lâchera jamais rien.

— Il est dans quelle salle d'interrogatoire ? demandé-je d'un ton sec à mon collègue.

— La 3.

Je termine ma tasse d'une traite et la dépose dans l'évier au milieu des autres qui traînent. Quand Meryl va arriver au poste, elle va pousser une gueulante en voyant la vaisselle, c'est certain.

Je me dirige vers la salle indiquée et me compose un masque nonchalant avant d'y pénétrer. Je ne donnerai pas la satisfaction à mon frère de comprendre qu'il ne pouvait pas plus m'énerver qu'en demandant à me voir.

— Agent Miller, se réjouit-il alors que je prends place sur la chaise en face de lui. Tu aurais pu avoir la gentillesse de m'apporter un café.

Il est menotté au centre de la table. J'ai envie de lui coller une droite pour effacer ce rictus satisfait de ses lèvres. Il se pavane encore alors qu'il sait qu'il va tomber. Je le savais débile, mais à ce point, ça dépasse l'entendement. Mon regard accroche le sien, et si mes yeux étaient des flingues, il s'effondrerait raide mort. La lueur de malice qu'il ne cache pas met tous mes sens en alerte. Il y a quelque chose qui m'échappe et je n'aime pas ça. Comme s'il avait un atout dans sa manche et qu'il me demandait de venir pour le jouer.

— Je t'accorde très exactement deux minutes pour m'expliquer les raisons de ma présence dans cette pièce.

Zane rehausse les épaules et s'avance pour poser les coudes sur la table. Il me toise d'un air menaçant et sa bouche se tord dans une moue dégoûtée.

— Je n'ai jamais compris pourquoi les parents t'ont toujours mis sur un piédestal, crache-t-il, visiblement en colère.

— Alors on en est encore là ? Le fils aîné jaloux de son petit frère. C'est pathétique.

— J'ai toujours su que tu n'aurais pas les tripes pour suivre les traces de papa.

— Parce que tu penses être à sa hauteur ? ricané-je. Je te rappelle qu'il donne dans le grand banditisme, là où tu te contentes de petits casses chez des commerçants dont la caisse ne dépasse pas cinq cents dollars. Tu te prends pour un caïd ? T'es qu'une petite frappe.

— Ça, c'est ce que tu crois, me balance-t-il. Vous m'avez arrêté pour ce magasin et je vais certainement prendre quelques mois à l'ombre pour ça, mais ce n'est que la partie émergée de l'iceberg.

— Tu essaies de te donner de l'importance en voulant me faire gober qu'il y a un réseau derrière tout ça ? Je ne vais pas mordre à cet hameçon, Zane. Tu ne peux pas me mentir à moi, je te connais.

— Pourtant, j'ai réussi à te berner avec une facilité déconcertante ces derniers temps.

— À propos de quoi ?

Je regrette aussitôt d'avoir posé cette question. Je suis tombé dans le piège qu'il me tendait si j'en crois le sourire malsain qui étire ses lèvres. Il prend le temps de s'adosser à nouveau plus ou moins confortablement sur sa chaise.

— Ton collègue, l'agent Rodriguez, il ne s'est jamais demandé comment le responsable des cambriolages faisait pour opérer chaque fois quand la caisse était pleine ?

— C'est pour ça que je suis là ? Tu veux négocier un arrangement contre le nom de ton complice ?

— Peut-être.

Je sens qu'il avance ses pions petit à petit. L'air de rien, c'est lui qui dirige la discussion pour la mener là où il le désire et abattre sa dernière carte au moment qu'il aura choisi.

— Et pourquoi ne pas le faire avec l'agent qui t'a arrêté ?

— Parce que maintenant que papa est sorti de prison, j'aimerais qu'on enterre la hache de guerre, toi et moi.

— Arrête ton baratin, m'exclamé-je, lassé par son petit jeu malsain.

— Je suis très sérieux, Travis, m'assure-t-il de façon presque convaincante.

Je laisse un silence s'installer entre nous. J'ai envie de l'envoyer se faire foutre mais, ne serait-ce que pour ma mère, s'il y a une chance d'apaiser les tensions entre nous, je dois la saisir. Et si ça peut éviter à l'avenir qu'il cherche à s'en prendre à Ava, j'aurai tout gagné.

— Je t'écoute.

Il prend le temps de changer à nouveau de position.

— On peut se parler sans caméra ni micro ? Je répéterai tout à l'agent Rodriguez ensuite.

— Ce sera du temps perdu. Je peux prendre ta déposition directement.

— Travis ! marmonne-t-il, la mâchoire serrée. Je veux te parler de frère à frère, et ensuite, je dirai tout ce que je sais à ton collègue.

Deux coups retentissent contre le miroir sans tain, signe que peu importe ce que j'en pense, mon collègue souhaite que j'accepte le *deal*. Je m'exécute et éteins tous les appareils qui nous servent à enregistrer la garde à vue.

— C'est bon, il n'y a que nous.

— Et derrière le miroir ?

— Ils peuvent nous voir, mais plus nous entendre. En revanche, je serais toi, je ne tarderais pas à me mettre à table parce qu'on ne nous laissera pas cette intimité très longtemps.

Je dis ça uniquement pour accélérer les choses. J'en ai ma claque de le sentir me manipuler de la sorte.

— Il va falloir que tu trouves une façon de me sortir de là, frangin.

Il plaisante, j'espère ! Je ne lèverai pas le petit doigt pour lui.

— Si tu as manigancé tout ça pour me faire perdre mon temps, je mets fin à cet entretien immédiatement.

— Et si je te disais que mon complice est une jeune femme ? me demande-t-il alors que la fierté flamboie visiblement dans ses yeux.

— Je ne vois pas ce que ça change ni en quoi ça me concerne.

— C'est parce que tu n'es pas attentif à ce que je te dis.

— Ça fait bien longtemps que je n'écoute plus le ramassis de conneries qui peut sortir de ta bouche.

— Eh bien là, tu devrais ! s'écrie-t-il en tapant sur la table. Dans votre enquête, il n'y aurait pas une petite nana un peu louche ?

Pourquoi est-ce que je repense à Ava et au fait qu'elle ne l'a pas identifié sur les photos ?

— Voilà, reprend Zane. J'ai ton attention, maintenant ? Bien !

— Fais gaffe à ce que tu t'apprêtes à dire, l'alerté-je, me sentant perdre mon sang-froid.

— Cette fille, Ava, la nomme-t-il, me donnant envie de lui péter les dents. C'est elle qui me prévenait de quel jour intervenir. Elle connaît tous les commerçants, et qui se méfierait d'elle, sérieusement ? Même toi, tu n'y as vu que du feu et tu es tombé dans ses filets.

— C'est tout ce que tu as trouvé pour tenter d'obtenir un accord ? fulminé-je, hors de moi. T'en prendre à une des employés d'un commerce que tu as dépouillé ?

— Je comprends que tu aies du mal à l'admettre. Il faut dire qu'elle est allée plutôt loin avec toi, fanfaronne-t-il, tout sourire.

Je serre les dents et tente de masquer la haine qu'il m'inspire en immisçant un doute dans mon esprit.

— Ava n'a rien à voir dans cette histoire.

Je ne sais pas si je dis ça pour m'assurer de bien comprendre ce qu'il sous-entend ou pour m'en convaincre.

— Pourquoi ne m'a-t-elle pas identifié, dans ce cas ?

Je savais qu'il prononcerait ces mots avant qu'ils ne franchissent sa bouche. Je ne peux pas croire qu'Ava se soit jouée de moi. *C'est impossible, putain !*

— Tu l'as dit toi-même, on n'a pas beaucoup de temps. Ce que je te propose, c'est que tu t'arranges pour créer un vice de procédure ou peu importe quoi d'autre du moment que ça annule mon arrestation, et je ne parlerai pas de la jolie fleuriste. Si je tombe, elle tombe avec moi.

— Qu'est-ce qui te dit que j'en ai quelque chose à foutre qu'elle soit arrêtée ?

— Je sais que tu te la tapes. Et si tu t'es montré si discret avec elle, c'est justement parce que tu ne te fous pas d'elle. Et pour la protéger, tu n'as pas mille solutions, tu dois me tirer d'affaire.

Je bloque mes pensées pour le moment. Je refuse que Zane puisse mesurer l'impact de ses révélations et du chaos qu'elles déclenchent en moi. Il faut que je sorte d'ici et que je réfléchisse à tout ça.

— Tu n'as toujours pas compris qui je suis, n'est-ce pas ? lui craché-je au visage. Que cette fille ait une importance pour moi ou non, ça ne compte pas. Si elle est réellement ta complice, je suis prêt à aller l'arrêter moi-même.

Je quitte la salle d'interrogatoire, sans un dernier regard pour lui. Je l'entends m'insulter alors que la porte se referme. Il faut que je fiche le camp d'ici et vite, sinon je risque de faire une grosse connerie. Comme celle de lui refaire le portrait jusqu'à ce que notre mère elle-même ne soit plus en mesure de le reconnaître. J'ai beau tenter d'ignorer la douleur qui me ravage de l'intérieur, elle me surprend par son intensité. Et dire que ma voisine m'a peut-être mené en bateau depuis le début et que je suis tombé éperdument amoureux d'elle. Quel con je fais ! Se faire berner par amour, faut vraiment être couillon.

32

AVA WALLER

M'extirper du sommeil a été compliqué ce matin, mais je tenais à ne pas me réveiller trop tard pour profiter de la journée. Il faut dire que la soirée s'est pas mal prolongée après notre découverte d'Amaia Cox cachée à Palisades Park. J'ignore encore comment je vais parvenir à tenir ma langue auprès de Travis. Je ne suis déjà pas réglo à propos des photos des suspects des cambriolages, ça ne m'enchante pas de lui cacher autre chose. Il ne me reste plus qu'à espérer que cette situation ne dure pas trop.

Comme convenu dans la nuit, Harper envoie un sms à Amaia pour lui signaler que nous sommes dans l'entrée et qu'elle peut nous ouvrir sans crainte. Nous nous précipitons aussitôt à l'intérieur de son appartement pour éviter de nous faire surprendre par quelqu'un qui descendrait des étages, ou par Derek, qui habite juste en face.

Nous avons décidé de venir la voir à tour de rôle afin de ne pas la laisser seule aussi souvent qu'elle l'était jusqu'ici.

— Je ne suis pas sûre que ce soit une bonne idée que vous me rendiez visite, nous lance la star de cinéma, le dos collé contre sa porte. C'est adorable, mais toutes ces allées et venues vont finir par se remarquer.

— Tu n'iras jamais mieux si tu continues à broyer du noir dans cet appartement toute seule, lui lance une Harper que je devine déterminée à lui faire retrouver le sourire.

— De plus, tous les habitants de Palisades Park sont déjà convaincus que quelqu'un se cache ici. Et tu ne vas pas pouvoir te terrer ici jusqu'à la fin de tes jours.

C'est bizarre d'être en plein après-midi, mais de devoir allumer les lumières pour y voir quelque chose, à cause des volets fermés. Amaia ne doit même plus savoir quelle heure il est à force de vivre ainsi.

Nous nous asseyons toutes les trois sur son canapé et Amaia accuse le coup de mes propos. Il est temps que quelqu'un la pousse à réagir.

— Tu devrais te servir des médias, argumente Harper. Prendre en main la communication autour de ce scandale plutôt que d'attendre qu'un tabloïd parvienne à voler des images de toi pour leur faire dire ce qu'ils veulent. Tes fans comprendront que tu as eu besoin de t'exiler si tu te livres à eux avec sincérité.

En voilà une bonne. Harper, qui était prête à tout pour obtenir une photo de l'actrice et en tirer un bon prix, dénigre maintenant l'attitude des journalistes *people* qui exploiteraient la situation… Comme quoi, se rendre compte qu'une personne reste humaine, avec des failles, quelle que soit sa notoriété, fait voir les choses sous un angle différent.

— Je crois que, pour l'instant, Amaia se moque un peu de ce que l'on pense d'elle, dis-je à l'attention de l'influenceuse.

L'actrice me couve d'un regard doux.

— Elle n'a pas tort, admet-elle à contrecœur. J'ai toujours tout partagé avec ma communauté et là j'ai disparu du jour au lendemain. Certains fans doivent imaginer qu'il m'est arrivé quelque chose de grave… Enfin, je veux dire quelque chose de pire que de visionner une sextape de mon mari avec sa maîtresse, qui n'est autre qu'une de mes plus vieilles amies. Et que tout le monde puisse en faire de même. Ça ne me ressemble pas de me lamenter ainsi, mais là… John et moi avons toujours été présentés comme le couple le plus solide d'Hollywood. Et j'ai fini par y croire.

Amaia se perd dans ses pensées. Son chagrin transpire par tous ses pores. Elle me fait beaucoup de peine. Elle a beau avoir des millions de followers sur les réseaux, personne n'est présent pour l'épauler dans cette période difficile. Si ce n'est Sue. Je suis d'ailleurs surprise que notre voisine survoltée ait réussi à tenir sa langue à ce propos.

— Tu sembles avoir une idée sur la manière dont je devrais gérer cette crise, déclare Amaia à Harper. Je t'écoute.

L'influenceuse se lève et commence à arpenter la pièce, surexcitée. Elle tente de minimiser le large sourire qui prend forme sur son visage, mais c'est peine perdue. Ça a le mérite de dérider brièvement Amaia elle-même.

— Alors, voilà mon plan : accorde l'exclusivité à un journaliste en posant tes conditions. Une interview vidéo préparée à l'avance, dont tu valides chaque question en amont. Tu peux diffuser l'entretien sur tes réseaux. Ça relancera ton compte et tu maîtriseras ce qui sera dit. Et surtout, tu couperas l'herbe sous le pied à tous les tabloïds qui espéraient banquer sur ton image.

— Je ne suis pas sûre de faire suffisamment confiance à un journaliste pour convenir d'un rendez-vous quelque part avec lui sans craindre qu'il ne vende la mèche à toute la presse.

— Je connais quelqu'un que je pourrais te recommander, lui assure Harper.

— OK, je vais y réfléchir et je te donnerai ma réponse demain.

Alors que je ne pensais pas ça possible, le visage de Harper s'illumine encore davantage.

— C'est quoi ton signe astrologique ? demandé-je soudain à Amaia en me flagellant de ne pas encore lui avoir proposé de regarder ce que les astres prévoyaient pour elle dans les jours à venir.

Elle me regarde, incrédule, puis répond en fronçant les sourcils.

— Taureau.

Je déverrouille mon téléphone et clique sur le site que je consulte tous les jours. Pendant que je lis son horoscope de la semaine, Harper lui explique que je suis une inconditionnelle d'astrologie.

— Taureau, ces derniers temps le passé vous rattrape et vous met au pied du mur. Cette semaine, il vous faudra prendre position et faire face à ce que vous vous évertuez à fuir. Même si cela se révèle douloureux, il vous faudra en passer par là pour aller mieux, lis-je à voix haute.

— C'est troublant, en effet, souffle Amaia.

— Je me fie tous les jours à mon horoscope et ça me réussit plutôt bien jusqu'ici. J'imagine que pour mener une carrière telle que la tienne, ça n'a pas été facile tous les jours. Tu as déjà dû surmonter de sacrés obstacles. Tu dois puiser en toi pour retrouver ta force et affronter tout ça. Tant que tu ne le feras pas, tu ne pourras pas tourner la page.

Elle prend ma main dans la sienne, la presse et m'adresse un regard reconnaissant avant d'esquisser un sourire crispé et de hocher la tête.

— Préviens ton contact, dit-elle à Harper. Je veux sortir d'ici au plus vite.

Ma voisine pousse un petit cri ravi tandis que je raffermis ma poignée de main autour de celle de l'actrice pour lui témoigner mon soutien.

— Ne crie pas sinon tu vas attirer l'attention de Derek, tempéré-je Harper en riant.

Elle met immédiatement une main sur sa bouche tout en dansant sur place de bonheur.

— Bon, je vais vous laisser, Travis ne va pas tarder à rentrer, leur annoncé-je.

— C'est ton copain, c'est ça ? me questionne Amaia. Celui qui s'obstine à vouloir savoir qui vit ici.

— Oui. Mais ne t'inquiète pas, s'il était au courant, Travis serait le dernier à vendre la mèche à ton sujet. Il veut juste s'assurer qu'il ne se passe rien de criminel ici. Il est policier. Si je lui explique la situation, il ne demandera peut-être même pas à te voir.

— Il te croira sur parole ? s'étonne-t-elle, sceptique.

— Bien entendu !

— OK, accepte-t-elle au bout de quelques secondes. Tu peux lui révéler que je me cache ici. Mais, s'il te plaît, dissuade-le de venir vérifier. Je n'ai pas spécialement envie de subir un interrogatoire mené par un policier. Je vais déjà devoir en préparer un pour mes fans, ça me suffit.

— Ne t'inquiète pas, j'en fais mon affaire, lui assuré-je en me levant pour rejoindre la porte.

Je colle mon oreille contre le battant pour vérifier qu'aucun voisin n'est dans les parages, je l'entrouvre avec précaution et salue rapidement les filles avant de mettre les voiles.

Je quitte le bâtiment et me dirige vers le mien d'un pas léger. Je suis soulagée de pouvoir révéler à Travis ce qu'il se trame ici.

Il me reste une heure pour cuisiner un repas pour nous deux ce soir. Ma mère m'a transmis une recette de poulet au four avec des pommes de terre épicées. Assez simple, selon ses dires. J'ai hâte de la tester. Au pire, si c'est raté, nous pourrons toujours passer une commande.

Alors que je suis en train de badigeonner cette pauvre bête de beurre, un coup est frappé à ma porte.

— J'arrive, m'écrié-je, en me dépêchant de me laver les mains.

J'ouvre et tombe nez à nez avec le Travis des premiers jours. Celui dont la ligne formée par sa bouche n'est qu'un trait droit, et dont les yeux sombres vous dissuadent de l'accoster.

— Qu'est-ce qu'il se passe ? lui demandé-je, affolée par son attitude.

33

TRAVIS MILLER

Avoir Ava en face de moi fait vaciller mes doutes. Ses grands yeux habituellement rieurs m'interrogent du regard, soucieux. Elle me connaît, elle a perçu mon changement d'humeur.

La partie de moi qui est encore éprise d'elle malgré ce que m'a rapporté Zane me supplie de croire qu'elle a pu éprouver de véritables sentiments pour moi malgré son association avec mon frère. Mais mon esprit cartésien prend le dessus et fait taire cet espoir naïf.

— Je sais tout, balancé-je finalement après avoir réfléchi à la meilleure manière d'aborder le sujet.

C'est une putain de bonne actrice, pensé-je en mon for intérieur en voyant l'expression qui s'affiche sur son visage.

Plus j'y pense, plus je me sens stupide de ne pas avoir accordé plus d'importance que ça au fait qu'elle n'ait pas identifié Zane sur les clichés de Rodriguez, alors qu'il venait régulièrement à sa boutique. Mon collège m'a pourtant montré les vidéos tirées des caméras de surveillance du quartier.

— Tu ne veux pas entrer et m'expliquer de quoi tu parles ?

Je ne devrais pas. Elle serait peut-être capable de profiter de mes sentiments pour m'embrouiller le cerveau afin de se sortir de cette situation. Je dois garder les idées claires et me comporter comme un policier qui mène une enquête.

— Je veux entendre de ta bouche pourquoi tu n'as pas été en mesure d'identifier le suspect du cambriolage de M. Warren alors que ce dernier venait très souvent ?

Elle joue avec ses doigts et baisse les yeux sur son parquet. Je siffle en sentant la haine grandir en moi. *Bordel, elle est bien dans le coup !*

— C'est un concours de circonstances, a-t-elle le culot de se défendre.

— Tu te fous de moi ? éructé-je en me passant les mains dans les cheveux pour me retenir de frapper dans un mur. Tu reconnais un client, tu le désignes, point. Fin de l'histoire. Sauf si tu ne m'as pas tout dit et que les choses sont plus compliquées que ça.

Elle semble choquée par le ton colérique avec lequel je m'adresse à elle et s'écarte un peu de moi pour prendre ses distances.

— Oui, c'est un peu plus compliqué que ça en a l'air.

Je secoue la tête de gauche à droite. J'ai du mal à assimiler qu'elle est bel et bien en train de confirmer les dires de Zane.

— C'était quoi le *deal* ? Qu'est-ce que tu avais à y gagner ? la questionné-je, car je n'ai toujours pas compris son intérêt dans l'histoire. Tu as fait ça juste pour du fric ?

— Attends, je ne te suis plus, là…

— Tu peux arrêter de jouer la comédie, Ava ! m'écrié-je.

— J'ai la désagréable sensation qu'il y a un quiproquo, souffle-t-elle, comme apeurée.

— Oh non ! Tout est clair, au contraire. Je me demande comment tu as pu faire ça à M. Warren et te regarder sans problème dans un miroir. Tu caches bien ton jeu.

— Je rêve ou tu es en train de me suspecter d'avoir une responsabilité dans ces cambriolages ? s'énerve-t-elle en haussant le ton. C'est ton collègue qui t'a monté la tête contre moi ?

— Il va témoigner contre toi. Donc à ta place, je chercherais un avocat et je réfléchirais à une bonne défense.

— Ton collègue va témoigner contre moi ? Je ne vois pas ce qu'il pourrait avoir à dire…

— Je ne parle pas de Rodriguez mais de mon frère ! assené-je d'un ton acerbe. Il a parlé, Ava, c'est terminé. Zane m'a révélé que tu étais sa complice et que tu lui indiquais les meilleurs jours pour faire la caisse des commerçants du quartier.

— Ton frère ? C'est lui le responsable ?

— Ne fais pas comme si tu ne le savais pas. Tu ne l'as pas identifié en espérant qu'on ne lui tomberait pas dessus.

— Si j'ai affirmé ne pas le reconnaître, ça n'a rien à voir avec ça ! s'offusque-t-elle.

— Donc tu admets que tu as volontairement menti à mon collègue ?

— Oui. Mais certainement pas parce que je suis la complice de ce type !

— Ah non ? raillé-je en grimaçant. Alors pourquoi, dans ce cas ?

— Parce que je pensais que c'était ton frère, justement.

Je ricane, mauvais. Je ne dois pas me laisser embrouiller.

— Tous les deux, vous avez pensé pouvoir vous servir de moi pour vous sortir de là en cas de problème, mais ça ne fonctionnera pas.

— Mais tu es sérieux ? Comment tu peux me penser capable de ça ? Jamais je n'aurais été d'accord pour saccager mon lieu de travail.

— Pas si tu comptais t'en aller avec l'argent que vous avez gagné.

— Tu t'entends un peu ? Ça n'a aucun sens !

— Vous aviez besoin de moi dans votre plan si ça foirait. Ça expliquerait pourquoi tu as autant insisté pour me faire baisser ma garde alors que je me montrais odieux avec toi.

Elle encaisse le coup avec difficulté. Des larmes lui montent aux yeux. J'y reste insensible car c'est ce qu'elle cherche : que je m'adoucisse pour mieux me la faire à l'envers. J'ai été con une fois, on ne m'y reprendra pas deux fois.

— Je ne sais pas quels sont tes liens avec ta famille puisque tu as toujours refusé d'aborder ce sujet avec moi, mais ils doivent être bien tordus pour que vous en arriviez à ce stade de méchanceté entre vous. Et si tu peux envisager ne serait-ce qu'une seconde que je me sois intéressée à toi pour une sordide histoire de cambriolages et d'argent, je ne veux même pas prendre la peine de me défendre. De toute évidence, tu as déjà choisi de croire ton frère.

Elle se dirige vers sa porte et l'ouvre en grand, le dos droit, sans m'accorder un regard.

— Sors de chez moi et ne reviens jamais. Tu avais raison depuis le départ, je n'aurais pas dû t'accorder toute cette attention, tu n'en valais pas la peine.

Je grogne tout en quittant son appartement. À peine ai-je un pied dehors qu'elle claque la porte dans un bruit sourd qui doit retentir jusqu'à l'étage de Matthew.

Je traverse le jardin commun d'un pas vif, sans un regard pour les voisins présents, puis je grimpe les étages jusqu'à mon appartement aussi vite et claque la porte aussi fort qu'Ava. Les premiers objets qui me tombent sous la main finissent au sol avec fracas.

J'intériorise un cri de rage pour ne pas rameuter mes voisins, inquiets. Je ne veux voir personne. Sauf peut-être Zane pour le frapper encore et encore jusqu'à ce que mon cœur soit vide de tous les instants que j'ai partagés avec Ava.

Elle a nié jusqu'au bout... Allant jusqu'à me virer de chez elle comme si c'était moi qui étais en tort. Son excuse pour ne pas avoir identifié Zane lors de son interrogatoire ne tient pas la route. Elle n'aurait rien dit parce qu'il s'agit de mon frère ? Et alors ? Comment pourrait-elle le savoir si elle n'est pas sa complice, d'abord ?

Je m'affale par terre dans mon couloir et me prends la tête entre les mains. Une pensée surgit tout à coup dans mon esprit embrouillé. Quel genre de relation les lie tous les deux ? Je vais gerber si j'apprends qu'ils ont été intimes. *Il faut que je sorte d'ici tout de suite sinon je vais tout casser.*

J'attrape mes papiers, mes clefs de voiture et je me tire de cette résidence.

34

AVA WALLER

Les yeux ouverts depuis plusieurs heures, j'observe le jour se lever à travers les rideaux de la chambre de June. Ma meilleure amie respire fort dans son sommeil. Ce son me berce depuis qu'elle s'est assoupie, pensant certainement que j'avais fini par sombrer.

Je renifle à intervalles réguliers. Chaque battement de mon cœur meurtri est douloureux. Je n'avais encore jamais été aussi triste de toute ma vie, et ça semble encore prendre de l'ampleur à mesure que les minutes s'écoulent. Je n'ose imaginer mon état dans deux jours ou la semaine prochaine.

Je comprends mieux le besoin qu'Amaia a eu de se protéger et de ne plus voir personne. Qu'elle se soit barricadée dans cet appartement, sans même voir la lumière du jour, ne me semble plus si extrême. Dommage qu'il ait fallu que j'en passe par là pour me montrer plus compréhensive.

Le visage fermé de Travis s'invite sous mes paupières dès que j'ai le malheur de les fermer. Quant à ses paroles, elles continuent à me blesser comme s'il venait à peine de les prononcer. Je ne comprends pas pourquoi son frère a pu prétendre que j'étais sa complice. Mais cela a-t-il réellement une importance ? Même en parvenant à trouver une explication cohérente et à la faire entendre à Travis, comment pourrais-je être avec un homme qui n'accorde pas de crédit à ce que je lui dis ?

J'ai tenté d'expliquer les choses à June, hier soir, lorsque j'ai débarqué chez elle en pleurs, mais j'ai eu bien du mal à décortiquer la situation.

— Tu as réussi à dormir un peu ? me chuchote-t-elle justement tout en attrapant ma main.

— Non, j'essaie encore de comprendre. Je crois que tant que je n'y parviendrai pas, je ne retrouverai pas le sommeil.

— Tout ce qu'il y a à comprendre, c'est que Travis est un gros con ! Point. Qu'il ait des soupçons en découvrant que tu as menti lors de ta déposition, c'est une chose. Après tout, il est flic et a besoin que tout soit carré. Mais il aurait dû te questionner, pas t'accuser directement.

— Et comment tu expliques que son frère me charge alors que je ne le connais même pas ? Travis m'a dit que Zane allait témoigner contre moi, mais je n'ai jamais vu son frère Zane. Celui qui venait au magasin, c'était Jack.

— Je ne sais pas, soupire-t-elle en réfléchissant.

Après quelques secondes, elle se redresse soudain dans le lit.

— Et si Jack et Zane étaient une seule et même personne ?

— Je ne te suis pas.

— On est d'accord que le type sur la photo que Rodriguez t'a montrée, c'était Jack, ton client ?

— Oui.

— Et Travis a bien dit que le mec qui a été arrêté pour les cambriolages c'était lui, puisque tu aurais dû le reconnaître ?

— Oui.

— Et que c'était son frère.

— Oui, confirmé-je encore.

— Si tu allais en repérage dans une boutique pour la cambrioler, est-ce que tu donnerais ta véritable identité ?

— Heu… Je ne me suis jamais posé la question jusque-là, mais sûrement pas, en effet. Ça laisserait des preuves pour me retrouver.

— Voilà. Donc, le responsable des cambriolages serait bien Zane, alias Jack. C'est soit ça, soit Travis a deux frères et aura confondu leurs prénoms. Mais ça ne lui ressemble pas, si ?

— Pas trop, en effet. Mais il était très en colère, il a pu se tromper…

Si je récapitule, Travis pense que j'ai caché la vérité pour protéger son frère, alors que je l'ai fait pour le préserver lui des conséquences que ça pouvait engendrer sur sa carrière. Et comme j'ai gardé pour moi le fait que je les avais surpris en pleine dispute et que j'en avais déduit leurs liens familiaux, il est persuadé que je trempe dans cette histoire de cambriolages…

— Qu'est-ce que je vais faire quand la police va venir m'arrêter ? demandé-je d'une voix apeurée. Cette histoire est tellement loufoque que personne ne me croira.

— Moi je te crois, me rassure June. Si jamais ça arrive, tu acceptes d'aller au poste, tu gardes le silence et tu m'appelles. Je ferai débarquer un avocat qui anéantira tous les mensonges de ce connard de Zane ou Jack, peu importe son prénom.

— J'ai peur que M. Warren me pense également coupable et qu'il me licencie, me confié-je en essuyant une larme sur ma joue.

— Je ne le connais pas très bien, mais vous avez noué un lien privilégié. Parle-lui et tu verras bien.

— Je ne suis pas sûre d'arriver à encaisser une nouvelle fois qu'une personne à laquelle je tiens m'imagine capable du pire pour de l'argent.

— Ceux qui le pensent ne méritent pas ton amitié et encore moins ton amour.

June ouvre grand ses bras pour que je me réfugie à l'intérieur de son étreinte. Je ne me fais pas prier et m'y glisse pour trouver un peu de réconfort et de courage. Il va m'en falloir pour sortir de ce lit, me préparer et aller travailler. Je crains de croiser Travis, même si je pense qu'il mettra tout en œuvre pour m'éviter.

Lorsque j'arrive à la boutique, M. Warren est plongé dans de la paperasse dans l'arrière-boutique. Il semble d'aussi bonne humeur que moi, si j'en crois ses traits tirés.

— Un problème, patron ? le questionné-je en allant déposer mon sac à main dans la réserve.

— La banque m'a informé que nous avions encaissé deux faux billets de vingt dollars.

Les yeux écarquillés, je me tourne vers lui. Nous n'avons jamais eu ce genre de problème jusqu'ici.

— Ils vont vous rembourser ?

— Bien sûr que non... Ils m'ont juste averti et recommandé d'être vigilant.

— Qui a le mauvais goût d'acheter des fleurs avec de la fausse monnaie ? C'est horrible de faire ça, peu importe l'achat, mais si c'est pour offrir ce qu'on a volé, je trouve ça encore plus affreux.

— Je vais acheter un de ces stylos pour détecter la fausse monnaie, m'informe-t-il. Il faudra que tu t'en serves pour vérifier chaque billet.

— Vous pouvez compter sur moi, lui assuré-je en nouant mon tablier autour de ma taille.

Le regard de M. Warren délaisse enfin sa paperasse pour rencontrer le mien. Il me remercie d'un signe de tête puis je vois son front se plisser.

— Qu'est-ce qu'il se passe pour que tu aies cet air si triste ? Si c'est pour ces quarante dollars, ce n'est pas la fin du monde, va !

Un léger sourire prend forme sur mon visage. Il me connaît bien. Je crois que June a raison et que je ne devrais pas trop m'en faire à son sujet. Mon patron saura démêler le vrai du faux. Il sait que je suis incapable de faire le moindre mal à qui que ce soit. Je l'espère de tout mon cœur, en tout cas.

— Vous êtes au courant que le responsable des cambriolages a été arrêté ?

— Oui… Enfin, les policiers m'ont averti qu'ils avaient pris quelqu'un en flagrant délit. Ils ne peuvent pas encore le relier aux autres effractions, mais ils sont convaincus qu'il en est le responsable.

— Il m'accuse d'être sa complice, lui annoncé-je sans tourner autour du pot.

— Quoi ? s'exclame-t-il en tombant des nues. Qu'est-ce que c'est que cette histoire, encore ?

— Il s'agit du frère de Travis Miller. Vous savez, le policier.

— Attends, c'était lui sur la fameuse photo que j'ai identifiée ?

— Oui. Et je dois vous avouer quelque chose, déclaré-je en n'en menant pas large. J'avais reconnu cet homme, moi aussi. Si je ne l'ai pas révélé à l'agent Rodriguez, c'est parce qu'avant ça, j'avais vu Travis se disputer avec ce client, et que j'avais compris que c'était son frère. J'ai eu peur pour lui. Je voulais juste lui en parler avant de dire la vérité pour qu'il ait le temps de se faire à l'idée et d'aller voir son chef pour lui assurer qu'il n'était au courant de rien.

Je ne l'embrouille pas avec les détails du prénom du coupable. Même moi, j'ai du mal à tout démêler.

— Tu as voulu protéger Travis… dit-il un petit sourire aux lèvres.

Je hoche la tête en grimaçant, pas fière de moi.

— Tes sentiments pour lui doivent être très forts pour que tu aies pris ce risque.

— Et ça se retourne contre moi aujourd'hui.

— Pourquoi ce type prétend que tu es sa complice ?

— Travis est toujours resté mystérieux au sujet de sa famille. Quand nous avons emménagé, c'est à peine s'il m'adressait la parole. Après, j'ai accepté qu'il n'aborde pas le sujet de son entourage. Il m'a expliqué qu'il m'avait repoussée jusque-là parce qu'il craignait que des personnes ne s'en prennent à moi pour l'atteindre. Je me suis dit que ça devait avoir un rapport avec son statut de policier, mais aujourd'hui je n'en suis plus si sûre. J'ai l'impression que le problème est plus personnel. Bref, j'espère que vous me croyez, vous, quand je dis que je n'ai rien à voir avec tous ces problèmes dans le quartier.

— Ma petite Ava, tu es la personne la plus pure que j'ai rencontré, souffle-t-il en posant ses mains sur les miennes. Jamais je ne pourrais te croire mêlée volontairement à quoi que ce soit d'aussi sordide.

— Merci beaucoup. C'est important pour moi, lui confié-je, soulagée, en retenant difficilement mes larmes.

— Et pour ce qui est du frère de Travis, il a dû apprendre que vous vous fréquentiez et a décidé de semer la zizanie entre vous avant de se retrouver derrière les barreaux.

Les deux frères ne semblaient effectivement pas en bons termes, mais de là à monter cette histoire de toutes pièces, il faut un sacré degré de haine.

— J'ai du mal à croire qu'on puisse vouloir nuire autant à un membre de sa famille.

— L'espèce humaine ne m'étonne plus, hélas… Elle est capable du meilleur comme du pire. Comment Travis a-t-il réagi ?

— Mal, lui confirmé-je, puisqu'il l'a déjà deviné à ma tête de zombie. Comme j'ai menti au départ, il croit que tout est vrai.

— Il finira par ouvrir les yeux et par comprendre son erreur…

— Ce n'est pas si simple, grincé-je des dents.

— Oh ! Je me doute, déclare-t-il en riant. Il devra ramer pour se faire pardonner, et tu sauras prendre la bonne décision pour toi le moment venu.

La sonnette de la porte d'entrée nous interrompt dans notre discussion. Je serre une dernière fois les mains de mon patron pour le remercier et le laisser s'éclipser vers l'accueil.

Je ne sais pas si Travis finira par se rendre compte de son erreur et s'il reviendra. Et s'il essaie, j'ignore si je serai en mesure de passer par-dessus le fait qu'il ne m'ait pas accordé une seule seconde le bénéfice du doute. S'il m'aimait avec la même intensité que moi je l'aime, il ne m'aurait pas accusée de la sorte.

35

TRAVIS MILLER

Soixante-douze heures à peine se sont écoulées depuis qu'Ava m'a foutu à la porte de son appartement. Trois jours que je n'ai aucune nouvelle d'elle. Pour être certain de ne pas la croiser, je ne suis même pas rentré à Palisades Park. J'ai traîné ici au central, à faire des heures supplémentaires et à dormir sur le lit pliable disponible dans notre vestiaire.

Plus aucun papier ne traîne sur mon bureau ni sur celui de Meryl. Tous nos rapports sont à jour. C'est bien la première fois que ça arrive. Ma coéquipière a bien tenté de comprendre ce qu'il se passait, mais elle a vite abandonné l'idée après que je lui ai aboyé dessus comme un pitbull enragé.

Sans surprise, mon frère est en attente de son transfert à la prison d'État. Mon père a fait appel à son avocat qui l'a déjà sorti de pas mal de mauvaises situations, mais Zane étant déjà connu des services de police et ayant été pris en flagrant délit, il ne fera pas de miracles.

Rodriguez s'est fait à la raison qu'il n'avouerait jamais être derrière les autres cambriolages et a classé l'affaire. C'est à la justice de faire son job, maintenant.

Ce qui me rend fou, c'est que mon frangin n'a toujours pas dit un mot à propos d'Ava à mes collègues. Pourtant, je n'ai absolument rien fait pour intervenir, contrairement à ce qu'il m'avait si courtoisement demandé. Forcément, dans ma tête, ça turbine. Pourquoi a-t-il gardé le silence ? Est-ce que, comme je le craignais, il est attaché à elle et ne souhaite pas l'enfoncer ? Il aurait simplement tenté sa chance en m'en parlant dans l'espoir fou que je lui vienne en aide.

Je revois le visage confus d'Ava lorsque j'ai débarqué chez elle en l'accusant. Se pourrait-il que mon frère ait menti ? Je ricane tout seul à cette pensée. Mentir, c'est sa seconde nature.

— Miller, beugle la voix de mon chef. Je ne veux pas vous voir un troisième soir de suite ici. Vous dégagez le plancher sur-le-champ.

Fait chier ! Je râle dans ma barbe en prenant mes affaires et sors rejoindre ma bagnole garée à quelques pas de là. Je roule sans destination précise en tête. Est-ce que j'aurais pu agir différemment ? Pourquoi a-t-il fallu que je me montre aussi froid avec Ava ?

Je me pose cette question inlassablement, bien que je connaisse en réalité la réponse. Mon père est un braqueur, ma sœur une pickpocket, mon frère un voyou et ma mère cautionne leurs agissements. Alors quand Zane m'a dit qu'Ava était mêlée à ses magouilles, j'y ai vu comme une sorte de malédiction. Je me suis senti condamné à être entouré de hors-la-loi. Comme si je ne pouvais pas être aimé par des personnes droites et honnêtes. Comme si l'ombre l'emporterait toujours sur la lumière. Lumière dont ma voisine irradiait depuis son arrivée dans ma vie.

Sans elle, je morfle. Et j'ai encore plus de mal à endurer cette douleur lancinante en pensant avoir été manipulé par mon frère. Et s'il m'avait menti dans le but de foutre en l'air ma relation ? Je ne sais pas comment il aurait appris que je fréquentais Ava, si ce n'est par elle. Mais c'est comme pour mon inscription à l'école de police, je n'ai pas eu besoin de le lui annoncer, il l'a su. Un de mes collègues est peut-être à sa botte et aura vendu la mèche après que j'ai emmené Ava au gymnase pour le cours de self-défense. Ou alors un des petits trafiquants de la jetée nous aura vus le soir où nous sommes tombés sur Kayla. Sans compter ma réaction le jour où il a été interrogé pour la première fois sur l'affaire des cambriolages…

Lorsque je tourne dans la rue qui m'a vu grandir, je me rends compte que mon subconscient m'a guidé jusque chez mes parents. Je me gare et choisis d'aller leur rendre visite. Je suis là, alors autant en profiter.

Je frappe à la porte et ne patiente que quelques secondes avant que mon père n'ouvre.

— Travis ? s'étonne-t-il en me découvrant sur le seuil.

— Je dérange, peut-être.

— Ne dis pas n'importe quoi. Entre.

Je pénètre à l'intérieur tandis qu'il referme derrière moi avant d'appeler ma mère, occupée en cuisine. Elle apparaît aussitôt et me prend dans ses bras.

— Ça me fait plaisir de te voir, m'accueille-t-elle avant de me détailler. Même si tu as une sale tête.

Je force un sourire pour tenter de la rassurer, mais je ne dois pas être convaincant si j'en crois son front plissé et ses sourcils froncés.

— Va t'installer au salon, je nous apporte des bières et quelques trucs à grignoter.

J'obéis à mon père et me pose sur le canapé face à la télévision, où tourne une émission sur des chercheurs d'or en Australie.

Lorsqu'il revient, il me tend une bouteille en verre. Ce dont je le remercie d'un signe de tête sans desserrer la mâchoire. *Je ne sais même pas ce que je fous ici, bordel.*

Mon paternel coupe le son de l'émission et reporte toute son attention sur moi.

— J'imagine que ce n'est pas l'incarcération de ton frère qui te met dans cet état, me lance-t-il après avoir descendu deux bonnes gorgées de sa boisson alcoolisée.

J'émets un rire grotesque.

— Tu vois, je te connais tout de même un peu, malgré ce que tu penses, ajoute-t-il sur le ton de la plaisanterie pour détendre l'atmosphère.

— Ce n'est pas un secret que Zane et moi on se déteste. C'est comme ça depuis qu'on est mioches, donc ne t'envoie pas trop de fleurs, le charrié-je en retour. Et sans vouloir te manquer de respect, tu ne connais absolument rien de l'homme que je suis devenu.

— Tu te trompes, rétorque-t-il en braquant ses yeux dans les miens. Il n'y a rien que j'ignore au sujet de mes enfants. Rien, tu m'entends.

Mon cerveau met quelques secondes à enregistrer ses propos et à les interpréter.

— Pourquoi j'ai tout à coup l'impression que tu sais déjà ce que je cherche à t'annoncer de la meilleure manière depuis ta sortie ? m'insurgé-je à l'idée d'avoir été pris pour un con depuis quelques semaines.

— Tu penses qu'il suffit de quelques barreaux pour m'empêcher de savoir ce que vous faites ?

— C'est maman qui t'a vendu la mèche ?

— Elle ne ferait jamais ça ! se récrie-t-il. Tu devrais le savoir. Pour elle, un secret est un secret.

Au fond, peu importe la manière dont il l'a appris. Je me fais un sang d'encre depuis mon entrée à l'école de police. D'abord parce que je n'étais pas honnête avec lui, puis à l'idée qu'il me raye de sa vie en l'apprenant. Tout ça pour rien puisqu'il était déjà au courant.

— Je ne te demande pas ton approbation, affirmé-je tout de suite en soutenant son regard pour que les choses soient bien claires. Je fais ce que je veux de ma vie.

— Ta mère avait raison, tu es celui qui m'en veut le plus, dit-il pour lui-même en se détournant.

— Est-ce surprenant ? Je n'étais même pas encore un adolescent quand tu es tombé pour cet énième braquage. Je suis devenu un homme sans toi et je n'ai pas besoin de toi aujourd'hui. Savoir ce que je fais de ma vie ne signifie pas que tu me connaisses. Tu te vantes de ne rien ignorer, mais c'est faux. En réalité, tu ignores tout. Mes goûts, les personnes importantes dans ma vie...

— C'est pour ça que je veux passer du temps avec toi, Travis.

— Pour me connaître ? sifflé-je entre mes dents. Même en sachant comment je gagne ma vie ?

— Prononce le mot, vas-y, s'emporte-t-il.

Le rire amer qui m'échappe ressemble à un grognement.

— Je suis officier de police et chaque fois que je passe mon uniforme, je suis convaincu d'avoir trouvé ma voie. Je compte bien gravir les échelons petit à petit. Je veux protéger les habitants de cette ville, aider à ma mesure ceux qui peuvent encore être remis dans le droit chemin et participer à mettre en prison ceux qui ne retiennent pas la leçon. Si tu as le moindre problème avec ça, nous ne pourrons avoir aucune relation toi et moi.

J'aimerais ne pas sentir mon cœur battre aussi vite à l'idée qu'il me foute à la porte. J'ai la frousse, oui. Peur de décevoir mon père même si je sais que j'ai fait le bon choix. Peur que nous ne formions plus une famille, aussi bancale soit-elle. Peur de me retrouver seul.

— Tu devais avoir cinq ou six ans la première fois que tu m'as reproché mes activités, se souvient-il, les yeux dans le vague. J'avais manqué le spectacle de ton école parce que j'avais été mis en garde à vue. Tu étais déçu et triste. Je ne t'ai pas menti, ce jour-là. Je t'ai dit que j'avais fait une bêtise et que la police m'avait puni. Tu m'as demandé de ne plus jamais recommencer, comme lorsque je t'interdisais de te battre avec ton frère. Et je t'ai répondu que je ferais mon possible.

Je ricane, un peu mauvais, à l'évocation de ce souvenir que j'avais oublié, mais dont je me rappelle maintenant.

— Durant toutes ces années, tu t'es accommodé de mon choix de carrière, si je peux dire ça comme ça, alors il serait mal placé de ma part de juger le tien. Je ne nie pas que la nouvelle m'a contrarié, et je ne peux pas vraiment affirmer que je comprenne ton choix. Mais je crois que c'est à mon tour aujourd'hui de faire preuve de tolérance et de m'adapter à la situation, comme tu l'as toujours fait pour moi.

Je tremble un peu en l'entendant prononcer ces phrases. Je ne pensais pas qu'il pourrait digérer le fait que je me sois engagé dans la police. Encore moins aussi facilement.

— Et puis ta mère m'émasculerait si, après dix ans d'absence, j'osais remettre quoi que ce soit en question.

Il rit un peu pour détendre l'atmosphère avant de m'attraper par le bras pour me serrer contre lui. Une accolade tout ce qu'il y a de plus virile, avec quelques coups dans le dos. Je me retiens *in extremis* de verser une putain de larme.

Tout à coup, Kayla dévale l'escalier.

— Je savais bien que j'avais entendu ta voix ! se réjouit-elle en nous rejoignant au salon et en s'empiffrant aussitôt de cacahuètes. Merde, c'est quoi cette tête d'enterrement ?

Je lui réponds par mon regard sombre. Celui qui calme n'importe quelle petite frappe que j'arrête.

— Ta nana t'a laissé tomber ou quoi ? blague-t-elle avant de se rendre compte qu'elle a visé juste et de se mordre les lèvres.

— Tu as une copine ? s'exclame ma mère qui arrive, les bras chargés de club-sandwichs.

— On peut parler d'autre chose ? m'agacé-je.

— Pas si c'est à cause d'elle que tu es dans cet état lamentable, surenchérit mon père.

— C'est la faute de Zane, craché-je, hors de moi, maintenant que je suis au pied du mur.

— Qu'est-ce que ton frère a à voir avec ta petite amie ? me demande ma mère en prenant place à mes côtés.

Je pèse le pour et le contre avant de leur raconter toute l'histoire. Après tout, ils auront peut-être une autre vision de l'affaire et pourront m'aider à y voir plus clair.

— Zane a été arrêté pour le cambriolage d'un magasin de donuts, mais on le soupçonne d'être le responsable de plusieurs autres dans le coin.

Kayla se tend, puis elle comprend que notre père et moi avons enfin eu cette conversation que tous attendaient à propos de mon métier. Ma mère secoue la tête en m'écoutant. Je sais qu'elle souffre de voir l'un de ses fils enfermé alors que nous venons à peine de tous nous retrouver.

— Il aurait aussi fait le coup chez un fleuriste, continué-je mes explications.

— Celui où travaille la fille avec laquelle je t'ai vu ? lance Kayla.

— Oui, lui confirmé-je. Lorsqu'elle a été interrogée par mon collègue chargé de l'affaire et qu'il lui a montré des photos de suspects, dont celle de Zane, elle a affirmé ne reconnaître personne. Or, quelques jours plus tard, son patron l'a bel et bien identifié comme étant un client régulier.

— Ça arrive à tout le monde d'oublier un visage, argumente mon père qui a l'habitude de devoir faire des pirouettes pour se sortir de situations compliquées.

— J'ai pensé comme toi et je ne me suis pas attardé sur ce point. Pourtant, aujourd'hui, Zane affirme qu'elle était sa complice et qu'ils se sont servis de moi dans l'espoir de m'attendrir s'ils se faisaient choper.

— Attends, m'interrompt ma sœur. Tu es en train de nous dire que cette fille t'aurait fait un numéro de charme pour ne pas plonger si jamais ils se faisaient arrêter. Et que Zane serait derrière tout ça ?

— C'est ce qu'il m'a dit, confirmé-je, un brin agacé qu'elle retourne le couteau dans la plaie.

— C'est complètement idiot ! s'exclame-t-elle, presque en riant.

— J'en suis désolé pour ton frère, mais il n'est pas assez malin pour avoir monté un coup pareil. Il ne pense pas aussi loin, ajoute mon père.

— Pourtant, quand j'ai confronté Ava, elle m'a avoué qu'elle avait menti lors de l'interrogatoire et qu'elle avait bien reconnu Zane sur les photos.

Je m'accroche à cette incohérence pour ne pas admettre que j'ai eu tort de l'accuser. Sinon, j'aurai tout foutu en l'air pour rien. Et ça, c'est au-dessus de mes forces de l'envisager.

— Et pourquoi a-t-elle fait ça ? me questionne mon père.

— J'en sais rien, réponds-je en haussant les épaules. J'étais tellement en colère que je ne l'ai pas vraiment laissée s'expliquer. Mais sauf si elle a effectivement un lien avec Zane, elle ne pouvait pas savoir que nous étions de la même famille. Et puis, s'il ne la connaît pas, quel était son but à la mêler à cette histoire ?

— S'il a appris que vous étiez ensemble, il s'est peut-être dit que tu serais prêt à tout pour elle. Y compris à le sortir d'affaire, observe ma mère.

— Ça serait vraiment mal connaître Travis ! On sait tous que tu es droit et que tu ne magouillerais jamais les preuves pour qui que ce soit. Tu serais capable d'attendre des années qu'elle sorte pour la retrouver, en revanche, me charrie ma sœur, ce qui ne me fait pas rire.

— Pourquoi le prétendre, alors ?

— Pour vous séparer, déclare Kayla d'une petite voix. Il a toujours été jaloux de ta réussite et voilà que tu trouves l'amour quand lui se fait prendre pour vol.

— Il me hait donc à ce point ?

Personne ne répond, ce qui est peut-être encore pire. *Oui, il me hait donc à ce point !*

— Zane est encore au poste ? me demande mon père, qui a de toute évidence une idée derrière la tête.

— Ouais, il attend son transfert.

— Tu crois qu'il serait possible d'aller lui parler ?

— Je n'ai aucune envie de le voir, et encore moins de lui adresser la parole.

— Tu as besoin de réponses claires et il n'y a que lui qui puisse te les fournir.

— Tu te trompes si tu penses qu'il va s'expliquer. Il s'est donné un malin plaisir à monter ce plan foireux, il ne va pas me ménager alors que ça a fonctionné.

— Laisse-moi lui parler, je saurai trouver les mots, insiste-t-il.

Ma mère et ma sœur m'observent, espérant que j'accède à sa demande. Si nous nous rendons au commissariat, il va falloir la jouer fine pour parvenir à s'entretenir avec Zane discrètement. Un coup d'œil à ma montre m'indique qu'il est déjà tard. Il est fort possible que le chef ne soit plus là. C'est jouable.

— On n'aura pas beaucoup de temps, préviens-je mon père.

Il se lève aussitôt pour enfiler sa veste et ses chaussures. Kayla et ma mère semblent soulagées que j'aie accepté. Ma mère me serre dans ses bras après que je me suis levé pour partir, et ma sœur m'envoie un clin d'œil.

Une fois au poste, nous trouvons le hall d'entrée désert, si ce n'est l'officier qui tient l'accueil. Par chance, il s'agit d'un collègue de promotion avec lequel le courant est toujours bien passé. Nous nous croisons rarement car nous sommes souvent en contre-équipe, mais quand c'est le cas, nous nous entendons vraiment bien.

— Salut Dean, ça va ?

— Hey, Travis ! Ça fait plaisir de te voir. Qu'est-ce qui t'amène au milieu de la nuit ?

— Un petit litige familial à régler, lui avoué-je franchement.

— Je vois, me répond-il en décalant son regard sur mon père. Est-ce que je dois m'inquiéter d'avoir des problèmes si je vous laisse régler vos différends ?

— Aucun, on vient juste pour parler.

Il hoche la tête et me fait signe qu'il n'y voit rien à redire.

Je ne perds pas plus de temps et me dirige vers les cellules, mon père sur mes talons. Nous n'accordons aucune attention aux deux autres détenus présents et filons jusqu'au box de Zane.

Lorsqu'il nous voit, il se fige pendant de longues secondes avant de secouer la tête, un sourire arrogant sur les lèvres.

— Le père et son fils prodige, quelle surprise ! Vous venez m'aider à m'évader ?

— Tu peux ouvrir la porte ? me demande mon paternel.

— Non, refusé-je. Je n'ai aucune confiance en lui.

— Alors, tu es au courant ? s'exclame mon frère en regardant mon père.

Il a compris que celui-ci est au courant de mon métier de policier.

— Je l'ai toujours su, lui répond-il d'une voix calme.

— Et quoi ? Tu ne vas pas me dire que tu t'en fous ?

— Vous êtes mes fils, Zane ! Peu importe ce que vous faites de votre vie.

— C'est une blague ? s'écrie-t-il derrière les vitres sales qui le retiennent prisonnier. J'ai toujours tout fait pour être digne de ton nom, même si tu n'as jamais daigné m'impliquer dans tes coups ou me mettre en relation avec tes contacts pour me permettre de gravir les échelons. Et maintenant, tu tolères qu'il soit un putain de flic ! Travis a toujours été ton préféré, et ça dès sa naissance.

— C'est faux ! le corrige notre père. Je vous aime tous de la même manière. Quand Kayla est venue au monde, tu as tout de suite endossé un rôle de grand frère protecteur, mais avec Travis, ça a toujours été plus compliqué. J'ai été pas mal absent après sa naissance, et tu t'es certainement mis en tête que c'était la faute de ton frère. Avec le temps, ça s'est transformé en rivalité. Mais il faut que ça cesse. Je refuse que mes deux fils se haïssent, c'est clair ?

Nous ne répondons rien, un peu intimidés par le ton qu'il emploie. Avec sa voix autoritaire, j'ai un peu la sensation d'être un gamin qui se fait engueuler. Le regard de mon aîné balaie le sol et il semble partager le même sentiment.

— Zane, si je ne t'ai jamais rencardé, c'est parce que je ne te souhaite pas cette vie-là, lui confie-t-il. Je viens de perdre dix ans de ma vie. Dix putains d'années loin de ma femme et de mes gamins ! Tu crois que c'est ce que je désire pour vous ? Il est encore temps pour toi de choisir une autre voie.

— Et de devenir policier ? ricane-t-il.

— Ce n'est pas ce que j'ai dit. Tu peux opter pour ce que tu veux, je serai là pour toi, comme je le suis pour Travis et Kayla. Quand tu seras transféré, tu auras la possibilité de suivre des formations. Réfléchis à préparer ta sortie. Je refuse que tu continues à commettre des cambriolages parce que tu penses que c'est ce qui me rend fier de toi. Je n'ai jamais aspiré à ce que tu suives mes traces.

Un long silence s'installe, chacun se perdant dans ses pensées. Je n'avais pas compris à quel point mon frère souffrait de sa relation avec notre père. Nous avons partagé cette même douleur sans que cela nous rapproche. Au contraire. On a gâché notre fraternité à se concentrer sur nos différences au lieu d'approfondir ce qui pouvait nous réunir.

— Et vous êtes venus juste pour me dire ça ? finit par nous demander Zane.

Mon père incline son visage dans ma direction pour m'inciter à prendre la parole. Je n'ai pas envie de faire plaisir à mon frère en l'interrogeant à nouveau à propos d'Ava, mais je vais devenir fou si je n'obtiens pas mes réponses.

— La dernière fois, tu m'as dit que la fleuriste de chez M. Warren était ta complice, lui rappelé-je. Pourtant, tu n'en as pas parlé à mon collègue.

— Et tu te demandes pourquoi ? Tu as toujours été un gentil garçon sans problème. À l'adolescence, je t'en ai voulu de mener ta petite vie tranquille en étudiant peinard pendant que je me démenais pour me faire une place parmi les caïds du coin pour assurer la relève de papa. Et puis tu t'es engagé dans la police, comme pour me pourrir la vie jusqu'au bout. Quand je t'ai vu sur la jetée avec la petite nana de la boutique de fleurs, tout sourire, à vous rouler des pelles, j'ai vrillé. Tu avais tout : un appart dans une résidence de bourges, un boulot qui te passionne, une petite amie canon. Et moi je trimais pour tirer des caisses dans lesquelles il n'y avait même pas cinq cents dollars.

— Donc Ava n'a rien à voir dans cette histoire ? lui demandé-je confirmation parce que j'ai besoin qu'il l'avoue à voix haute.

— Rien. Je ne la connais même pas. Je n'ai fait que passer à sa boutique pour repérer les lieux et glaner quelques informations sur les soirs où elle fermait toute seule, ce qui supposait que la recette du jour n'était pas déposée à la banque par son patron.

— Elle sait pourtant que tu es mon frère…

— Là-dessus, je n'ai pas d'explication. Tu n'as qu'à lui demander. Mais elle a pu l'apprendre par hasard.

Il me devient difficile de me voiler la face. Zane m'a tendu un piège en accusant ma voisine et j'ai sauté dedans les pieds joints.

La porte du couloir menant aux cellules s'ouvre sur Dean.

— Mec, je suis désolé, mais va falloir y aller si tu ne veux pas que quelqu'un d'autre que moi soit au courant de votre passage.

J'acquiesce tandis qu'il referme la porte.

— J'ai déjà prévenu des connaissances de ton arrivée à la prison d'État. On viendra te voir dès que possible, lui garantit mon père en m'incluant probablement dans l'équation.

Je ne confirme pas. Là tout de suite, je ne pense qu'à Ava que j'ai accusée sans lui laisser le bénéfice du doute.

Nous quittons mon frère, sans un dernier regard, pour ma part. Je reconduis mon père jusqu'à la maison familiale dans le même silence qu'à l'aller. Je lui promets simplement de l'appeler dès demain pour discuter de tout ça.

De retour à Palisades Park, je me fiche bien de l'heure qu'il est et fonce frapper à la porte de June. Je pourrais aller poser la question qui me brûle les lèvres directement à Ava, mais je sais qu'elle m'enverra chier. Je ne suis pas certain d'avoir plus de succès auprès de sa meilleure amie, cela dit.

La journaliste ouvre la porte, le sourire aux lèvres, avant de le perdre aussitôt qu'elle m'aperçoit.

— T'es plutôt gonflé de rappliquer ici, m'assène-t-elle d'entrée de jeu.

— Je me doute que tu n'as aucune envie de me parler.

— Déjà en temps normal, tu n'es pas mon interlocuteur préféré, alors je te laisse imaginer maintenant que tu as brisé le cœur de ma meilleure amie.

— Accorde-moi juste deux minutes. Ensuite, je te ficherai la paix.

— Tu as trente secondes.

Elle est coriace !

— Vingt-cinq, compte-t-elle en voyant que je ne réagis pas.

— Ava m'a dit que lorsqu'elle a été interrogée par la police, elle savait déjà que l'homme sur la photo était mon frère. Or, c'est impossible.

— Je t'arrête tout de suite, m'interrompt-elle. C'est trop tard pour les explications.

— S'il te plaît June, la supplié-je.

— Elle vous a vus, espèce d'imbécile ! me crie-t-elle dessus. Un soir en rentrant de la boutique, vous étiez en train de vous engueuler à l'entrée de la résidence et vous parliez de votre père, elle en a déduit que c'était ton frère. Si elle n'a pas parlé à ton collègue, c'est parce qu'elle avait peur que tu te retrouves au milieu d'emmerdes. Elle risque de sacrés ennuis pour te protéger et voilà comment tu la remercies…

Je me souviens de cette confrontation devant le portail de Palisades Park. Le même soir, j'ai été particulièrement odieux avec elle. Je chancelle en remettant toutes les pièces du puzzle à leur place. J'ai merdé dans les grandes largeurs.

June ne s'apitoie pas sur mon sort, elle me claque la porte de son appartement au nez sans un mot de plus.

Je ne vois même pas comment je pourrais m'excuser auprès d'Ava après ça et lui demander de me pardonner. Je l'ai accusée d'être complice de cambriolages, d'avoir été l'instigatrice du saccage du magasin de M. Warren, d'être vénale et manipulatrice. Alors qu'elle n'est que douceur, gentillesse et qu'elle ne pense qu'à faire le bien autour d'elle.

Je me sens terriblement stupide. Et seul. Il n'y a qu'elle qui pourrait atténuer la douleur que je ressens lorsque je suis loin d'elle et me rendre heureux de nouveau. Parce que je l'aime. Même durant les heures les plus sombres, où j'ai imaginé le pire, je l'ai toujours aimée. Et ne dit-on pas que l'amour est plus fort que tout ? Il va falloir que je trouve un moyen de vérifier cette théorie si je ne veux pas devenir fou.

36

AVA WALLER

Pourquoi, lorsqu'une personne vous déçoit et vous pulvérise le cœur, ce dernier continue à battre pour lui ? Pourquoi mon esprit ne cesse-t-il de penser à Travis alors qu'il m'a imaginée capable d'horreurs ? J'ai beau le détester de me croire la complice de son frère, une part de moi l'aime encore. Celle qui se montre compréhensive admet qu'il a commis une erreur et espère qu'il finira par s'en rendre compte, comme le supposait M. Warren en début de semaine. Mais force est de constater que sept jours se sont écoulés depuis son esclandre et qu'il n'a pas repointé le bout de son nez pour s'excuser.

J'ai vécu ces derniers jours avec une boule au ventre à l'idée que la police vienne m'arrêter. Mon patron en a finalement eu assez de mes angoisses et a appelé l'agent Rodriguez pour savoir où en était l'affaire. Nous avons ainsi appris que le frère de Travis est en prison et qu'il n'a aucunement fait mention d'un ou d'une complice. J'étais aussi soulagée que confuse. À quoi riment les allégations de Zane, alias Jack, s'il ne va pas jusqu'au bout de sa démarche ? Non pas que j'avais envie qu'il le fasse, mais il a brisé mon histoire avec Travis, tout de même. C'était peut-être le but recherché. Après tout, je ne sais rien de la famille de mon voisin. Il m'avait dit craindre que l'on ne me blesse pour l'atteindre lui, c'est réussi. Au moins pour la première partie.

Lorsque la cloche signalant l'arrivée d'un client retentit, je me recompose un visage. J'ai du mal à être souriante alors qu'à l'intérieur de moi tout est éteint.

— Bonjour.

Tous mes muscles se tendent en entendant résonner sa voix dans la boutique. Elle a cette octave douce et chaude qui me donne envie de me réfugier au creux de ses bras musclés. Et j'en aurais besoin à cet instant, de ce réconfort, mais je dois garder à l'esprit que c'est justement sa faute si je suis dans cet état.

M. Warren s'est absenté, sinon je l'aurais appelé pour qu'il le serve. *Il est gonflé de rappliquer ici !* Il y a plusieurs autres fleuristes chez qui il aurait très bien pu aller.

— En sortant de la boutique, tu longes la rue jusqu'au magasin de chaussures, prononcé-je sans le regarder et en torturant les pauvres pivoines dont je m'occupais avant son arrivée. Tu tournes à droite et, moins de cent mètres plus loin, tu tomberas sur un fleuriste. C'est le meilleur, après M. Warren, bien entendu. Tu noteras que je suis sympa parce que je pourrais t'envoyer dans la pire jardinerie du secteur. Tu l'aurais bien mérité.

Il ose émettre ce petit rire que j'étais si fière de lui arracher à nos débuts. Celui que je chérissais qui me faisait espérer finir par le séduire et lui faire prendre conscience que nous étions faits l'un pour l'autre.

Je coupe sèchement les tiges des fleurs à l'aide de mon sécateur en me rappelant tout ce que j'ai accompli pour parvenir à lui faire baisser ses barrières. Tout ça pour quoi ? M'en prendre plein la poire !

— Je ne viens pas pour acheter un bouquet, déclare-t-il en comprenant que je ne compte pas croiser son regard.

— M. Warren vient de partir chez un fournisseur, il faudra donc que tu reviennes. Si tu pouvais passer entre 15 heures et 16 heures, ça m'arrangerait. Je prends ma pause à ce moment-là.

Malgré moi, je lève un peu les yeux pour découvrir sa réaction. Une légère barbe orne ses joues. Je me flagelle d'avoir envie d'y passer la main.

— Pour ce que je viens chercher, j'ai besoin de toi.

Il a dit ça tout en s'approchant du comptoir et en se baissant un peu pour m'empêcher de le fuir encore. Je carre les épaules et me redresse pour l'affronter. *Je peux le faire !* Je ne me suis pas laissée impressionner en débarquant ici alors que je ne connaissais pas grand-chose à la vie dans une grande ville, ce n'est donc pas avec un mec que ça va commencer. Quand bien même Travis est *le* mec.

— Oh ! Tu es venu pour prendre la gifle que j'aurais dû te mettre lundi quand tu as affirmé que je mentais en prétendant ne pas connaître ton putain de frère ? craché-je en croisant les bras sur ma poitrine.

Il grimace et se passe une main sur le visage. Que croyait-il ? Que j'allais le recevoir la bouche en cœur ?

— Je suis venu pour te commander un attrape-rêves.

Quoi ? Ce n'est pas possible, il a décidé de vérifier jusqu'à quel point il pouvait me mettre en colère avant que je lui balance des vases à la tête.

— Pardon ? Tu te fous de moi ?

— Non, je suis très sérieux, affirme-t-il dans un demi-sourire.

Je pose mon sécateur avant de faire une bêtise, contourne le comptoir et décroche le premier attrape-rêves qui me tombe sous la main. Sous le coup de la rage qui grimpe en moi, je manque de le casser. Il ose venir ici l'air de rien, acheter de la décoration fabriquée de mes mains. *Quel toupet !*

— Il ne va pas convenir, se permet-il de jouer les pointilleux.

Comprenant que je suis sur le point de lui sauter à la gorge, il ajoute :

— Il est beau, ce n'est pas le problème, mais j'en ai besoin d'un beaucoup plus grand. Beaucoup beaucoup plus grand. Du genre gigantesque.

À quoi joue-t-il ?

— Et il lui faudra de nombreuses plumes et perles, continue-t-il en ignorant mon air ahuri. Ne lésine pas non plus sur les rubans.

— Tu as aussi une putain d'exigence pour les couleurs, peut-être ? lancé-je avec l'envie de lui passer un cerceau autour du cou pour l'étrangler avec.

Je lui dirais bien de mettre ses plumes et ses perles où je pense, mais je reste bouche bée face à son regard charmeur. *Le culot selon Travis Miller.*

— Tu peux te lâcher niveau teintes. Je veux le plus fabuleux des attrape-rêves que tu sois capable de créer. J'en ai besoin parce que j'ai un rêve complètement fou et que je veux mettre toutes les chances de mon côté pour le réaliser.

Il a conclu ses derniers mots de façon que je l'interroge sur ce fameux rêve, mais il va être déçu. Je me fais violence pour ne pas me montrer curieuse. Je prends le carnet de commandes à portée de ma main et note les détails qu'il vient de me mentionner.

— Tu ne vas pas me demander quel est mon rêve ? finit-il par abdiquer.

— Non. Tout ce qui te concerne ne m'intéresse plus.

— OK, dit-il en prenant le temps d'encaisser le coup. Alors il va falloir que tu voies encore plus grand pour la dimension parce que ce rêve te concerne. Je voudrais pouvoir revenir sur la soirée de lundi et la rejouer de façon différente. Je ne t'accuserais pas de la sorte et je t'écouterais pour comprendre les raisons qui t'ont poussée à mentir à mon collègue, car j'aurais dû savoir qu'elles étaient nobles.

Je tressaille en l'entendant reconnaître son erreur. *Alors il a fini par réaliser…* Il vient ici dans l'idée de faire amende honorable, mais il va lui falloir beaucoup plus que quelques bouts de tissu et breloques pour me faire oublier le mal qu'il m'a causé.

J'arrache la page du carnet de commandes et la froisse en boule avant de la jeter à la poubelle.

— Désolée, mais aucun attrape-rêves que je puisse fabriquer ne pourra t'aider pour ça, assené-je, implacable.

Et cet imbécile me répond par un sourire carnassier. Qu'est-ce qu'il n'a pas compris ? Le message n'est pas assez clair ?

— Je comprends, me répond-il, conciliant. Je vais devoir trouver autre chose, alors.

— Tu sais, il y a des situations désespérées auxquelles il est inutile de s'accrocher.

— Ne t'inquiète pas pour moi, je sais choisir mes batailles. Et celle-ci, je suis prêt à tout pour la remporter.

Il me balance un clin d'œil avant de mettre les voiles, me laissant perplexe. Que vient-il de se passer, exactement ? Il ne s'est pas excusé, mais il aimerait revenir en arrière. Hélas, dans la vie, ce n'est pas possible. Il faut assumer ses actes et ses paroles. Il va d'abord falloir qu'il comprenne ça avant de pouvoir espérer me reconquérir.

37

TRAVIS MILLER

— Rien. Pas même un message ! informé-je Meryl alors que nous patrouillons le long de la jetée. Je pensais que le bouquet géant que j'ai fait confectionner par M. Warren la ferait réagir.

— Parce que tu lui as fait livrer pile une semaine jour pour jour après l'avoir traitée de voleuse ?

On peut toujours compter sur ma coéquipière pour appuyer là où ça fait mal.

— Tu n'as pas besoin de me rappeler ce que j'ai dit, je m'en souviens très bien, grogné-je.

— T'es sûr ? me demande-t-elle tout à fait sérieuse. Non parce que j'ai cru que tu pensais t'en sortir avec un simple compliment sur ses créations et des roses.

— Dis comme ça, c'est sûr, ça a l'air naze... Mais qu'est-ce que je suis censé faire ? Aide-moi, au lieu de m'enfoncer.

— Je ne la connais pas, comment veux-tu que je sache si tu as une chance de te racheter ? Tu t'es déjà posé cette question, au moins, avant de te mettre en tête de la reconquérir à tout prix ?

— Je ne peux pas envisager que ce soit impossible.

— Franchement, tu mérites d'être malmené pour avoir été aussi con avec elle, me balance-t-elle en me souriant d'un air effronté.

Je la foudroie du regard, mais elle ne s'y méprend pas. Elle sait que je l'apprécie aussi parce qu'elle me dit mes quatre vérités sans détour.

Nous continuons notre ronde en silence, avant que je reprenne :

— Et si je parlais à sa meilleure amie ?

— La journaliste ?

— Oui.

— Vu ce que tu m'as raconté de la dernière fois que tu as débarqué chez elle, garde ton gilet pare-balles quand tu iras.

— Sage conseil. J'emmènerai Derek avec moi comme bouclier. Avec lui, je ne risque rien, plaisanté-je.

***

— Mec, c'est mort ! me lance le plus courageux de mes potes. June t'a dans le collimateur, j'ai déjà dû la dissuader de venir frapper chez toi pour te dire tout le bien qu'elle pense de toi après avoir retrouvé sa meilleure amie en pleurs sur le pas de sa porte. Je n'ai pas fourni tous ces efforts pour que tu te jettes dans la gueule du loup.

Matthew se marre avant d'avaler une gorgée de bière.

En rentrant de ma journée de boulot, j'ai convoqué les mecs chez moi. Ils étaient tellement surpris qu'ils m'ont appelé pour être certains que personne ne m'avait volé mon téléphone. *Quels enfoirés, ces deux-là !*

— Li ne t'appréciait déjà qu'à moitié, ajoute Matthew pour m'assener le coup de grâce, elle ne lèvera pas le petit doigt pour toi, sauf si c'est pour te l'enfoncer dans l'œil.

Ils pouffent tous les deux comme les gros lourdingues qu'ils sont.

— Les mecs, j'ai besoin de vous, là ! grogné-je.

— Quoi ? fait mine de ne pas avoir bien entendu Derek. Tu peux répéter ? J'ai cru entendre que tu avais besoin d'aide. Je dois me tromper, ce n'est pas possible.

Matthew ne se gêne pas non plus pour me charrier. J'aurais pu prévoir qu'ils allaient profiter de la situation.

— On te l'avait bien dit que tu finirais comme nous un jour, en te sentant con parce que tu as merdé aussi vite qu'elle t'a charmé, sans même que tu t'en aperçoives.

— Oui, bon, ça va ! Est-ce que je me suis foutu de votre gueule, moi ?

Les deux hommes se regardent avant de reporter leur attention sur moi.

— Avant de nous prodiguer tes conseils, ouais, carrément !

— OK, alors maintenant que vous vous êtes bien foutus de ma gueule, on peut passer à la seconde étape ? demandé-je, un poil énervé, bien que je l'aie mérité.

Matthew dégaine son téléphone et pianote dessus avant de le porter à son oreille.

— Ouais, bébé. Je vais avoir besoin de toi chez Travis, s'il te plaît... Et amène June avec toi.

Il secoue la tête, le sourire aux lèvres, tandis que Li l'envoie bouler à l'autre bout du fil. Inutile de mettre le haut-parleur, son « jamais de la vie » est audible sans ça.

— Je te promets que si tu viens, je te dirai où j'ai caché ton maneki-neko.

Elle ne semble pas réceptive car Matthew secoue la tête et finit par raccrocher.

— Elle m'a dit qu'elle préférait encore continuer à le chercher et elle a coupé la communication, s'excuse-t-il, désolé.

— On n'a pas dit notre dernier mot, m'assure Derek.

Il sort à son tour son téléphone et je devine qu'il appelle June.

— Hey, ma belle.

On entend June le prévenir qu'il est inutile de la caresser dans le sens du poil. Matthew m'explique du bout des lèvres que June et Li passent la soirée ensemble chez cette dernière. Je m'interroge tout de suite sur ce que fait Ava de son côté. Pourquoi n'est-elle pas avec ses amies ?

— June, tempère Derek d'une voix sérieuse. Tu as le choix : tu peux rester sur tes positions ou écouter ce que Travis a à dire et juger ensuite si tu es prête à lui apporter ton aide. La question n'est pas de savoir s'il mérite que tu fasses quelque chose pour lui, mais si Ava mérite que tu interviennes pour elle.

Eh bien merde alors ! Derek nous en bouche un coin à Matthew et moi. Depuis quand est-il devenu si réfléchi ? Il n'y a pas à dire, l'amour lui réussit.

— Je t'aime aussi, lui répond-il sans se sentir gêné par notre présence. Et si tu rappliques vite, je te ferai ce truc que tu adores.

Là encore, on entend distinctement June lui ordonner de la fermer avant de raccrocher. Le sourire malicieux de Derek démontre qu'il est fier d'avoir conclu cette conversation par une connerie. Comme s'il voulait vite faire oublier qu'il a su trouver les mots justes pour la faire venir et qu'il peut être sérieux.

— Merci, mec.

— Ne me remercie pas. Elle vient, mais je ne sais pas à quoi tu dois t'attendre. Ses amis sont ce qui compte le plus pour elle.

Le temps qu'elle arrive, je repense au conseil de Meryl à propos de mon gilet pare-balles. Elle n'avait peut-être pas tort, finalement.

Un coup frappé à la porte me sort de mes pensées.

— Attends, je vais ouvrir, c'est préférable, me dit Matthew en me passant devant alors que je suis déjà debout.

Sans surprise, Li a décidé d'accompagner June. Les deux jeunes femmes me toisent d'un air mauvais. Il faut que j'intervienne avant de les laisser m'attaquer. C'est comme lors d'un interrogatoire, je dois mener la danse. Je suis policier, après tout, ce n'est pas mes deux voisines qui vont m'impressionner.

— Vous semblez prêtes à me sauter dessus, mais je dois vous rappeler que vos mecs ici présents ont aussi merdé à un moment donné !

Quatre paires d'yeux scandalisés se posent sur moi et je prends conscience que ce n'est pas très courageux de ma part de leur rappeler les erreurs de mes potes pour me dédouaner.

— Classe, me lance Matthew, même si je sais qu'il ne m'en tiendra pas rigueur.

— Vous voyez, les interpelle Derek, il est si désespéré qu'il a recours à ce genre de bassesses, ce qui ne lui ressemble pas.

— Au contraire, je trouve que d'accuser les autres lui correspond tout à fait, cingle une June qui m'a déjà éviscéré cent fois dans son esprit.

Li ne dit rien mais n'en pense pas moins, si j'en crois son visage fermé.

— Je sais que ça peut paraître complètement idiot que j'aie cru Ava capable d'être la complice de cambriolages, mais, pour ma défense, j'ai quelques circonstances atténuantes.

— Je ne suis pas certaine d'avoir envie d'écouter ça, souffle June.

Je dois impérativement la convaincre de m'aider si je veux une chance de reconquérir Ava.

— Et si je vous propose une tournée de tequila pour vous remercier du temps que vous allez m'accorder ? Je vous jure qu'une fois que j'aurai fini de vous expliquer les événements qui m'ont amené à douter, je ne vous retiendrai pas plus longtemps. Et si après ça vous ne voulez toujours pas m'aider, je n'insisterai pas.

Bon gré mal gré, les filles prennent place près de leur moitié. Même si j'ai horreur de parler de moi, encore plus quand il s'agit de dévoiler des pans de ma vie dont je ne suis pas fier, je leur déballe tout à propos de ma famille. J'espère que mes deux potes ne me tiendront pas rigueur d'avoir gardé ça secret jusque-là, et que June et Li seront sensibles aux angoisses qui m'ont fait perdre ma clairvoyance avec un timing à chier.

38

AVA WALLER

— Dimanche, ça sera parfait, indiqué-je à Amaia après avoir consulté mon horoscope en ligne préféré. Ce sera ton jour de chance.

— OK, tu peux confirmer à Drew pour dimanche matin, informe-t-elle Harper avant d'étaler du sel sur sa main.

Elle enchaîne les shots, ce soir, et même si je sais que ce n'est pas malin de ma part de la suivre, je nous sers à chacune un nouveau verre de tequila. Elle tente d'occulter l'interview qu'elle donnera bientôt tandis que j'essaie de m'habituer à mon cœur meurtri.

Travis n'est pas revenu à la boutique depuis sa visite pour l'attrape-rêves. Il m'a fait livrer un énorme bouquet de roses lundi pour, je cite le mot qui l'accompagnait, « reléguer aux oubliettes la dispute que nous avons eue la semaine dernière ». Malheureusement, elle est toujours vive dans mon esprit, et la déception que j'ai ressentie en sachant qu'il me pensait capable de voler qui que ce soit ne me quitte pas.

Malgré tout, il me manque. Dans mon appartement, tant de choses me rappellent nos soirées. Son bricolage inachevé gît toujours sur la table basse de mon salon. Je ne me suis pas encore résignée à le terminer. Je vais peut-être même le jeter, purement et simplement.

— Youhou ! Ici la Terre ! m'interpelle Harper en secouant sa main devant mes yeux. Je te parle, là.

Toutes mes copines m'observent avec inquiétude.

— Pardon, tu disais ?

Comme souvent ces derniers temps, je ressassais ma rupture. Et mon horoscope ne prévoit pas d'amélioration cette semaine, ce qui a le don de me plomber encore plus le moral.

— Comment penses-tu que Travis va réagir après la diffusion de l'interview ?

June et Li, installées en face de moi, sur le canapé, se tendent en entendant son prénom. C'est un sujet délicat que nous n'abordons pas. Je n'ai aucune envie de parler de lui et elles ont fini par l'accepter. Je désire tourner la page au plus vite et ce n'est pas en réfléchissant encore et encore à tout ce qu'il s'est passé que je vais m'en remettre.

— Je ne sais pas, avoué-je. Il va sûrement venir frapper à ta porte comme avant, Amaia. Il voudra peut-être vérifier si tu es bien seule et pas séquestrée par quelqu'un. Mais bon, avec Travis, on peut s'attendre à des surprises, donc va savoir !

L'actrice pince les lèvres tandis que Harper baisse les yeux. Je lèche le sel sur ma main, avale mon shot et croque dans mon quartier de citron. Ça pique, mais pas assez pour tempérer la brûlure qu'exerce toujours l'aigreur des mots assassins de Travis sur mon estomac.

— Je suis désolée, regrette Harper. Je n'aurais pas dû parler de lui.

— Ce n'est rien.

— Je peux te demander ce qu'il s'est passé ? ose me questionner Amaia. J'avais cru comprendre que tu étais plutôt heureuse avec le policier de la résidence, non ?

— Oui, suis-je bien obligée de reconnaître. Jusqu'à ce qu'il m'imagine la complice de son frère, qui a cambriolé plusieurs petits commerçants du centre-ville.

Elle fronce les sourcils en assimilant les accusations dont j'ai été victime de la part de l'homme que j'aime. Me les remémorer me fait toujours aussi mal.

— Tu sais, intervient ma meilleure amie, plus j'y pense et plus je trouve ça étrange.

— C'est vrai, ajoute Li. Travis est chiant sur bien des points, mais c'est quelqu'un de juste. Il doit forcément y avoir une explication à ce quiproquo.

Ai-je été téléportée dans une autre dimension ? Depuis quand prennent-elles la défense de Travis ? Elles sont gonflées de lui chercher des excuses.

— Vous plaisantez, j'espère ! m'offusqué-je, ma voix tirant dans les aigus.

June et Li échangent un regard embarrassé. Je pourrais presque croire qu'elles me cachent quelque chose.

— Tu devrais peut-être accepter de parler avec lui, suggère June. Pour éclaircir les choses une bonne fois pour toutes.

— C'est inutile. Il a été on ne peut plus clair.

— Tu nous as dit toi-même qu'il était revenu te voir au magasin et qu'il t'avait fait livrer des fleurs, ajoute Li. Il doit sûrement avoir pris du recul et s'être rendu compte de son erreur de jugement.

— Et donc quoi ? Je lui pardonne et c'est reparti ? Je vous trouve bien indulgentes pour des nanas qui maudissaient leur mec il n'y a pas si longtemps.

La tristesse me rend aigrie et j'ai horreur de ça. Ça me fait encore plus de peine d'attaquer mes amies, mais c'est une façon d'extérioriser ma peine.

— Je te rappelle que tu as été la première à aider Matthew à s'excuser en lui indiquant que les pivoines étaient mes fleurs préférées, souffle Li, les yeux plein de douceur.

— Et c'est toi qui m'as fait remarquer que j'étais peut-être un peu trop dure envers Derek lorsque j'ai comparé mes traumatismes avec les siens, toujours bien visibles.

Je ne vois pas où elles veulent en venir. Je l'ai fait parce que j'estimais que Matthew et Derek méritaient qu'elles se montrent patientes et acceptent qu'ils s'étaient trompés de route à un moment donné. Le plus important restant qu'ils prennent conscience de leur erreur. La différence avec Travis, c'est qu'ils n'ont pas supposé un seul instant que mes copines étaient des délinquantes, ni ne les ont pensées capables de les manipuler en feignant d'éprouver des sentiments. C'est tout ce que nous avons partagé que Travis a remis en question.

— Qu'est-ce que vous essayez de me dire, là ?

— Que les mecs se comportent souvent comme des nazes et qu'à moins d'être prête à être tolérante, tu vas finir vieille fille avec une dizaine de chats comme seule compagnie, répond Harper à leur place.

Au lieu de méditer sur leurs propos, j'opte pour avaler un nouveau shot de tequila.

— De toute façon, il a lâché l'affaire, leur réponds-je. Je ne lui ai pas donné signe de vie après la livraison des roses et il n'est pas revenu à la charge.

— Ce n'est pas parce qu'il n'a rien fait depuis qu'il a abandonné, argumente June.

— Il s'est peut-être rendu compte qu'il devait se donner plus de mal pour te reconquérir et prépare autre chose, ajoute Li.

— Vous semblez persuadées qu'il va revenir à la charge, mais Travis n'est pas du genre à courir après une femme. Je suis bien placée pour le savoir.

— Tu sais, Ava, intervient Amaia, le regard empathique. Je suis la première à soutenir qu'après avoir fauté certaines personnes ne méritent même pas que tu acceptes de respirer le même air qu'eux. Comme mon ex, qui couché avec une de mes amies les plus proches. Il a eu le temps de réfléchir à ce qu'il faisait, de se laisser aller, d'y prendre du plaisir. Il aurait eu la possibilité de se reprendre et de tout arrêter avant d'aller plus loin. C'est pour ça que je ne lui adresserai plus jamais la parole. Mais Travis n'a pas commis d'acte irréversible. Il a eu des mots durs, sous le coup de l'émotion. Des mots qu'il souhaite visiblement effacer si j'en crois ce bouquet qu'il t'a fait parvenir. Si tu ne lui laisses pas l'occasion de se racheter, tu risques de regretter plus tard de t'être montrée obtuse.

Moi obtuse ? C'est la meilleure !

— À vous entendre, j'ai l'impression que c'est moi qui me suis mal comportée, pesté-je, vexée.

— Pas du tout, me rassurent June et Li en chœur.

— On est juste bien placées pour savoir que passer au-dessus de sa colère et de sa peine peut valoir le coup, ajoute June.

— On veut que tu sois heureuse. Et tu l'étais avec Travis, précise Li. Je crois que tes sentiments pour lui étaient assez profonds pour valoir la peine que tu comprennes comment il a pu penser une chose pareille. Tu aviseras ensuite de votre avenir ensemble ou pas.

— Et il n'est jamais bon de prendre une décision si importante que celle de rompre sur une dispute où chacun a sûrement dit des horreurs qu'il ne pensait pas.

Pour l'instant, j'ai l'esprit trop imbibé d'alcool pour avoir les idées claires et prendre des décisions aussi importantes. Je me repencherai sur la question demain. Et je ferais mieux de suivre l'exemple de mes amies qui se lèvent pour rentrer chez elles si je veux en être capable.

39

TRAVIS MILLER

— Ça manque un peu de décoration, non ? hasarde ma mère après avoir fait le tour de mon appartement et s'être assise sur le canapé. Tu pourrais mettre des photos.

De qui ? ai-je envie de lui demander. Je me retiens cependant. Elle ne mérite pas que je passe ma mauvaise humeur sur elle. Si je suis au trente-sixième dessous, c'est entièrement ma faute.

— J'aime bien quand c'est épuré, réponds-je en haussant les épaules.

— À ce stade-là, on dirait plutôt que ton salaire de policier ne te rapporte pas assez pour te payer des meubles, plaisante mon père. J'espère que tu as au moins pu acheter des bières.

Je découvre petit à petit l'humour taquin de mon paternel, dont je n'ai clairement pas hérité.

Je me dirige dans la cuisine et sors deux canettes du réfrigérateur, ainsi qu'un jus de fruits pour ma mère. Lorsque mon père attrape la bière que je lui tends, je remarque une nouvelle fois des traces foncées sur le bout de ses doigts et je repense à cette histoire de faux billets qui prend de l'ampleur à Los Angeles.

— Tu fais des travaux à la maison ? le questionné-je l'air de rien.

— Non, pourquoi ? s'étonne-t-il en fronçant les sourcils.

— Tu as des taches sur les mains.

— Oh ça ! En prison, je participais à un atelier de peinture deux fois par mois. J'ai décidé de continuer à la maison.

Sérieux ? Il me la joue à la Van Gogh ?

Comme toujours, ma mère garde le silence. Ne jamais trop en dire pour ne pas commettre d'erreur ou être mêlée à quoi que ce soit.

Est-ce que je dois en parler à mon chef ? Si ça se trouve ce n'est rien et mon père dit la vérité. Si j'en parle, avec son casier, il sera convoqué d'office et saura que je l'ai soupçonné. Il y a mieux pour poser les bases d'une relation père-fils saine.

Un coup frappé à la porte m'empêche de réfléchir davantage à la situation.

— Tu comptes attendre encore longtemps ?

Derrière la porte, June a les bras croisés sur sa poitrine et me toise d'un air excédé. *Y'a pas à dire, elle est la plus sympa de la résidence.* Son pied tressaute sur le sol, signe qu'elle se maîtrise visiblement pour ne pas m'étrangler. Pourtant, s'il y a bien une personne qui devrait me comprendre, c'est elle.

— J'attends le moment opportun, rétorqué-je, agacé qu'elle vienne m'agresser chez moi.

Depuis qu'elles connaissent la complexité de mes rapports familiaux, elle et Li se sont montrées plus compréhensives à mon égard. Même si elles n'ont pas manqué de m'engueuler de ne pas avoir confié tout ça à Ava. Matthew et Derek, eux, ont plutôt bien pris de ne découvrir que tardivement une partie de mon histoire. Je me sens déjà en partie soulagé de leur avoir tout révélé, et leur réaction me confirme que j'ai été stupide de ne pas me montrer transparent.

— Sérieux, Travis, je ne te suis plus, là !

C'est qu'elle me crierait presque dessus ! Derek ne mentait pas quand il affirmait que June a un tempérament de feu. Elle serait capable de m'attraper le bras et de me tirer dans l'escalier pour me traîner chez son amie.

— Tu la connais, je dois attendre que son horoscope me soit favorable si je ne veux pas tout faire capoter, lui expliqué-je les raisons de mon attente.

— Tu te fous de ma gueule, là ?

— J'en ai l'air ? Crois-moi, je suis sûrement plus pressé que toi d'arranger les choses, mais son horoscope lui conseillait de ne pas prendre de décision importante cette semaine. Je vais attendre lundi pour voir ce que ça donne.

Si on m'avait dit qu'un jour je m'en remettrais aux astres pour décider d'agir ou non, je n'aurais même pas esquissé la moindre réaction tellement ça m'aurait paru saugrenu. Et me voilà aujourd'hui à lire et à analyser celui d'Ava, sur plusieurs sites différents. Si je ne veux pas me confronter à un refus, je dois veiller à ce que tous les éléments possibles penchent en ma faveur.

— Décidément, toi et tes potes, vous pouvez être vraiment cons, parfois ! râle-t-elle en levant les mains. Tu ne peux pas commencer à revenir vers elle, puis à tout arrêter d'un coup.

— Je n'arrête pas, j'attends, précisé-je afin qu'elle saisisse la nuance.

— Mais qu'est-ce que tu crois ? Qu'elle est devin ? Elle pense que tu as lâché l'affaire, gros bêta ! Mets-toi à sa place deux secondes : tu reviens à la boutique en prétendant rêver qu'elle t'accorde son pardon, puis tu lui fais livrer des roses. Elle te fait mariner parce que tu le mérites, et bam, elle n'a plus aucune nouvelle de toi. Comme si tu estimais avoir déjà fourni assez d'efforts pour vous réconcilier.

Je me prends le visage entre les mains et grogne en me maudissant. Je n'avais pas du tout vu ça sous cet angle.

— À sa place, d'ailleurs, je te ferais ramer aussi longtemps que tu l'as fait galérer au départ, me précise-t-elle comme si j'avais besoin d'imaginer le pire.

— Je pensais que la laisser respirer le temps que les planètes s'alignent pourrait faire en sorte que sa colère s'apaise un peu, soufflé-je, dépité à l'idée d'avoir encore un peu plus creusé le trou dans lequel m'enterrer.

— C'est hyper flippant de t'entendre parler comme elle, me répond June, un demi-sourire aux lèvres.

— Dis-moi ce que je dois faire, la supplié-je presque.

June soupire bruyamment, puis elle jette un coup d'œil à sa montre et dodeline la tête de gauche à droite.

— Bon, Ava devrait rentrer du travail d'ici une petite heure. Je m'organise pour m'assurer qu'elle rentre directement à la résidence. Tu t'arranges comme tu veux, mais il faut que tu sois là quand elle arrive, pour lui parler. Et débrouille-toi pour que ton discours supplante ce que lui a prédit son horoscope ce matin. Parle avec ton cœur, mets-y tes tripes et sois convaincant !

June n'est pas du genre à te laisser pleurnicher sur son épaule, mais plutôt à te mettre un coup de pied aux fesses pour que tu te relèves et retournes au combat.

Je me redresse et carre les épaules. Elle a raison, après tout. Je ne vais pas me laisser abattre par la position du soleil et l'influence des planètes.

— OK.

Inutile de perdre plus de temps en papotage, il faut que je médite à la meilleure façon d'atteindre le cœur d'Ava.

— Et, June ! l'interpellé-je avant qu'elle ne reparte chez elle. Merci.

— Tu as plutôt intérêt à ne plus merder après ça, me prévient-elle. Je ne laisse jamais de seconde chance.

Elle se retourne sans attendre de réponse de ma part et met les voiles.

— C'est qu'elle serait presque flippante, me balance mon père, hilare, lorsque je reviens au salon.

— C'est la meilleure amie d'Ava, expliqué-je.

— N'empêche qu'elle a raison, fils. Tu dois te bouger si tu veux récupérer cette jeune femme.

— Ouais, confirmé-je en me frottant les mains sur le visage.

— Jett, on va y aller, prévient alors ma mère. Tu as entendu sa voisine, sa petite amie va bientôt rentrer du travail et il doit être là pour arranger les choses.

Je ne la reprends pas sur le statut d'Ava. J'espère que celle-ci sera de nouveau ma petite amie une fois que je lui aurai parlé.

Mes parents se lèvent et se dirigent dans ma petite entrée. Une fois mon père sur le palier, ma mère s'arrête et se tourne vers moi pour me parler un instant tête à tête :

— Si ses sentiments sont aussi forts que les tiens, elle t'écoutera et saura te pardonner, m'assure-t-elle en posant sa main sur mon avant-bras. L'amour nous rend indulgent et compréhensif, j'en sais quelque chose.

Je l'attire dans mes bras pour la serrer contre moi. Elle semble surprise avant de se laisser aller à cette courte étreinte. Je ne sais pas ce que je serais devenu, sans elle.

— Merci, maman.

Le sourire qu'elle esquisse me confirme qu'elle a bien compris le sens de mes remerciements. Ce merci vaut pour aujourd'hui, mais également pour toutes les fois où j'aurais dû le dire bien avant.

40

AVA WALLER

Si je pensais que rentrer à pied depuis la boutique de M. Warren me ferait du bien, je m'étais trompée. J'ai l'impression d'être cernée par des couples heureux depuis ma déconvenue avec Travis. Ils me balancent leur amour parfait au visage, celui-là même que je croyais partager. Quand je pense qu'il y a quelques semaines j'étais aux anges en composant un bouquet de mariage. Aujourd'hui, j'ai grimacé quand une jeune femme est venue pour commander le sien, avant de me reprendre et de mobiliser toute mon énergie pour me montrer heureuse pour elle.

Et croiser Travis hier à Palisades Park en partant pour le travail alors qu'il rentrait chez lui n'a rien arrangé. Il m'a saluée avec ce léger sourire au coin des lèvres – celui qui fait accélérer les battements de mon cœur –, en me complimentant sur ma tenue. Rien de plus, rien de moins. J'étais tellement choquée par son comportement que je n'ai rien trouvé à répliquer.

Croit-il qu'il va être possible d'entretenir de bonnes relations de voisinage avec moi, à présent ? Comme si nous n'avions rien partagé ? Je ne vais pas en être capable.

J'éprouve encore trop de sentiments pour lui. Un mélange d'amour, de tristesse et de rancœur. Et il me manque. À en avoir du mal à me lever chaque matin.

Je n'arrive pas à me défaire des habitudes que nous avions prises ensemble. Travis s'était créé une place dans mon quotidien et rendait ma vie plus colorée. Tout me paraît terne, à présent, sans lui à mes côtés.

Mon téléphone sonne dans mon sac à main. Je fouille à l'intérieur pour l'en extirper, non sans mal. Le numéro de ma famille s'affiche sur l'écran.

— Coucou la Californienne, comment ça va ? chantonne ma sœur aînée à l'autre bout du fil lorsque je décroche.

J'inspire fort pour que ma voix paraisse normale, avant de lui répondre.

— Ma journée de boulot est terminée et c'est le week-end, donc je te laisse imaginer.

Je dis ça alors que j'ai traîné des pieds à la boutique pour ne pas rentrer trop tôt et broyer du noir seule chez moi. Je sais que je pourrais proposer une soirée aux filles, mais je ne veux pas trop les embêter avec mes problèmes.

— Vous avez prévu quelque chose avec Travis ? me demande-t-elle, curieuse.

— Euh non… Il travaille, prétexté-je. Tu m'appelais pour quelque chose en particulier ?

— Tu ne nous as jamais dit si tu avais réussi la recette du poulet de maman…

J'avais complètement oublié que j'avais promis de leur envoyer une photo par mail, vu qu'ils n'ont qu'un téléphone fixe. Il faut dire que ce fameux poulet n'a jamais passé une seule seconde au four à cause de notre dispute avec Travis ce soir-là.

— Je ne l'ai pas encore essayée, finalement, expliqué-je en ne mentant qu'à moitié. La supérette où je fais mes courses n'avait pas tous les ingrédients.

Je pourrais tenter à nouveau de l'exécuter ce soir. Après tout, je n'ai rien de particulier à faire si ce n'est ressasser les mots blessants de Travis. Me trouver une occupation ne peut être que bénéfique.

— Il ne faut pourtant rien d'extraordinaire, me taquine ma sœur qui doit penser que j'ai tout fait foirer et ne l'avoue pas.

— Tu sais quoi, je suis sur le chemin pour rentrer à Palisades Park. Je vais m'arrêter pour voir si je trouve ce dont j'ai besoin et, si oui, je me mettrai tout de suite aux fourneaux une fois chez moi.

Un double bip m'avertit que je n'ai presque plus de batterie.

— Evelyn, je vais te laisser car ça va bientôt couper. Je te rappelle demain pour te dire si c'était une réussite ou pas.

— OK, j'attends ton coup de fil !

J'ai à peine le temps de lui dire d'embrasser tout le monde que mon téléphone s'éteint.

Une fois le poulet acheté, je me fais la réflexion que je pourrais proposer aux filles de le déguster toutes ensemble chez Amaia. Ça sera aussi une manière de soutenir notre actrice avant l'interview qu'elle s'apprête à donner. Mais je vais être prudente et attendre d'être sûre de réussir la recette avant de lancer les invitations.

Au détour du rayon légumes, je croise le regard d'une autre femme en train de pousser un chariot rempli de bouteilles d'alcool et de chips.

Je reconnais immédiatement Kayla, la sœur de Travis. Elle fronce les sourcils brièvement avant de me resituer à son tour.

— Ava, c'est bien ça ? me lance-t-elle en venant à ma rencontre.

— Je suis étonnée que tu te souviennes de mon prénom, lui réponds-je tout en hochant la tête.

— C'est parce que j'ai beaucoup entendu parler de toi. Ava par-ci, Ava par-là.

Je lui souris par politesse bien que ses mots me mettent mal à l'aise. Je ne voudrais pas être celle qui lui apprend que son frère et moi ne sommes plus ensemble. J'ignore les informations qu'il partage avec sa famille sur sa vie privée.

— Tu prépares une fête ? lui demandé-je pour changer de sujet en indiquant le contenu de son chariot.

— Les potes de mon père vont passer à la maison tout à l'heure. Il est sorti depuis peu de prison, me confie-t-elle comme si elle ne venait pas de lâcher une bombe. Ils profitent de la moindre occasion pour se retrouver.

Les absences dont Travis m'a parlé étaient donc dues au fait qu'il était derrière les barreaux ? J'ai du mal à en croire mes oreilles. Son frère cambriole des commerces et, a priori, enfreindre la loi est de famille puisque son père n'est pas tout blanc non plus. Et j'apprends ça par sa sœur entre les courgettes et les poireaux, dans un supermarché. J'aurais aimé que Travis me fasse assez confiance pour se livrer à moi à ce propos…

— Je comprends, me contenté-je de répondre pour ne pas laisser paraître qu'elle vient de m'apprendre cette information.

— J'en doute, et c'est tant mieux pour toi, me lance-t-elle en se marrant. Écoute, mon frère va probablement me tuer quand il apprendra que je t'ai parlé, mais je ne l'ai jamais vu aussi malheureux que ces derniers jours. Il nous a raconté les grandes lignes de l'histoire avec Zane.

— Tu vois, lui coupé-je la parole sans plus de formalités, je ne suis même pas certaine de savoir qui est ce Zane. Pour moi, la seule autre personne masculine impliquée dans cet imbroglio s'appelle Jack.

— Laisse-moi deviner : Jack Torrance.

— Oui, confirmé-je, alors qu'elle soupire en secouant la tête.

— Et si on allait boire un verre toutes les deux. Je te raconterai tout ce que Travis aurait dû te dire depuis le départ et qu'il a dû taire, le connaissant.

— Je crois qu'il est un peu trop tard pour ça, hélas.
— Tu aimes mon frère, non ?
— Ce n'est pas le fond du problème.
— Au contraire. Si tu éprouves des sentiments pour lui, tu parviendras peut-être à lui pardonner. Il n'a jamais voulu te blesser, mais pour le comprendre, tu dois connaître les antécédents entre Zane et Travis.
— Et tu ne crois pas que c'est à lui de m'en parler ?
— Puisqu'il est trop con pour le faire, je vais m'en charger.
Son sourire complice finit de me convaincre. Je hoche la tête pour lui signifier mon accord et la suis jusqu'en caisse, puis dans sa voiture, où je l'aide à déposer toutes ses bouteilles de whisky et d'alcool fort, ainsi que ses nombreux packs de bière dans le coffre.
— Tu sais quoi, on ne va pas s'emmerder, s'exclame-t-elle en éventrant un des cartons.
Elle en extirpe deux canettes et les décapsule à l'aide d'un porte-clefs sur son trousseau. J'accepte volontiers celle qu'elle me tend et trinque avec elle, sans chichis, sur le parking du supermarché, adossée contre la carrosserie de la voiture.
— Tu vois Loki et Thor, dans les Marvel, eh bien Zane et Travis sont un peu comme eux.
— Je ne connais pas, lui révélé-je pour qu'elle comprenne que je ne pourrai pas en déduire quoi que ce soit.
— Faut que tu les mates. Chris Hemsworth est à tomber !
Je ne lui révèle pas que je n'ai aucune idée de qui il s'agit, et qu'en ce moment je n'ai pas trop la tête à m'extasier sur un mec, aussi beau soit-il.
— Bref, c'est l'histoire de deux frères. Tu comprends assez vite que Loki est un bel enfoiré. Il manigance des sales coups à tout bout de champ. Il est prêt à tout pour devenir roi à la place de leur père. Il ne recule devant rien. Pourtant, malgré tout ce qu'il fait subir à Thor, son frère, il l'aime, d'une certaine façon.

— J'ai du mal à comprendre qu'on puisse faire du mal à ceux qu'on aime, déclaré-je avant de boire au goulot.

— Et pourtant... Ce sont ceux qu'on blesse le plus durement. Zane a toujours eu du mal à accepter de partager notre père. Il était déjà privé de lui quand il partait pour des coups, ou qu'il se faisait arrêter. Alors le partager avec un autre, c'était trop. Je ne sais pas pourquoi, avec moi, ça passait, mais avec Travis, ça a toujours été compliqué. Il s'attendait à ce que notre père rejette Travis à sa sortie de prison.

— Pour quelle raison ?

— J'ignore ce que tu sais à propos des activités de mon père, mais il n'est pas n'importe qui dans le milieu. Et que Travis devienne flic représente un vrai problème pour sa réputation.

Je ne lui révèle pas qu'il y a quelques minutes à peine, j'ignorais tout à propos de leur père. Tout à coup, je repense à leurs échanges sur la jetée le soir où elle nous a surpris en train de nous embrasser. Quelque chose me dit aujourd'hui que Kayla a suivi la voie de son père, plutôt que celle de Travis.

— Qu'est-ce que tu fais dans la vie, toi ?

Un grand sourire aux lèvres, elle prend le temps d'avaler plusieurs gorgées de sa bière avant de me lancer :

— Si je te le dis, je devrai te tuer ensuite.

Je pouffe en comprenant qu'elle n'est pas du tout sérieuse et qu'elle préfère esquiver ma question. Je décide de ne pas insister car, après tout, je n'ai pas besoin de le savoir.

— Travis a choisi de mener une vie différente de la nôtre. Pendant que Zane tentait de gravir les échelons pour arriver à la hauteur de notre père, Travis entrait à l'école de police et y excellait. Alors que Zane trimait dans la rue, Travis a eu son diplôme. Puis il a commencé à bosser, et à mettre des bâtons dans les roues de Zane, ce que celui-ci n'a pas supporté. Non seulement il réussissait dans la vie, mais il l'humiliait, en quelque sorte. Travis a pris son indépendance, a emménagé à Palisades Park… Et il a fini par trouver l'amour ! Je crois que ça a été la goutte d'eau qui a fait déborder le vase, pour Zane. Il a voulu anéantir Travis pour frapper un grand coup. Et tu étais un pion parfait pour ça.

— Mais s'il le connaît, pourquoi Travis n'a pas vu clair dans le jeu de Zane ?

— Parce qu'il t'aime ? avance-t-elle comme explication possible. Zane s'en est servi contre lui en jouant avec la pire de ses peurs : qu'une autre personne à laquelle il tient le déçoive en commettant des actes répréhensibles. Si Travis s'est éloigné du mode de vie des Miller, ce n'est pas pour rien. Il a tellement souffert à cause des absences de notre père. Les cicatrices que ça a laissé en lui sont encore à vif, et Zane a jeté du sel dessus…

Son frère savait où appuyer pour lui faire mal.

Comme lui, je ne me suis jamais vraiment sentie à ma place au sein de ma famille, mais l'amour et la bienveillance ont toujours été au cœur de nos liens. Alors que Travis a été jugé et rejeté par Zane, qui aurait dû être un exemple pour lui. Il a réussi à devenir un homme bon tout seul. Cela ne lui autorise-t-il pas une erreur de parcours ? Ne pas lui pardonner reviendrait à laisser son frère remporter cette bataille.

41

TRAVIS MILLER

— Il est plus de 23 heures, déclare June, que je sens de plus en plus inquiète à mesure que les heures défilent.

— Elle a dû sortir avec des amies, tente de la rassurer Derek en la couvant d'un regard énamouré.

— Nous sommes toutes là, signale Li, comme si j'avais besoin d'imaginer Ava seule en ville avec je ne sais qui.

June tente une énième fois de l'appeler, avant de soupirer :

— Elle ne doit plus avoir de batterie, je tombe directement sur sa messagerie.

— Et on est certains qu'elle n'est pas déjà chez elle à dormir peinard ? nous interroge Matthew.

— Certains, affirme June.

Où est-ce qu'elle peut bien être allée après avoir quitté le travail ? Si elle avait décidé de rendre visite à sa famille à Salt Lake City pour une raison ou une autre, elle aurait prévenu June.

Harper nous rejoint et je la vois secouer la tête à l'attention de June et Li. Visiblement, elles avaient une dernière idée de l'endroit où pouvait être Ava, mais elle ne s'y trouve pas.

Aaron s'est joint à nous, mais il ne dit pas grand-chose. Nous nous retrouvons sur ce trait de caractère, tous les deux. Je n'ai pas dû prononcer plus de quelques phrases depuis que cette longue attente a démarré. Tout se bouscule dans ma tête. Je suis de plus en plus persuadé que je vais tout faire foirer. Je ne suis pas doué pour parler alors comment pourrais-je trouver les mots justes pour qu'Ava accepte de me pardonner ? Je m'en sens incapable. Pis, je me persuade qu'elle mérite mieux qu'un type comme moi, qui se méprend à ce point à son sujet.

Le bruit du portail qui s'ouvre puis se referme nous met tous en alerte. Nous nous redressons et ouvrons l'oreille. La silhouette fluette d'Ava apparaît enfin. Elle porte des sacs dans les deux mains. *Elle était au supermarché pendant qu'on se faisait un sang d'encre ?* C'est la meilleure quand on sait qu'elle ne cuisine pas. Elle s'arrête lorsqu'elle nous aperçoit tous là, au milieu du jardin commun.

June est la première à amorcer un pas dans sa direction.

— Tu viens de me faire perdre dix ans d'espérance de vie, j'espère que tu es fière de toi, lui dit-elle avant de la prendre dans ses bras.

— Il y a un problème ? lui demande Ava en fronçant les sourcils.

— Je t'ai appelée plusieurs fois. Tu étais où ?

— Je n'avais plus de batterie en sortant du travail et je devais aller faire des courses.

— Tu as mis plus de trois heures pour trouver ce dont tu avais besoin ? s'étonne la journaliste.

Ava m'observe quelques secondes. Elle mordille ses lèvres avant de reporter son attention sur sa meilleure amie.

— J'ai croisé quelqu'un et on a papoté.

Et voilà, elle s'est fait draguer... Qu'est-ce que je croyais ? Qu'elle allait rejeter tous les mecs qui l'approcheraient alors que j'ai été le dernier des cons avec elle ?

Derek toussote sans discrétion pour rappeler à June que, à la base, c'est moi qui souhaite m'entretenir avec sa meilleure amie.

J'ai la sensation que l'air ne parvient plus à pénétrer dans mes poumons. Une chape de plomb a élu domicile dans mon estomac. La partie ne va pas être simple, mais j'ai toujours apprécié les défis. Il est temps pour moi de relever le plus important de ma vie jusque-là.

Si je m'écoutais, je foncerais sur Ava pour l'embrasser et lui rappeler à quel point elle et moi c'est puissant, mais mon instinct me dicte d'avancer à pas de loup pour ne pas l'effrayer. Si je veux avoir une chance qu'elle m'écoute, je dois la jouer fine. J'espère que mon plan pour l'amadouer portera ses fruits.

June me lance un regard, comme pour jauger une dernière fois si elle a raison de me laisser l'opportunité de me racheter. Ce qu'elle doit lire dans mes prunelles semble lui convenir puisqu'elle se tourne à nouveau vers Ava.

— Bon, donne-moi tes clefs, lui ordonne-t-elle en attrapant ses sacs de courses. Je vais ranger tout ça chez toi.

Docile, Ava obéit et lui tend son trousseau. Tous nos amis rentrent également chez eux pour nous laisser discuter.

Je progresse de quelques pas dans sa direction afin qu'Ava comprenne que je m'apprête à lui parler. Voyant qu'elle ne recule pas, j'efface la dernière distance entre nous. Elle semble un peu perdue et me regarde avec de grands yeux pleins de mélancolie et de tristesse. Je reconnais ces sentiments car j'éprouve les mêmes.

— J'ai tellement de choses à te dire, murmuré-je en ayant du mal à ne pas attraper ses mains pour les serrer entre les miennes. Je crève de ne plus te voir chaque jour, de ne plus entendre retentir ton rire spontané, de ne plus sentir ton souffle chaud sur mon visage avant de goûter tes lèvres, de ne plus pouvoir démêler tes cheveux entre mes doigts au réveil, de ne plus sentir l'odeur fruité de ton shampoing. Je meurs petit à petit de ne plus te toucher.

Des larmes lui montent aux yeux. Son menton tremble sous le coup de l'émotion. Ses dents mordent sa lèvre inférieure, signe qu'elle s'empêche certainement de me répondre. Elle en attend plus et je ne peux pas le lui reprocher. Elle a tant fait pour nous. C'est à mon tour de me battre.

— J'ai conscience que j'ai tout foutu en l'air. J'ai été manipulé et j'aimerais tout t'expliquer même si ce n'est...

— Je sais, me coupe-t-elle tout à coup en attrapant mes mains. Tu te rappelles chez mon frère, cette nuit-là, quand j'ai soupiré ton prénom, submergée par les sentiments que je ressentais pour toi. Tu m'as répondu « je sais ». Tu as compris ce que je n'osais pas te révéler. C'est à mon tour, aujourd'hui. J'ai croisé ta sœur tout à l'heure et je sais tout ce qu'il y a à savoir.

Kayla a parlé à Ava ? J'aurais dû me douter qu'elle ne me laisserait pas tout foutre en l'air. D'habitude, je n'apprécie pas que l'on se mêle de mes affaires, mais sentir les doigts d'Ava se resserrer autour des miens me permet de relativiser. Kayla a fait ça pour moi et je ne peux que lui en être reconnaissant. Après tout, je n'avais qu'à être transparent plus tôt avec Ava.

— J'aurais préféré que tu ne me penses pas capable d'être la complice de ton frère, mais je comprends mieux tes craintes, maintenant. Tu ne devrais pas avoir peur qu'on fasse un amalgame entre ta famille et toi. C'est impossible, quand on te connaît.

— Je n'aurais jamais dû douter de toi, soufflé-je en collant mon front contre le sien, me sentant bien trop chanceux que la vie ait placé cette femme indulgente sur mon chemin. Même si je suis inexcusable, j'espère que tu me pardonneras. Parce que je suis incapable de me remettre de notre rupture.

Cette fois-ci, elle ne retient plus les larmes qui menaçaient de lui échapper et les laisse se déverser le long de ses joues. Avant de me rendre compte de mon geste, j'en efface une du bout de mon pouce. D'une main, Ava pose la mienne contre sa joue. Son visage se love à l'intérieur de ma paume. Elle ouvre la bouche et s'apprête à dire quelque chose, mais je l'arrête en posant mon index sur ses lèvres. Elle esquisse un léger sourire auquel je m'accroche, signe qu'elle et moi, c'est reparti.

— Tu sais, une femme Poissons et un homme Gémeaux sont très différents et il est difficile de concilier leurs deux univers. Mais comme pour chaque règle, il y a des exceptions. Je suis persuadé que nous en sommes une et je suis prêt à me battre contre tous les astres de la galaxie pour les faire mentir, si tu m'en laisses l'opportunité.

Quand mes recherches m'ont fait découvrir cette incompatibilité entre nos deux signes, j'ai bien failli envoyer valser mon ordinateur. Puis j'ai décidé d'en faire fi. Si l'ordre cosmique y voit quelque chose à redire, je suis prêt à l'affronter.

Notre tête à tête est interrompu par la voix de Sue qui crie depuis sa fenêtre :

— Ma petite Ava, on ne lâche pas un mec qui peut te menotter au lit.

Des rires retentissent depuis plusieurs étages des bâtiments derrière nous. *L'intimité ça n'évoque rien à personne dans cette résidence ?* Je lève les yeux au ciel et entends Ava pouffer, avant de renifler tout en essuyant ses joues des larmes qui n'ont pas cessé d'y couler depuis tout à l'heure. Elle passe ses bras autour de mon cou et s'élève sur la pointe des pieds. Je n'attends pas plus pour l'embrasser, sous les applaudissements de nos voisins.

42

AVA WALLER

Mon cœur est complètement retourné. Depuis le soir où j'ai foutu Travis hors de mon appartement, il souffrait à chaque battement. Il s'est de nouveau gonflé d'amour lorsque j'ai pris connaissance de son enfance et de ses difficultés avec sa famille, et voilà que Travis me déballe ses sentiments.

La voix de Matthew s'élève soudain entre les murs du jardin commun :

— Il n'y a pas si longtemps, tu as convaincu Li de se montrer indulgente avec moi et de tirer un trait sur mes maladresses.

Li prend sa suite :

— Sans toi, je ne serais pas aussi heureuse aujourd'hui. Parce que je serais passée à côté de notre histoire avec Matthew. Ce soir, c'est à toi de te rappeler que, même si c'est difficile de pardonner, on souffre parfois plus à camper sur ses positions.

J'oriente mon regard vers la fenêtre du sauveteur en mer. Ils sont là, tous les deux, dans les bras l'un de l'autre, plus amoureux que jamais.

C'est au tour de Derek et June de se mêler de la conversation que nos voisins semblent décidés à mener.

— Ava, entonne Derek depuis la fenêtre de son salon, nous ne sommes que des hommes. Avec toutes leurs failles. Travis a commis une erreur et il y a de fortes chances qu'il en commette d'autres.

— Mais qu'est-ce que tu racontes ? s'écrie June.

Derek secoue la tête, mais je décèle un léger sourire sur ses lèvres. Elle lui tape dans l'épaule pour le rappeler à l'ordre.

— Ma chérie, tu sais que je ne souhaite que ton bonheur, continue ma meilleure amie après avoir engueulé son cher et tendre. Et je crois que Travis peut y contribuer. Il a merdé dans les grandes largeurs, mais il m'en a expliqué les raisons. Lorsque tu les connaîtras toi aussi, je pense que tu le pardonneras. Et je peux te garantir qu'après ça vous serez encore plus amoureux qu'avant. Parce que tous les secrets auront été dévoilés. Aucun de vous deux ne se cachera plus et il ne vous restera plus qu'à vous aimer.

June ignore que Kayla s'est déjà chargée de tout me révéler. Et elle a raison, je ne peux pas rester insensible à la souffrance dans laquelle Travis a grandi en manquant d'un père pour lui montrer le droit chemin. Et je ne peux que le pardonner quand je vois l'homme qu'il a su devenir malgré tout.

Je ne parviens pas à contenir une énième larme. La gratitude que je ressens envers mes amis déborde par mes yeux. Ainsi que ces sentiments que j'ai tenté d'enfouir au plus profond de moi et qui peuvent enfin refaire surface.

— J'aurais tellement voulu que ce soit toi qui m'expliques tout ça, soufflé-je à Travis. Cette relation toxique avec ton frère, ton père et ses activités illégales… Si j'avais su tout ça, je n'aurais pas hésité une minute à dénoncer ton frère.

— Cette situation nous a tous dépassés. Je ne voulais pas te parler de ma famille pour plusieurs raisons. La première, c'est que je ne suis pas particulièrement fier d'elle. La seconde, c'est que mon frère s'en prend à tout ce à quoi je m'attache. Il détruit tout ce qui me rend heureux. Je ne voulais pas qu'il puisse t'atteindre. Comment aurais-je pu deviner qu'il avait déjà un pied dans ton quotidien ? Personne ne pouvait imaginer la tournure qu'allait prendre les événements. Crois-moi, j'aurais aimé les anticiper et nous éviter tout ça.

— Mais on ne peut pas revenir en arrière.

Ma phrase le blesse, je le remarque à ses épaules qui se voûtent et à son regard qui balaie le sol.

— Tu as raison. Et aussi bizarre que ce soit, je ne le souhaite pas. Vivre ces moments difficiles, ça été terrible, mais ça m'a permis de me détacher de ces chaînes invisibles qui m'empêchaient d'être pleinement heureux avec toi, par peur de ce qui pourrait nous arriver à cause de ma famille. Je ne peux pas croire qu'on ne puisse pas dépasser ça. Je t'aime bien plus que suffisamment pour ça.

— Tu m'aimes ? l'interrogé-je en lui coupant la parole.

— T'as même pas idée à quel point ! Tu es mon centre de gravité, celle grâce à qui je m'ouvre aux autres. Je ne savais même pas que j'en avais besoin. Tu m'apaises. Je suis moins sur la défensive depuis que tu as déboulé dans ma vie. Tu n'as pas le droit de partir maintenant que tu as donné un sens à mon existence. Je te fais le serment de toujours être de ton côté, dorénavant, de ne plus jamais croire qui que ce soit d'autre que toi. Tu seras ma parole divine.

Je ris alors qu'il prononce ces derniers mots. Mon cœur entre en ébullition tel un volcan. J'espérais qu'il referait un pas dans ma direction pour nous réconcilier, mais ça dépasse de loin tout ce que j'avais espéré.

— J'ai conscience que j'ai tardé à revenir vers toi. Ce n'est pas parce que je doutais. Je n'ai jamais été plus sûr de quelque chose de toute mon existence. Je te veux dans ma vie. Je t'ai dans la peau. Même si je sais ce que tu te dis en ce moment...

— Ah oui ?

Ça m'étonnerait qu'il le sache, sinon il se tairait. Là tout de suite, j'ai juste envie de lui sauter au cou pour l'embrasser et lui confier que je suis aussi éperdument amoureuse de lui.

— Ton horoscope te conseillait de ne pas prendre de grandes décisions cette semaine.

— C'est pour ça que tu as attendu ? lui demandé-je étonnée.

— Tu t'y fies toujours, et je ne voulais pas gâcher la chance infime que j'avais de te reconquérir.

À cet instant, mon cœur cicatrise pour de bon. Il est à nouveau prêt à battre sur le même rythme que celui de Travis. Pour toujours.

— Si tu avais mieux analysé mon horoscope, tu aurais vu que dimanche était mon jour au top de la semaine. Celui où tout serait possible.

— Même si je souffre chaque minute de cette distance entre nous, je suis prêt à attendre que minuit soit passé pour te demander encore de me pardonner.

— Il est déjà minuit deux, s'écrie Matthew, déclenchant les rires de nos voisins.

Travis semble se rappeler que nous ne sommes pas seuls et lève la tête vers les étages. Je décide qu'il est temps d'effacer de son visage cet air inquiet. Ma main part attraper la ceinture qui entoure sa taille et je l'attire à moi d'un coup. D'abord surpris, il ne tarde pas à prendre mon visage entre ses paumes.

— Je t'aime, lui confié-je du bout des lèvres pour qu'il soit le seul à l'entendre.

Je crois qu'il grogne un « merci mon Dieu » avant de m'embrasser passionnément.

Les cris de nos spectateurs résonnent aussitôt entre les murs de Palisades Park.

Ma langue retrouve la sienne avec délectation. Travis resserre ses doigts dans mes cheveux pour s'assurer que je ne rompe pas notre contact. Il n'a pourtant pas à s'inquiéter, après ces jours sans lui, je serais bien incapable de me détacher de son corps.

Nous aurons le temps plus tard de revenir sur les détails de l'imbroglio qui a bien failli nous coûter notre amour. Pour l'heure, je veux juste savourer le fait qu'il ne se cache plus derrière son air grognon pour tenir les autres à l'écart dans l'espoir de dissimuler des choses dont il n'est pas fier. Surtout qu'il n'en est nullement responsable et qu'elles ne définissent pas qui il est. Maintenant, plus rien n'entrave notre bonheur.

43

TRAVIS MILLER

Sentir la chaleur du corps d'Ava contre le mien en me réveillant est la meilleure chose qui puisse m'arriver. Nous avons passé toute la fin de la nuit à parler. Enfin, surtout moi. Elle m'a raconté sa rencontre impromptue avec Kayla et ce que celle-ci lui avait révélé. Ma sœur a eu la délicatesse d'occulter les détails. Certainement pour me permettre de me confier à Ava avec mes mots sur cette fraternité abjecte ayant mené aux terribles conséquences que l'on connaît. Et que nous avons décidé de ne plus évoquer.

Cette page est définitivement déchirée en mille morceaux, brûlée, et les cendres envolées dans les airs pour partir le plus loin possible de nous.

Je tente de sortir du lit sans déranger Ava, mais dès que ma jambe s'extrait du drap, elle s'agrippe à moi avec plus de force. Sa crainte de se retrouver seule me fait me maudire de lui avoir causé autant de peine.

Je me tourne de façon à être allongé face à elle et caresse sa pommette avec mon pouce.

— Je suis là et je ne bouge pas, murmuré-je tout contre ses lèvres avant d'y déposer un léger baiser.

— Tout cela était bien réel, alors ? demande-t-elle en gardant les paupières fermées.

— Ouvre les yeux et tu le sauras.

Elle en entrouvre un en grimaçant, comme si elle craignait ce qu'elle allait découvrir, puis elle éclate de rire en me voyant former un cœur avec mes deux mains.

— Quoi ? Ça ne te plaît pas ? C'est Sally, la petite dernière des Stephen, qui m'a appris à faire ça. Elle m'a dit que tous les amoureux le font.

— À son âge, peut-être, mais toi, tu es ridicule, se moque-t-elle avant de se nicher dans le creux de mes bras. Tu me présenteras à tes parents ?

D'où sort cette question ? Je ne m'attendais pas à cette demande, mais venant d'elle, je ne devrais pas être étonné. C'est ce que j'aime chez elle. Qu'elle me surprenne.

— Quand tu veux, lui assuré-je. Ils seront ravis de faire ta connaissance.

— Et il faut qu'on regarde *Shining*, aussi.

Ava ou l'art de passer d'un sujet sérieux à tout autre chose.

— Pourquoi tu veux mater ce film d'horreur ? m'étonné-je car je ne suis pas certain que ce soit à son goût.

— Si je l'avais vu, j'aurais su que ton frère utilisait une fausse identité et ça nous aurait évité tous ces ennuis.

— Si je t'avais parlé de lui, ça ne serait pas arrivé, lui rappelé-je également en embrassant son front.

Des bruits extérieurs nous parviennent soudain. Je reconnais les voix de certains de nos voisins qui poussent des exclamations ravies. J'embrasse Ava sur le bout du nez et me lève. Uniquement vêtu d'un caleçon, j'ouvre ma fenêtre pour vérifier ce qu'il se passe.

— Travis, m'interpelle Ava depuis le lit. Il faut que je t'avoue un truc.

Je ne l'écoute que d'une oreille, trop estomaqué de constater que les volets de l'appartement mystère sont ouverts et que nos voisins semblent réunis devant.

Des bras s'enroulent autour de ma taille, et Ava se colle contre mon dos. Je coule un regard dans sa direction et la découvre dans mon tee-shirt, les jambes toujours dénudées.

— C'est en rapport avec ça ? lui demandé-je en indiquant d'un signe de tête le bâtiment McQueen.

Elle opine contre mon épaule, le sourire aux lèvres.

— Il se peut que je sache qui y réside, me précise-t-elle en se détachant de moi pour reculer de quelques pas.

L'air espiègle qui brille dans ses yeux me laisse penser qu'elle a envie de jouer.

— Toi, dis-je en la pointant du doigt, je vais te faire parler.

— Il va falloir me passer sur le corps pour que je te révèle mon secret.

Dans la seconde, elle retire mon tee-shirt et se retrouve en petite culotte face à moi. Je prends le temps de savourer la vue, puis, d'un pas conquérant, je me dirige droit dans sa direction. J'ai déjà relayé au second plan mes préoccupations de l'animation extérieure et l'inconnu de Palisades Park. Toute mon attention est focalisée sur Ava.

Celle-ci pousse un petit cri de surprise quand je la contourne pour me coller dans son dos et que ma queue se loge entre ses fesses, seulement entravée par les morceaux de tissu entre nous. Ava inspire fort quand mes mains accrochent ses seins et que mes doigts pincent ses tétons.

— Je t'écoute, murmuré-je à son oreille avant de la mordiller.

Elle ferme les paupières pour mieux savourer mes caresses. Sa main se faufile entre nos deux corps et se pose sur mon boxer. Elle frotte sa paume contre mon membre dressé.

— Au risque de te décevoir, ça ne va pas être si facile, me répond-elle en cambrant son bassin pour accentuer la friction entre nous.

Une de mes mains quitte sa poitrine et serpente le long de sa taille pour se glisser sous la dentelle de sa culotte. Ava appuie l'arrière de sa tête contre mon épaule. Mes doigts l'effleurent lentement pour la torturer. Je sais qu'elle aimerait que j'y aille plus vite, plus fort, pour la bonne raison que c'est exactement ce que je voudrais aussi après tout ce temps passé l'un sans l'autre. Mais je compte d'abord remporter la bataille qu'elle a déclenchée. Je veux qu'elle me livre son secret puis s'abandonne entre mes bras sans retenue.

Je pousse mes caresses, m'invite dans sa moiteur. Je la sens suivre la cadence et tenter d'en prendre le contrôle, mais je plaque mon bras avec plus de fermeté contre son corps afin de l'empêcher d'onduler.

— Travis, susurre-t-elle.

Je lui réponds d'un coup de bassin plus prononcé contre son cul bombé, ce dont ma queue ne me remercie pas. Mon piège se retourne contre moi car j'en subis également les conséquences.

Quand je la sens sur le point de craquer, je me retire de la chaleur de son intimité et délaisse ses tétons érigés. Elle grogne de frustration tandis que je ris dans son cou.

— Parle et on pourra passer aux choses sérieuses, la taquiné-je en retirant le dernier rempart qui m'empêchait de me perdre en elle.

Je la retourne face à moi et me branle sous ses pupilles dilatées.

— Tu as l'air de très bien t'en sortir tout seul, me rétorque-t-elle en retirant à son tour son sous-vêtement pour se retrouver dans son plus simple appareil.

Elle recule jusqu'au lit et s'y allonge avant d'écarter les jambes, m'offrant une vue imprenable sur son sexe mouillé. Ses doigts y disparaissent tandis qu'elle rejette la tête en arrière sur mes oreillers. La voir se procurer du plaisir menace de me faire éjaculer d'une simple petite poussée de main supplémentaire.

Je profite de son show aussi longtemps que possible. Mais le gémissement sexy qui lui échappe a raison de mon sang-froid. Je n'y tiens plus. Ma peau la réclame. Il faut que je la touche encore. Que je retrouve la douceur de sa peau. L'odeur de son parfum. Le goût de sa langue. Le son de ses plaintes alors que nous sommes unis.

Après avoir enfilé un préservatif, je me précipite sur elle et m'immisce entre ses plis soyeux. Clairement, le meilleur endroit sur terre.

Je remonte une de ses jambes sur mon épaule pour la pénétrer plus loin encore. Sa poitrine s'agite sous mes yeux et m'excite encore plus. *Elle est parfaite, putain.*

Notre corps à corps se poursuit, Ava remuant son bassin d'une façon délicieuse, assise sur moi tandis que je lèche ses seins magnifiques. Nos dents s'entrechoquent dans des baisers reflétant l'ardeur avec laquelle nous nous faisons l'amour.

Chaque fois que nous sentons l'orgasme arriver, nous changeons de position pour garder un semblant de contrôle et faire durer le plaisir.

Lorsqu'elle se met à quatre pattes devant moi, les fesses en l'air dans ma direction, j'ai bien du mal à me contenir. Une prochaine fois, je prendrai le temps de la mater ainsi pendant plusieurs minutes avant de m'enfouir en elle.

Elle gardera les marques de mes doigts sur ses hanches pendant plusieurs jours, c'est certain. Ses fesses rougies par mes légères tapes me font bander encore plus alors qu'elle m'enserre dans son intimité. Cette sensation décuple mon excitation que je pensais déjà à son paroxysme.

Nous finissons notre étreinte de façon lascive, exténués et en sueur.

Quand nous laissons enfin le plaisir nous consumer, nous ne sommes plus que râles et soupirs. Ça n'a jamais été aussi bon. Et je ferai en sorte de rendre ça encore plus sensationnel chaque fois, aussi longtemps qu'elle me le permettra.

44

AVA WALLER

Travis et moi quittons le sauna que nous avons créé dans sa salle de bain. Il faut croire que nous n'avions pas encore assouvi notre faim de l'autre puisque notre douche a commencé de façon plutôt torride.

Il m'a à peine laissé le temps de pénétrer dans la cabine qu'il me plaquait contre la vitre et m'incitait à me cambrer pour se nicher entre mes jambes. Ainsi acculée entre la porte et son corps musclé, ses coups de reins m'ont fait chavirer à une vitesse hallucinante. Sentir que je lui ai manqué à ce point, qu'il ne se lasse pas de nos corps à corps, m'a fait réagir au quart de tour.

Travis enroule une serviette autour de mon corps puis m'attire contre lui.

— Je t'aime, me répète-t-il alors qu'il me l'a déjà dit il y a quelques secondes à peine en me frottant le dos sous la douche.

— J'avais compris, la première fois, lui réponds-je en tapotant son nez de mon index. Et le plus important, c'est que je le ressens. Je me sens aimée entre tes bras. Je vois tes sentiments dans ton regard, je les entends dans l'intonation de ta voix. Je les perçois dans tes caresses. Et toi, est-ce que tu sais que je t'aime ?

Il hoche la tête avec ce sourire carnassier qui ébranle systématiquement mon cœur.

— Je le distingue parce que tu ne peux pas t'empêcher d'être tactile avec moi. Je le devine à travers ton rire sans retenue quand nous sommes ensemble. Je ne peux pas l'ignorer quand tu me lances ce regard. Celui que tu as en ce moment. Je le sens quand ta langue se mêle à la mienne. Je l'entends à tes gémissements quand on fait l'amour.

— On s'aime, dis-je pour conclure, le sourire aux lèvres.

— Je crois qu'on est d'accord sur ce point, me répond-il d'un air malicieux.

Après plusieurs baisers doux, nous quittons la salle de bain et constatons que la fête bat toujours son plein au pied du bâtiment McQueen. Dans tout ça, je ne lui ai toujours rien dit à propos d'Amaia.

— Tu comptes me révéler ce qu'il se trame dans cet appartement, maintenant ?

Il me pose cette question tout en passant un boxer propre et un short. Je profite encore un peu de la vue sur son torse musclé avant de lui répondre.

— Tu sais, l'actrice que Harper recherchait désespérément, commencé-je mes explications en ramassant ma robe abandonnée au pied du lit. C'est elle qui vit dans l'appartement en face de celui de Derek.

Une fois habillée, je passe mes doigts dans mes cheveux mouillés pour tenter de les discipliner.

— Avec les filles, nous avons surpris Sue qui sortait de l'appartement mystère en pleine nuit alors qu'on partait de chez June après une de nos soirées tequila. Juste après notre retour de Salt Lake City.

— Tu le sais depuis tout ce temps ? s'étonne-t-il.

— Oui, avoué-je, penaude. Je me demandais comment j'allais réussir à garder ça secret jusqu'à ce qu'Amaia soit prête à se montrer, mais tu m'as facilité la tâche.

Son visage se fige quelques secondes. J'ai hâte que le temps file et que nous n'ayons plus à faire référence à cet épisode de notre histoire.

— Tu l'aurais vue, elle était vraiment mal en point. Après ce qu'elle a subi, elle avait besoin de voir qu'elle pouvait avoir confiance en certaines personnes… me justifié-je, craignant qu'il ne se vexe de mes cachotteries.

— Et moi qui suspectais l'appartement d'être un point d'impression de faux billets…

— Je sais qu'il y a une recrudescence des cas en ce moment, mais tu es tout de même allé loin, là, le taquiné-je.

— Un policier se doit de réfléchir à toutes les pistes, me répond-il avec un clin d'œil tout en enfilant un tee-shirt. Je suis rassuré, en tout cas. J'imagine qu'il s'est passé quelque chose pour qu'elle passe d'une vie de recluse à cette fête avec tout le voisinage…

— Avec les filles, nous l'avons convaincue que de rester enfermée entre quatre murs ne l'aiderait pas à se remettre de la trahison de son mari. Harper l'a aidée à mettre en place son retour médiatique. Elle a accordé une interview à un collègue de June, ce matin, lui détaillé-je en abandonnant la lutte avec ma tignasse rebelle.

— J'espère qu'elle ne va pas révéler où elle habite, sinon ça va vite devenir le bordel ici, ronchonne-t-il. Comment est-ce qu'elle a atterri à Palisades Park, d'ailleurs ?

— Amaia connaît Sue de longue date. Elle l'a aidée à pénétrer dans la résidence à l'abri des regards et à y vivre le temps qu'elle se remette.

— En tout cas, je suis soulagé de savoir qu'il ne s'agit que de ça.

— Tu es prêt à rencontrer ta nouvelle voisine ?

— Depuis le temps que je patiente, évidemment !

Main dans la main, nous descendons l'escalier de l'immeuble Grant et ne tardons pas à frapper à la porte d'Amaia, bien que celle-ci soit entrouverte. N'obtenant pas de réponse, certainement à cause du bruit, nous pénétrons à l'intérieur doucement.

C'est bizarre de découvrir l'appartement avec la lumière du jour qui y pénètre et autant d'animation et de bruits. Il faut dire que nous avions l'habitude de chuchoter pour ne pas attirer l'attention.

Sharon Stephen est la première à nous repérer.

— Les voilà, s'exclame-t-elle pour attirer l'attention de tous. Je suis heureuse de vous voir ensemble à nouveau.

Nous la remercions d'un sourire, avant de la laisser s'éclipser pour surveiller ses enfants. Amaia vient ensuite à notre rencontre et m'attrape la main.

— Je suis contente de vous voir ensemble, me confie-t-elle avant de reporter son attention sur Travis. Enchantée de faire votre connaissance. Je suis Amaia, votre nouvelle voisine. Enfin pas si nouvelle, mais on se comprend !

Elle lui tend une main solennelle que Travis s'empresse de serrer.

— J'aurais pu comprendre votre situation si vous m'aviez ouvert et expliqué. J'ai bien failli perdre une main à force de frapper à votre porte.

— Pour tout vous dire, je suis en état de parler depuis peu seulement.

Je devine à son regard éteint que l'interview a dû être éprouvante pour elle. C'est à mon tour de serrer ses doigts pour la soutenir.

— Quand Drew va-t-il diffuser la vidéo sur le site du *Santa Monica Daily Press* ? lui demandé-je.

— D'ici à ce soir. Juste le temps de faire le montage. Je tenais donc à profiter de ce dernier moment de répit avant d'être à nouveau sous le feu des projecteurs. Il y a de quoi bruncher dans la cuisine. Servez-vous, je vous en prie.

Nous ne nous faisons pas prier car nous mourons de faim après notre nuit mouvementée. Nos deux couples d'amis, accompagnés par Harper et Aaron, nous font signe de les rejoindre dès qu'ils se rendent compte de notre présence.

Travis s'occupe de me servir un verre pendant que les filles et moi discutons de la meilleure manière de continuer à être présentes pour notre nouvelle amie, star du cinéma, qui va bientôt se retrouver une nouvelle fois au cœur de l'actualité *people*.

Tout le monde passe la journée dans cet appartement qui aura tant fait parler de lui. Les discussions vont bon train entre tous les résidents. Amaia est accessible, pour le plus grand bonheur de tous. Elle accepte de signer quelques autographes et de prendre des photos.

Plus de problèmes à l'horizon à Palisades Park. Nous avons tous pris nos repères et une ambiance légère flotte dans l'air. Lorsque j'ai quitté le peu que je connaissais de la vie pour emménager à Santa Monica, je n'avais aucune idée de tout ce que cette ville allait m'apporter. Palisades Park est devenu mon havre de paix, mon sanctuaire et j'ai la chance que l'homme que j'aime y vive aussi. Que demander de plus ?

45

TRAVIS MILLER

Assis dans le canapé du salon d'Ava et voyant la catastrophe arriver, je pose les paumes de mes mains contre les oreilles de la petite Isabella. Le plat en métal posé au bord du plan de travail bascule au ralenti pour s'échouer au sol avec fracas.

Malgré ma réactivité, la fille de Nathan et Taylor s'effraie sous son portique et se met aussitôt à pleurer. Je ne sais pas ce qui est le plus compliqué avec cette gamine : changer sa couche ou la calmer quand elle se met à pleurer.

Ava perd complètement pied aux fourneaux mais refuse que je l'aide. Et avoir accepté de garder Isabella n'arrange pas la situation.

— Ma cuisine est dans un état lamentable, je dois me doucher, tes parents arrivent dans moins d'une heure et le poulet n'est toujours pas dans le four, se désespère-t-elle tandis que j'effectue des squats avec le bébé dans les bras, sans grande efficacité pour la calmer.

— Ils viennent pour faire ta connaissance, pas pour évaluer tes talents de cuisinière, rassuré-je Ava.

— Une mère veille toujours à ce que la copine de son fils le nourrisse bien.

Je réajuste la position d'Isabella avant de secouer la tête en riant.

— Crois-moi, ma mère aura certainement bien d'autres préoccupations que tes talents culinaires, lui assuré-je alors que la petite s'époumone désormais.

Ava nous observe, le sourire aux lèvres, puis vient à ma rescousse. Elle prend Isabella et la berce calmement tout en fredonnant une chanson, jusqu'à ce qu'elle s'apaise. La petite commençant à sourire, je tends les bras pour la reprendre et libérer Ava.

— Je sais que ce n'était pas le meilleur jour pour la garder, mais Nathan et Taylor avaient vraiment besoin de se retrouver. Ça ne va pas fort entre eux depuis que la petite est née.

— Je comprends, ne t'en fais pas pour ça. Ma mère adore les bébés, dès qu'elle sera là, on pourra nous aussi faire une pause, plaisanté-je en haussant les épaules.

Ava s'éloigne de nouveau vers ses fourneaux tandis que j'effectue les cent pas dans son salon en espérant que les cris d'Isabella ne reprennent pas de plus belle.

— Les jeunes ont été plutôt cool, hier soir, avec leur pool-party, me lance Ava en cherchant un ustensile perdu sous les épluchures des légumes.

— Je n'aurais jamais dû tolérer cette fête. J'ai retrouvé deux cadavres de bouteilles de vodka, pesté-je.

— Et ça t'étonne ? me demande-t-elle en rigolant.

— J'avais donné mon accord pour qu'ils invitent leurs potes et qu'ils puissent mettre de la musique, mais j'avais été très clair sur la consommation d'alcool. C'était non.

Ava continue à rire, avant d'observer son plan de travail enseveli sous les déchets.

Le poulet semble prêt à être enfourné. À ce stade, c'est le plus urgent à faire si on ne veut pas manger à plus de minuit. En jetant un coup d'œil au four, j'ai la mauvaise surprise de le découvrir éteint.

— Tu n'as pas fait préchauffer le four ?

— Préchauffer, répète-t-elle comme si elle entendait ce mot pour la première fois de sa vie. Je l'allumerai quand je mettrai le plat à l'intérieur, non ?

Je pince les lèvres et tente de retenir un éclat de rire. Ava grimace et me frappe l'épaule en faisant attention à Isabella.

— Je vais poser la petite sous son arche et tu vas enfin me laisser t'aider, lui indiqué-je pour sauver notre repas. Mets le poulet au frigo, on s'occupera de le cuire demain.

— Mais qu'est-ce qu'on va bien pouvoir manger ?

— Un problème à la fois, lui réponds-je. Tu files à la salle de bain te préparer pendant que je range la cuisine. Et pas de protestation, ajouté-je en la voyant ouvrir la bouche. On n'a pas le temps pour ça !

Il lui suffit de regarder l'heure sur l'horloge pour finir par accepter. Isabella, quant à elle, décide de ne pas coopérer et se remet à pleurer dès qu'elle quitte mes bras. Elle m'oblige donc à tout nettoyer en ne me servant que d'une seule main.

Heureusement, Ava fait vite.

— Tu es ravissante, la complimenté-je lorsqu'elle revient.

Elle porte une longue jupe dorée sur un top noir. De longs colliers pendent à son cou et ses cheveux sont tressés avec une fleur d'un jaune éclatant à chaque croisement.

— Qu'est-ce qu'on va leur servir pour le dîner ? s'inquiète-t-elle maintenant que tout est propre et à sa place.

— C'est le moment de compter sur Suzanne, ta copine restauratrice, et de prier pour que le jeune livreur te fasse à nouveau passer en priorité.

— C'est comme si c'était fait !

Les pâtes au saumon et basilic sont délicieuses. Le livreur est arrivé en même temps que mes parents et ma sœur, ce qui nous a beaucoup fait rire et a brisé la glace immédiatement.

Ma mère a craqué pour Isabella et la choie depuis son arrivée, ce dont je ne vais pas me plaindre.

— J'ai dégoté un boulot, m'apprend mon père tandis que nous nous retrouvons tous les deux dans la cuisine après avoir débarrassé les assiettes et les couverts.

— C'est une bonne nouvelle, réponds-je de manière prudente en attendant de savoir de quoi il s'agit.

Il s'est souvent servi de ses emplois pour affiner ses mauvais coups, je suis donc sur mes gardes.

— Je vais bosser dans une entreprise de peinture en bâtiment.

— Ils t'ont pris malgré ton casier et le fait que tu n'aies aucune expérience ?

— C'est le responsable de l'atelier peinture en prison qui m'a branché avec le patron. Il a lui-même été incarcéré par le passé.

— C'est cool qu'il aide à la réinsertion d'anciens détenus, constaté-je, soulagé de penser que je me suis finalement monté tout un plan par erreur au sujet des traces sur les doigts de mon père.

Ça ne résout pas notre affaire des faux billets mais apaise mes craintes, ce qui n'est déjà pas rien.

— Zane vient de prendre deux ans ferme, rappelé-je tout de même à mon géniteur pour m'assurer qu'il envisage bien de se tenir à carreau. Maman mérite un peu de calme durant cette période.

— Je suis d'accord. Et je te jure que personne ne me remettra plus vos maudits bracelets aux poignets, m'assure-t-il avant de me prendre dans ses bras pour me serrer contre lui.

Notre étreinte s'éternise un peu. Il me tape dans le dos et a du mal à se décider à reculer. Alors que je n'aurais pas cru cela possible il y a plusieurs semaines, j'entrevois une possibilité d'être proche de mon père et d'avoir une relation saine avec lui.

— Je suis fier de toi, tu sais, me confie-t-il. Tu as réussi à te construire une vie équilibrée. Et quand je vous regarde, cette jeune femme et toi, j'ai l'impression de me retrouver à mes débuts avec ta mère. Chéris-la comme le bien le plus précieux que tu as.

— Vous avez encore beaucoup de temps devant vous avec maman pour profiter de la vie à deux et rattraper ces années perdues.

Mon père esquisse un léger sourire.

— J'y compte bien, me promet-il.

Au salon, ma mère berce Isabella contre elle. Ava a sorti toutes ses bricoles et confectionne un attrape-rêves avec ma sœur. Je prends place dans le fauteuil derrière elle tandis que mon père s'assied à côté de ma mère. Il passe aussitôt un bras autour de ses épaules et l'embrasse sur la tempe. Ava se recule jusqu'à s'adosser contre l'ossature du fauteuil et je pose mes mains sur ses épaules. Elle vient aussitôt en serrer une entre ses doigts, redresse son visage dans ma direction et m'envoie un baiser silencieux. Je ne résiste pas à la tentation et me baisse pour le lui rendre en vrai.

À cet instant, je prends conscience que plus aucun nuage ne subsiste dans ma vie. Enfin, pour être tout à fait honnête, j'aspire secrètement à apaiser mes relations avec mon frère à sa sortie de prison. J'ai encore le temps de réfléchir à la meilleure manière d'y parvenir d'ici là.

ÉPILOGUE

AVA WALLER

Je prends une profonde inspiration et souffle les vingt-deux bougies plantées sur le magnifique gâteau confectionné par Evelyn pour l'occasion. L'avoir à mes côtés pour ce jour spécial est le plus beau cadeau que ma famille pouvait me faire.

Nous nous sommes tous connectés sur Skype ce matin afin qu'ils me souhaitent mon anniversaire à tour de rôle. Quand je me suis étonnée de l'absence de ma grande sœur, cette dernière a frappé à la porte de mon appartement. Elle pourra se vanter de m'avoir fait pleurer. Travis était bien entendu dans la confidence. J'ai remercié mon père un millier de fois au moins de l'avoir laissée me rendre visite.

Tout le monde applaudit, et mes copines poussent même des cris. Carmen et Sharon ont également confectionné des pâtisseries, et les adolescents, quant à eux, ont décoré la terrasse extérieure pour l'occasion, avec des ballons et des banderoles.

Les applaudissements fusent autour de moi. Je suis ravie de passer cette soirée avec mes voisins, qui sont un peu devenus ma seconde famille. Ma sœur s'occupe de couper des parts de gâteau pour tout le monde tandis que June et Li lui tendent les assiettes. Harper se charge de filmer la fête. Aaron ne la quitte pas du regard, jusqu'à ce que Nathan s'asseye à ses côtés, avec la petite Isabella en pleurs.

— Pourquoi Seth a-t-il été invité ? grogne Derek qui remplit des verres de bière.

Il a bien du mal à accepter que le champion de surf qu'avait interviewé June il y a quelques mois ait emménagé à Palisades Park dès le départ d'Amaia. Bizarrement, même si elle n'a pas passé beaucoup de temps parmi nous, l'actrice nous manque. Elle s'est envolée à l'autre bout du monde pour tourner un film et prouver au monde entier que la tromperie de son mari est du passé.

— Derek, souffle June en levant les yeux au ciel, il vit ici, donc il participe à nos soirées. Il va falloir t'y faire.

— Je trouve ça louche qu'il ait choisi Palisades Park. Comme par hasard, là où tu vis.

— C'est un surfeur, il a besoin d'être proche de l'océan. Et au risque de te surprendre, notre résidence en est à deux minutes à pied.

— Il y a d'autres endroits où il aurait pu élire domicile, tout de même, ajoute Matthew qui vient à la rescousse de son pote. Je suis bien placé pour le savoir puisque je cherchais aussi un appart proche de la jetée.

— Et tu as aussi choisi Palisades Park... lui rappelle Li.

— Je suis de l'avis de Derek, dit-il comme si ça allait nous surprendre. Il vous regarde bien trop souvent pour être inoffensif.

— Le fait qu'il ne te revienne pas n'a bien sûr rien à voir avec le fait qu'il ait surfé une vague ce matin à laquelle tu venais juste de renoncer ? se moque sa moitié.

June et moi pouffons de rire en apprenant cette information. Je sens Travis se marrer aussi derrière moi.

— Absolument pas, s'insurge Matthew. J'étais là depuis une heure alors qu'il venait à peine d'arriver. Moi aussi, si j'avais été frais, je l'aurais prise, cette vague.

— Mais bien sûr... raille Li.

Elle l'embrasse ensuite pour museler sa réponse.

Les enfants de Sharon esquissent une moue horrifiée en les observant tandis qu'ils attendent leur part de gâteau.

Le bruit du portail de l'entrée se fait entendre et une limousine pénètre à l'intérieur de la résidence. Il n'y a qu'une seule personne qui soit susceptible d'arriver en grande pompe de la sorte.

La silhouette parfaite d'Amaia sort du véhicule et je me précipite aussitôt dans sa direction.

— Tu es venue ! m'écrié-je en la serrant dans mes bras.

— Nous avions une pause de trois jours dans le tournage. Il n'y avait qu'un seul endroit où j'avais envie de venir, me confie-t-elle, rayonnante, dans une robe près du corps.

Nous rejoignons le jardin commun et tout le monde salue l'actrice de manière chaleureuse.

— J'ai pensé que je pourrais dormir dans mon appartement, nous explique-t-elle alors que Travis lui tend une coupe de champagne.

— L'agent immobilier l'a loué tout de suite après ton départ, lui indiqué-je en grimaçant. Mais tu peux dormir chez moi, si tu veux. Il faudrait par contre partager le lit avec ma sœur, mais je te jure qu'il n'y a pas plus gentil qu'elle.

— Ce n'est pas grave, j'irai à l'hôtel, ne t'inquiète pas pour ça. C'est juste qu'en restant ici, j'étais certaine que personne ne saurait que je suis à Los Angeles.

Seth, qui a dû nous entendre discuter, avance dans notre direction.

— Je suis le nouveau locataire, se présente-t-il un sourire ravageur sur les lèvres. Si ça peut rendre service et t'éviter des problèmes, je peux te céder la chambre durant le temps dont tu as besoin. Je m'endors sur le canapé la plupart du temps, de toute façon.

Amaia n'a pas le temps de lui répondre que Derek se mêle à la conversation.

— June est pour ainsi dire tout le temps chez moi, tu peux avoir son appartement sans problème.

— Idem pour Li, ajoute Matthew. Elle ne verra aucun inconvénient à passer les trois prochaines nuits chez moi.

Ils sont ridicules à vouloir coûte que coûte éloigner Seth des filles de la résidence.

— Pourquoi vous empêchez ma petite protégée de dormir là où elle le souhaite ? s'insurge Sue dans une combinaison au décolleté osé. Laissez-la donc dormir avec ce jeune homme puisqu'il vous dit que ça ne le dérange pas. Elle va se remettre à broyer du noir à rester toute seule.

— Laissons Amaia réfléchir à toutes les options qui s'offrent à elle, intervient Travis. Il est temps d'ouvrir les cadeaux.

L'actrice affiche un grand sourire quand Seth lui tend une bouteille de bière, qu'elle accepte volontiers.

Ma sœur me tend un paquet joliment emballé de la part de toute ma famille. Un livre de cuisine pour les nuls, ainsi qu'un bon pour trois heures de cours avec un chef. Je suis aux anges, et Travis la remercie aussi chaleureusement, ce qui lui vaut un coup dans les côtes de ma part.

Matthew et Li ont opté pour un abonnement au cinéma. C'est adorable et je les serre fort dans mes bras pour les remercier. June et Derek, eux, ont choisi de me payer un billet aller-retour pour Salt Lake City à la date de mon choix ainsi que deux nuits dans un hôtel pas très loin de l'endroit où vivent mes parents. Ce cadeau déclenche mes premières larmes. J'ai déjà hâte que Travis m'indique quand il pourra se joindre à moi pour ce séjour dans ma ville natale.

Les autres voisins se sont cotisés pour m'acheter un collier en argent avec mon signe du zodiaque en pendentif. Je suis très touchée par leur délicate attention et les embrasse tour à tour, émue. Même Seth, au grand dam de Derek et Matthew, qui lui accordent une œillade noire, ce qui fait d'ailleurs rire le champion de surf.

Travis est le dernier à me tendre une enveloppe. Elle est fabriquée dans un papier épais et brillant. Je l'ouvre avec précaution pour ne pas l'abîmer. J'en sors un carton et comprends dans la seconde de quoi il s'agit. Je saute dans les bras de mon homme et il me réceptionne grâce à ses bons réflexes. Je l'embrasse encore et encore.

— J'en déduis que ça te plaît, dit-il en riant quand je le laisse enfin respirer.

— Oh oui ! confirmé-je en serrant le papier contre moi.

Je me tourne vers les filles qui attendent de savoir ce qui me met dans tous mes états. Je brandis face à elles le bon pour la formation en lithothérapie dont je ne cesse de parler depuis des jours. Entre le loyer de mon appartement et mon petit salaire chez M. Warren, j'aurais eu besoin de plusieurs mois pour économiser de quoi la financer. Travis ne pouvait me faire plus plaisir.

— Ils vont où ces deux-là ? grogne Derek.

Nous regardons dans la même direction que lui et apercevons Amaia, valise à la main, suivre le champion de surf dans le bâtiment McQueen, tout en riant avec lui. Je suppose que notre actrice va évaluer si elle peut dormir dans son ancienne chambre tandis que Seth sera sur le canapé.

— Il va lui montrer qu'ils peuvent tout à fait cohabiter pour quelques jours, répond Li.

— J'espère qu'elle choisira cette option plutôt que de se retrouver toute seule. Il faut qu'elle oublie son enfoiré de mari et Seth saura sûrement lui changer les idées, plaisante June avec un regard éloquent. Et si tu continues à être désagréable avec lui, c'est toi qui vas te retrouver tout seul chez toi, menace-t-elle son pompier.

— Tu te punirais en même temps, démonte-t-il son plan.

— C'est vrai, avoue-t-elle en riant, avant de fondre sur ses lèvres.

Alors que l'après-midi est bien entamé, Matthew s'empare de Li, la hisse sur son épaule et s'approche dangereusement de la piscine. Elle a dû le vanner une fois de trop.

Elle finit à l'eau, toute habillée.

Alors qu'il l'aide à sortir en riant, elle tire sur son bras et il pique à son tour une tête, contre son gré.

— Le coup classique, souffle Derek.

— Je me baignerais bien aussi, constate June.

— Tes désirs sont des ordres, bébé.

Son chéri l'attrape sous les genoux et passe une main dans son dos pour la jeter à son tour dans le bassin. Ce fou saute en même temps qu'elle.

— Je crois qu'elle voulait d'abord passer un maillot de bain, précisé-je à Travis.

— On sait tous que s'ils étaient montés se changer, ils auraient mis une bonne heure avant de revenir, me répond-il. D'ailleurs, en parlant de ça, qu'est-ce que tu dirais d'aller mettre les nôtres ?

Je lui adresse un clin d'œil, il saisit ma main et nous courons jusqu'à chez moi. Une fois à l'abri des regards, je laisse Travis mener la danse.

En emménageant sous les palmiers de la Californie, je n'avais aucune idée de ce que me réservait la vie. Palisades Park m'a tout de suite séduite. Et je n'avais pas encore idée qu'entre ses murs se trouvait l'homme de ma vie. Si quelqu'un me demande un jour qu'elle est la définition du bonheur, je décrirai cet instant, cette soirée auprès de mes amis, de ma sœur et de mes voisins. Et entre les bras de Travis, mon ours grognon.

De nombreuses surprises nous attendent encore au sein de la résidence. Aaron finira-t-il par déclarer sa flamme à Harper ? Nathan et Taylor parviendront-ils à trouver un équilibre avec Isabella ? Sans oublier nos adolescents, dont les histoires de cœur débutent déjà. Ou encore Seth, qui vient à peine d'arriver et suscite déjà de vives réactions. Aucun doute, Palisades Park sera encore au cœur de belles histoires.

REMERCIEMENTS

Me voilà en train d'écrire ces remerciements en ayant du mal à réaliser que je suis parvenue à écrire ces trois tomes.

Durant cette année intense, j'ai eu la chance d'être accompagnée par des femmes formidables.

Merci Aurélie d'avoir dévoré chaque chapitre de chacun des trois tomes dès que tu les recevais et pour toutes tes remarques qui m'ont aidée.

Flora Armonie : on ne change pas une équipe qui gagne. Merci de te rendre disponible pour me lire sur chaque manuscrit. Je nous revois encore dans l'eau, cet été, à brainstormer à propos d'Ava et Travis. Zane ne serait pas ce qu'il est sans toi. Peut-être qu'on en fera un repenti, un de ces jours…

Fanny Myjany, encore une belle aventure partagée avec toi. Je te suis reconnaissante de prendre le temps de me lire et d'avoir été si attentive aux ressentis et aux émotions de nos six héros.

Merci à Luna Joice de m'avoir donné son avis au moment de l'élaboration des couvertures et de m'avoir aidée à y voir plus clair.

Je voudrais également remercier ma maison d'édition et tout particulièrement mon éditrice, Marine, pour m'avoir fait confiance et suivie dans cette aventure.

Je tiens aussi à remercier Amandine Casaban pour son talent sur les illustrations de la résidence et des personnages. Tu as été à l'écoute et tu as su si bien cerner mes personnages.

Je remercie par avance toutes celles et ceux qui partageront leur avis sur la trilogie. Merci de partager votre passion et de permettre à nos histoires de toucher les lecteurs.

Une mention particulière pour les abonnés à ma newsletter qui ont suivi les avancées sur chaque tome et m'ont portée grâce à nos échanges chaque semaine. Vous êtes des lecteurs formidables.

Une pensée pour mon mari et mes enfants qui ont bu, mangé et respiré Palisades Park en long, en large et en travers pendant un an. J'ai tellement de chance d'avoir une famille si géniale.

Merci à vous qui avez pris le temps de lire Palisades Park. Si vous avez encore quelques secondes à me consacrer, n'hésitez pas à aller laisser un commentaire sur les librairies en ligne.

À bientôt pour de nouvelles aventures,
Maloria.

PAR LA MÊME AUTRICE

Cooper Training, Julian, 2019, Hugo Poche
Cooper Training, Calvin, 2019, Hugo Poche
Cooper Training, Harry, 2020, Hugo Poche
Sans faute, 2020, Hugo New Romance (2021, Hugo Poche)
Comme une ombre au tableau, 2021, Hugo New Romance (2022, Hugo Poche). Écrit à quatre mains avec Marjy Noname.
Au péril de nos cœurs, 2021, Hugo New Romance (à paraître en avril 2023, Hugo Poche)
Palisades Park, tome 1, 2023, Hugo New Romance.
Palisades Park, tome 2, 2023, Hugo New Romance.

Retrouvez Maloria Cassis sur les réseaux sociaux :
Facebook.com/MaloriaCassis
Instagram.com/maloria67
Tiktok.com/@maloriacassis
Ou sur son site : www.maloriacassis.com

Composition et mise en pages
Nord Compo à Villeneuve-d'Ascq